MARIA BARBAL | Emma

Das Buch

Nach Jahren in einer Ehe, die sie gelehrt hat, was Einsamkeit bedeutet, lässt Emma alles hinter sich, um auf den Straßen Barcelonas einen radikalen Neuanfang zu wagen. Als Großstadt-Nomadin entflieht sie den Zwängen und Enttäuschungen ihres alten Lebens und nutzt die Zeit, die sie jetzt im Überfluss hat, zum Nachdenken – über ihren Mann, einen Anwalt mit großen politischen Ambitionen, der sie über seiner Karriere völlig aus dem Blick verloren hat; über ihre Wut, ihre Zweifel und ihr übermächtiges Verlangen nach Würde und Glück. Sie erfährt Demütigung und Gewalt, aber auch den sanften Beginn einer neuen Liebe. Nur eins bereut Emma zutiefst: den Verlust ihrer Tochter Àngels, die sie über alles liebt und zu der ihr Mann ihr nun keinen Kontakt mehr gewährt. Und so schreibt sie ihr Briefe, um sich zu erklären und Vergebung zu erbitten …

Die Autorin

Maria Barbal, 1949 in Tremp (Pyrenäen) geboren, lebt heute in Barcelona. Sie gilt als eine der wichtigsten katalanischen Autorinnen der Gegenwart und wurde mit zahlreichen bedeutenden Literaturpreisen ausgezeichnet. Bereits ihr Debüt *Wie ein Stein im Geröll* bescherte Maria Barbal einen überwältigenden Erfolg. Nach *Inneres Land* ist *Emma* ihr dritter Roman.

MARIA BARBAL

Emma

Roman

Aus dem Katalanischen
von Heike Nottebaum

Diana Verlag

MIX
Papier aus verantwortungsvollen Quellen
FSC® C014496

Verlagsgruppe Random House FSC-DEU-0100
Das für dieses Buch verwendete
FSC®-zertifizierte Papier *Holmen Book Cream*
liefert Holmen Paper, Hallstavik, Schweden.

Vollständige deutsche Taschenbuchausgabe 08/2011

Umschlaggestaltung: © t.mutzenbach design, München
Umschlagmotiv: © Tracy Kahn / Corbis
Herstellung: Helga Schörnig
Satz: C. Schaber Datentechnik, Wels
Druck und Bindung: GGP Media GmbH, Pößneck

Printed in Germany 2011

978-3-453-35560-6

www.diana-verlag.de

Ich schreibe, um dich nicht zu vergessen, damit du dich nicht noch mehr von mir entfernst.

Hinter der Bank habe ich auf dem Boden einen großen Collegeblock mit rotem Einband gefunden; in der Spirale steckte ein Kugelschreiber. Ich habe mich entschlossen, gleich mit dem Schreiben anzufangen, so als hätte ich nur darauf gewartet.

Ich habe Schuld auf mich geladen, das ist wohl wahr, aber ich will nicht, dass deine Großmutter auch noch mit dem Finger auf mich zeigt und mir Vorwürfe macht. Auch dieses zweite Mal habe ich fortgehen müssen, ohne dich sehen zu dürfen.

Damals, beim ersten Mal, ist alles ganz anders gewesen. Ich selbst kann es mir bis heute nicht wirklich erklären. Es war, als sei ein Lichtstrahl in die Dunkelheit eingedrungen und hätte mich geblendet. So ähnlich muss es einem Gefangenen ergehen, der lange Zeit in einem Kellerverlies eingesperrt war und mit einem Mal wieder das Tageslicht sieht und frische Luft atmen kann. Die Trennung von dir war der einzige Kummer, den ich mit nach Marseille genommen habe. Fast hätte ich geschrieben, dass ich mich frage, ob ich dir so etwas nicht auch wünschen soll, denn weißt du, trotz des Schmerzes, den ich euch allen zugefügt habe, den ich dir zugefügt habe, für mich war es wie eine Offenbarung, war es Glück. Nein, ich fange noch mal von vorne an: Mein kleines Mädchen, du, die du mich so oft mit Küssen überhäuft hast, ich bitte dich, verabscheue mich nicht. Und bitte, vergiss mich nicht ganz.

Zu Hause hatte ich den Schlüssel tief ins Türschloss gesteckt, doch er ließ sich nicht umdrehen. Mit einem Mal sah ich den Kopf deiner Oma auftauchen, vorsichtig öffnete sie die Wohnungstür mit dem neuen Schloss; an ihrem Blick erkannte ich, dass sie sie am liebsten gleich wieder zugemacht hätte. Ich muss einen jämmerlichen Anblick abgegeben haben, keine Frage, schließlich hatte ich die ganze Reise über immer wieder geweint. Sie ließ mich eintreten, und in der Diele sah ich gleich den großen Koffer stehen. »Da hast du deine Sachen …« Ich habe nach dir gefragt, nach deinem Vater, ich wusste ja nicht, ob er noch mein Alexandre war. Euch beiden ging es gut, ich hatte Schiffbruch erlitten, und ihr Blick ließ mich wissen, dass es daran nichts zu deuteln gab. Sie hatte sich bereits damit abgefunden, es konnte keine Rede davon sein, mir noch eine Chance zu geben. Ich sollte bloß sehen, dass ich wegkam und ja meinen Koffer mitnehmen. Das war's, sie wollte nichts mehr von mir wissen und hatte mich ein für alle Mal aus ihrem Leben verbannt.

Ich setzte mich auf den kleinen Sessel, auf dem manchmal der alte Briefträger gewartet hatte, wenn er deinem Vater ein Einschreiben aushändigen sollte und der gerade telefonierte. Júlia war stehen geblieben und ließ mich nicht aus den Augen: Mich wirst du nicht für dumm verkaufen, schien sie mir zu sagen. Und dabei wollte ich doch nichts weiter, als dich in meine Arme nehmen, und sie auch, wollte, dass sie mich in ihre Arme nimmt. Sie sagte mir, du seist im Ferienlager. Sie wüsste nicht genau, wann du zurückkämst.

Als dies noch mein Zuhause war, hätte ich mir nicht träumen lassen, dass der Sessel mit der winzigen Sitzfläche einmal einen solchen Zweck erfüllen würde. Im Grunde war er unnütz und lächerlich, ich hatte ihn schon längst entsorgen wollen.

Ich wollte auch so vieles sagen, hatte mir alles gründlich durch den Kopf gehen lassen, und schau, da saß ich nun vor ihr und schwieg.

Frag mich nicht, wieso ich es gleich begriffen hatte: Der Augenblick der Urteilsverkündigung war gekommen, und war es erst einmal so weit, dann hatte der Angeklagte zu schweigen. Es stimmte ja auch, ich hatte nicht einen Gedanken daran verschwendet, wem ich durch mein Verhalten schaden würde, wozu also jetzt noch Worte? Deine Großmutter hatte völlig recht, und der gepackte Koffer verwies auf das Ergebnis der Beweisaufnahme, ein Berufungsverfahren würde es nicht geben. Mit jedem einzelnen dieser Fachbegriffe bin ich bestens vertraut, schließlich hat dein Vater Jura studiert und mir damals stundenlang von seinen Kursen und Vorlesungen erzählt.

Zu meinen Füßen stand die Reisetasche, in die ich meine Sachen gestopft hatte, um Denis zu folgen, dort, zwischen deiner Großmutter und mir, stellte sie ein Beweisstück dar, das nicht gerade zu meinen Gunsten sprach. Emma Desirée, ihres Zeichens Reiseleiterin, voller Ideen und Flausen im Kopf, attraktiv und äußerst sympathisch, flötete in mein Ohr: Fünfzehn Jahre verblödest du hier in dieser Wohnung, und das Einzige, was dir bleibt, ist ein Koffer voller Klamotten, die du bis jetzt noch nicht einmal vermisst hast.

Jede von uns verharrte in ihrem Schweigen, bis Júlia, noch immer im Stehen und um etwas Abstand zu mir bemüht, auf einmal meinte, selbst wenn ihr jemand einen Eid darauf geschworen hätte, nie im Leben wäre es ihr in den Sinn gekommen, dass ich ihnen so etwas antun könnte, dass ich all die Anstrengungen ihres Trottels von Sohn so wenig danken würde, wo er sich doch einzig und allein für Frau und Tochter dermaßen abgerackert hätte. Ich war ganz schön erstaunt, dass sie so von deinem Vater sprach, von Alexandre dem Ersten. Dann wurde meine jetzige Situation auseinandergenommen. Ob ich nicht schon längst auf dem Müll gelandet sei, wollte sie von mir wissen, wie ein alter, schmutziger Scheuerlappen, den man so richtig verschlissen hat oder vielleicht ja noch Schlimmeres. Ich hätte gerne gewusst, was sie mit diesem »oder vielleicht ja noch Schlimmeres« meinte, aber jetzt war wohl kaum der geeignete Moment, um Fragen zu stellen. Sie kam in Fahrt: Und ob ich etwa vorhätte, euch noch mehr Schande zu bereiten, wo ihr gerade mal dabei seid, diesen Schlag ein wenig zu verwinden? Ich folgte aufmerksam ihren durchaus zutreffenden Bemerkungen, aber ich glaube, es war in diesem Augenblick, dass mir auch klar wurde, wenn man etwas Richtiges tut, kräht meist kein Hahn danach, wenn man aber einen Fehler begeht, hacken einfach alle auf einem rum. Emma Desirée, die sympathische Fremdenführerin, hatte endlich Ruhe gegeben, und ich spürte wieder, wie sehr ich mich nach dir sehnte, auf deren Liebe ich so unbedacht für ein wenig Leidenschaft verzichtet hatte.

Ich war zu unserer Wohnung gegangen, ohne vorher groß zu überlegen, was mich dort erwarten könnte, auf wen ich treffen würde, ich hatte einfach nur gehofft, reden zu dürfen. Falls nötig, war ich sogar bereit, ruhig und sachlich das Kleingedruckte der neuen Situation zu erörtern. Doch Júlia gab mir zu verstehen, dass dies wohl kaum die angemessene Reihenfolge sei. Ich hätte die Situation von Anfang an klären müssen, sozusagen den alten Vertrag auflösen, neue Bedingungen vereinbaren und erst dann mit Denis fortgehen und, wenn es denn unbedingt sein musste, wieder zurückkommen und das Vereinbarte einfordern. Merk dir das gut, mein Mädchen. Bevor du auch nur einen einzigen Schritt tust, musst du dich vergewissern, dass du festen Boden unter den Füßen hast.

Als ich dann ein weiteres Mal nach Hause ging, ein paar Wochen später, verkündete mir der Portier, ehe ich ihm überhaupt Guten Tag sagen konnte, »da ist niemand«. Das Mal davor war er gleich aus seiner Portierloge herausgekommen, kaum dass er mich mit dem Koffer in der Hand erblickt hatte, der mir von deiner Oma regelrecht aufgedrängt worden war. Sie hatte es eilig gehabt, mich loszuwerden, und so hatte ich in der Eingangshalle Víctor gebeten, eine Weile auf den Koffer aufzupassen. Doch der schien ihm in seiner engen Pförtnerloge ziemlich im Weg zu sein.

Víctor musterte mich von oben bis unten, so als wollte er sagen: Du lebst jetzt nicht mehr hier, wenn du also etwas von mir willst, musst du dafür zahlen. Dieser Blick brachte ihm, ohne Rücksicht auf die Enge seiner Portiersloge, den Koffer ein: Ich sagte ihm, er könne ihn ruhig behalten. Und seine Verblüffung nutzte ich aus, um ihn zu bitten, die an mich gerichteten Briefe nicht in den Briefkasten zu stecken, ich würde persönlich alle zwei Tage vorbeikommen, um sie abzuholen. Ich habe zwar keine Ahnung, wie man anders als persönlich vorbeikommen kann, aber ich fand, diese Formulierung verlieh meinem Entschluss einfach mehr Gewicht; von all den Menschen, die die Briefe für mich hätten abholen können, wählte ich also mich selbst aus.

Damals schlief ich, wie es so schön heißt, noch in einer Pension.

In der Firma hatte ich das Donnerwetter von Senyor Toll unbewegt über mich ergehen lassen.

Was ich denn glauben würde? Dass ich je nach Lust und Laune kommen und gehen könnte? Nein, für so was sei er ganz und gar nicht zu haben. Außerdem sei ihm da etwas zu Ohren gekommen, kurzum, er wisse, mit wem ich mich eingelassen hätte. Er war aufgestanden und auf mich zugegangen, so als wollte er sich mit eigenen Augen davon überzeugen, dass da auch wirklich keine Schaufensterpuppe vor ihm saß.

– Ich kannte Ihren Vater, Emma, und ich hätte mir niemals träumen lassen …

Ja, mein Vater ist ein gewissenhafter Mensch gewesen, und ich, die flatterhafteste Fremdenführerin aller Reisebüros der Stadt. Ich war Emma Desirée, Miss Reiseleiterin.

Ich achtete kein bisschen auf das, was er mir sagte, das muss ich zugeben. Im Direktionsbüro hatte ich nämlich gleich an meine erste Begegnung mit Denis denken müssen, und so war ich, während der Geschäftsführer weidlich von seinem Recht Gebrauch machte, mir eine Standpauke zu halten, mit meinen Gedanken dummerweise ganz woanders, ich hatte mich innerlich verabschiedet, noch bevor ich überhaupt das gesagt hatte, was ich eigentlich loswerden wollte, dass es mir leid täte, dass ich unbedingt wieder arbeiten müsste, nötiger denn je. Ich schien lächelnd vor mich hingeträumt zu haben, denn plötzlich sah ich ihn ganz nah vor mir, mit seinen dicken Brillengläsern und in seiner genau zu den Hosen passenden Anzugjacke, und er starrte mich an, als sei ich eine Küchenschabe, die mit einem Mal mitten aus dem Teppichboden hervorgekrochen wäre. Seine Krawatte schimmerte grün wie das Meer von Marseille, und als ich sie mir so anschaute, war ich mit meinen Gedanken gleich wieder woanders, und bestimmt lächelte ich noch immer vor mich hin. Emma Desirée, wie sie einen bunten Regenschirm öffnet, mit all den Touristen im Schlepptau, die entzückt ihrer selbstbewussten und ach so betörenden Stimme lauschen. Plötzlich wurde Senyor Toll laut. Ich sei wohl nicht ganz bei Trost, ich sollte besser schleunigst einen Arzt aufsuchen, mit einem großen weißen und nicht gerade sauberen Taschentuch fuhr er sich über die Stirn, so als sei diese Angelegenheit eine Anstrengung, die ihn weit mehr mitnahm als fünf Vorstandssitzungen hintereinander. Dabei hatte Senyor Toll auf mich immer den Eindruck gemacht, als sei er ganz die Ruhe in Person, stattlich und wohlgenährt, wie er nun einmal war.

Ich verließ sein Büro, und als ich durch Annas Abteilung ging, Anna, meine sympathische Arbeitskollegin von früher, tat sie so, als würde sie mich nicht sehen, und ich, die ich schnurstracks auf ihren Tisch zugelaufen war, bemerkte im letzten Augenblick, dass ich ihr im Grunde gar nichts zu sagen hatte, und machte auf dem Absatz kehrt. Ich hatte ganz vergessen, dass ich eigentlich wegen etwas anderem hergekommen war, nicht nur, um mir eine Gardinenpredigt anzuhören und einen kleinen Plausch mit einer Kollegin zu halten, mit der ich immer meine Frühstückspause verbracht hatte. Ich war hergekommen, weil ich meine Arbeit wiederhaben wollte. Vielleicht war es ja noch nicht zu spät, ich müsste nur noch einmal an die Bürotür von Senyor Toll klopfen und alles richtigstellen, weinen, auf die Knie gehen und ihn unter seiner grünen Krawatte um Verzeihung bitten.

Gerade als ich das in Erwägung zog, ich stand im Flur, und die Blicke aller ehemaligen Kollegen waren auf mich gerichtet, tauchte Manel auf. Selbstverständlich würde er mir helfen, schließlich sei er mit den Gegebenheiten der Firma bestens vertraut. Auf seine charmante Art stellte er mir in Aussicht, man würde mir bestimmt entgegenkommen, legte mir allerdings nah, Senyor Toll gegenüber auf theatralische Gesten zu verzichten. Er lächelte mich an, seine Augen glänzten, und er lud mich auf einen Kaffee ein. Nur um mein Gesicht nicht zu verlieren, verwandelte ich mich wieder in Emma Desirée. An der Spitze einer jeden Reisegruppe, an den verborgensten und ungewöhnlichsten Orten, am Ende würde ich triumphieren.

Deine Großmutter hat mir ihre Handynummer aufgeschrieben und gesagt, wenn ich das Rauchen und Trinken aufgegeben hätte, sollte ich sie anrufen, und dann könnten wir reden. Sie wollte mir die Miete für ein Zimmer in einer anderen Stadt zahlen, oder für eine kleine Wohnung, ich weiß nicht, was sie sonst noch alles gesagt hat, aber ich musste ihr versprechen, mich auf keinen Fall mehr in Barcelona blicken zu lassen, und ich sollte erst gar nicht versuchen, meinem Alexandre Schwierigkeiten zu bereiten oder mich dir zu nähern. Einverstanden, ohne ausdrückliche Erlaubnis käme ich nicht mehr her, gab ich ihr zur Antwort, ich hoffte, sie würde jetzt anfangen zu lachen und dass ich dann ganz einfach in ihr Gelächter einstimmen könnte. Auf keinen Fall, auf gar keinen Fall, sie bräuchte sich keine Sorgen zu machen, beteuerte ich und dachte dabei an den Brief, den Denis mir nach Hause schreiben würde. Wenn ich nicht tat, was sie von mir verlangte, würde der Portier sicher keinen einzigen Brief für mich aufbewahren. Die stecken doch beide unter einer Decke, verstehst du? Wenn deine

Oma und Víctor miteinander reden, dann tun sie nämlich so, als wäre ich eine Fremde, jemand, der seine einmal erworbenen Ansprüche als Schwiegertochter und Ehefrau verwirkt hat.

Ich würde dir gerne von ihm erzählen, von Denis, aber sogar ich weiß, dass sich das nicht gehört, und es wäre auch nicht gut für mich. Ein paarmal schon habe ich mich regelrecht leer geweint und danach diesen trockenen Schmerz verspürt, so, als ob ein Wirbelsturm über die Wüste gefegt wäre und mich völlig ausgedörrt hätte. Ich werde einfach versuchen, dir nur das von ihm zu erzählen, was mir nicht wehtut. Du kannst dir gar nicht vorstellen, wie gut er aussieht. Blond, blaue Augen, markante Gesichtszüge, die eines Athleten, aber fein geschnitten, nicht so ein wuchtiger Kopf, wie ihn die römischen Statuen oft haben. Er ist Franzose, weißt du. Er sagte zu mir, er kenne mein Geheimnis, und damit hatte er mich am Haken. Schon seit Langem trieb mich die Frage um, weshalb ich überhaupt lebte. Du warst meine einzige Antwort. Und das hätte mir genügen sollen. Doch Denis hat es verstanden, ein neues, unbekanntes Gefühl in mir zu wecken, er zeigte mir, was es heißt, glücklich zu sein, und es fiel ihm nicht schwer, ja es war sogar amüsant für ihn, mich darin zu unterrichten. »Très amusant.«

Wenn er gewusst oder auch nur vermutet hätte, dass es da einen Ehemann und eine Tochter gab, kann sein, dass er dann einfach seiner Wege gezogen wäre, ohne ein Wort an mich zu richten, und ich wäre vielleicht schon nach kurzer Zeit wieder zur Besinnung gekommen. Ich weiß es nicht, ich weiß nur, dass mich sein Blick gleich um den Verstand gebracht hat.

Das war an dem Tag, an dem mich Senyor Toll, der Geschäftsführer unserer Firma, als Dolmetscherin angefordert hatte, weil er ein Gespräch mit dem Vertreter eines französischen Unternehmens führen musste, das auf demselben Sektor tätig war. Genau der Teil meiner Arbeit, der mir am meisten Spaß machte, denn ansonsten saß ich ja meist vor dem Computer und schrieb irgendwelche Mails für die Buchhaltung, was alles andere als spannend war. Ich weiß noch, dass ich dachte: Wenigstens dieser Morgen wird mir wie im Flug vergehen.

Als ich in die klaren Augen von Denis sah, war mir, als hätte er sein Leben lang nur auf mich gewartet. Keine Sekunde wandte er seinen Blick von mir ab, selbst auf die Gefahr hin, unserem Geschäftsführer gegenüber unhöflich zu erscheinen. Ohne dass er dabei auch nur eine Miene verzogen hätte, ließ er am Ende eines jeden Satzes Wörter einfließen, die ausschließlich für mich bestimmt waren. Ganz bezaubernd, wunderschön, Märchenfee, Königin … Ich hätte ihn gleich unterbrechen müssen, Senyor Toll einweihen und mich weigern sollen, weiter zu dolmetschen, ich hätte mich gar nicht erst auf sein Spiel einlassen dürfen, aber würdest du die beiden kennen, Àngels, könntest du mich verstehen. Schließlich sagte er noch zu mir, er würde nach Büroschluss auf mich warten, er wolle mich einladen. Glaub ja nicht, dass ich was darauf gegeben hätte. Ich dachte, bleib mir bloß vom Leib, und dass er verrückt sei und …

Die Nächte in der Pension wurden immer unerträglicher. In der Dunkelheit schnürten mir all die Fehler, die ich begangen hatte, die Luft ab, meine Gedanken scharrten mit den Hufen und warteten auf den Startschuss des Aufwachens, nichts konnte sie mehr in Zaum halten. Knipste ich dann das Licht an, in der Hoffnung, so besser Luft zu bekommen, vermochte der Anblick der steifen, unpersönlichen Möbel mir keinen Trost zu geben, im Gegenteil. Also machte ich mich daran, das Fenster zu öffnen. Doch auch das zeigte keine Wirkung, der Gang durch das Zimmer war nur unglaublich mühsam. Ein Rudel Pferde schien durch meine Brust zu galoppieren, es schüttelte mich hin und her, da war nur noch der Drang, vor mir selbst zu fliehen. An einem der wenigen Tage, an dem es mir doch gelungen war, in den Morgenstunden noch einzuschlafen, hatten sie unter dem Vorwand, sauber machen zu wollen, wieder und wieder an meine Tür geklopft. Vielleicht aus Angst, ich könnte mich auf die eine oder andere Art davonmachen? Als ihr Blick nämlich auf die Adresse in meinem Personalausweis gefallen war, eine Adresse hier in Barcelona, hatte die Frau am Empfang die rechte Augenbraue hochgezogen.

– Einen Augenblick bitte. – Sie schien sich irgendwo vergewissert zu haben, denn als sie wiederkam, fragte sie mich sofort: – Für wie viele Nächte?

Statt mich einschüchtern zu lassen, hätte ich ihnen irgendeine Geschichte auftischen sollen, einer Fremdenführerin wie mir, die so viel davon versteht, sich bei den Leuten einzuschmeicheln, hätte das doch nicht schwerfallen dürfen, allerdings war es dafür jetzt zu spät. Ich war zwar Gast, hatte mich aber verdächtig gemacht.

Doch letztlich war es egal, es ging ja nur um ein paar Stunden, ich hatte nicht vor, dort auch nur eine einzige Nacht zu verbringen. Ich würde mit meinem Alexandre reden, und er würde mir sagen, komm nach Hause. Ohne das Bett auch nur aufgedeckt zu haben, würde ich das Zimmer wieder verlassen. Aber ich konnte ihn den ganzen Tag nicht erreichen. Und auch die darauffolgenden Tage war er nirgends anzutreffen. Zu Hause ging niemand ans Telefon, im Büro war er nicht. Schließlich kam ich darauf, dass er bei seiner Mutter sein könnte. Ich passte ihn dort ab, und er sagte mir, er habe viel zu tun und auch keine Kraft mehr, um noch über irgendetwas zu reden. Für ihn gebe es kein Zurück mehr. Ich hätte sie verlassen, und für sie sei das gewesen, als wäre ich gestorben. Er benutzte den Plural. Aber ich muss unbedingt die Kleine sehen, sagte ich zu ihm. Du befändest dich im Ausland, er würde mir Bescheid geben, sobald du wieder zurück seist. Ob ich noch immer dieselbe Handynummer hätte? Ich fragte ihn, wann du denn zurückkommen würdest, und er meinte, das könne er jetzt noch nicht sagen. Ich wollte ihm erklären, wie leid es mir tat, dass ich so einfach Hals über Kopf gegangen war, aber er hätte ja nicht einen Augenblick um mich gekämpft, er hätte mich einfach ziehen lassen. Wir sprachen im Stehen, ganz in der Nähe der Tür. Sein Gesicht lag im Schatten, und plötzlich machte er einen Schritt auf mich zu. Aber er sagte nichts. Er hob nur den Kopf zum Himmel, so, als würde er um Nachsicht bitten wollen, und als er mich dann wieder ansah, versprach er mir:

– Ich ruf dich an, Emma, bestimmt, ich ruf dich an.

Nach drei Wochen in der Pension, drei Wochen voller Albträume, nachmittags schlafen, ab und zu ins Kino gehen, wurde mir allmählich klar, wenn ich mir in Zukunft noch etwas zum Essen und auch mal wieder etwas zum Lesen kaufen wollte, müsste ich anfangen zu sparen. Warum suchte ich mir eigentlich nicht einen Platz in der Nähe unserer Wohnung, dann könnte ich dich gleich sehen, wenn du nach Hause kommst? Vom Park aus hätte man den Hauseingang unter Kontrolle. Dann würde ich auch endlich diesen bohrenden Blicken entgehen, die mich jedes Mal, wenn ich an der Rezeption vorbeikam, von oben bis unten musterten. Draußen wurde es allmählich wärmer.

Ich weiß nicht, wie viele Wochen der Collegeblock unten in der Tasche gelegen hat. Ich bin krank gewesen, hatte Fieber. Wie Sand zerrinnen mir die Tage zwischen den Fingern, ich habe jegliches Zeitgefühl verloren. Ich weiß, dass es Fieber war, weil ich wieder von der Wüste geträumt habe, von ausgedörrter Erde, von Steinen, Dornen. Doch als ich heute Morgen die Augen aufschlug, habe ich mich an kein einziges Traumbild mehr erinnern können, das Fieber war verschwunden. Da entschloss ich mich, zur Wohnung zu gehen, vielleicht hatte der Portier ja einen Brief für mich. Alle Knochen taten mir weh, ich musste auch unbedingt etwas essen, und deshalb habe ich mich vorher noch auf den Weg in die Bar an der Ecke gemacht. Ich bin rein, und alle schienen mich anzustarren. Also blieb ich einfach am Ende der Theke stehen, nur einen Schritt von der Tür entfernt. Nach und nach, nehme ich jedenfalls an, dürfte sich das Interesse der Anwesenden aber wieder den Dingen zugewandt haben, mit denen sie vor meiner Ankunft beschäftigt waren. Der Kellner gab mir Feuer. Ich traute mich nicht, mir einen Cognac zu bestellen, obwohl ich eigentlich einen brauche, wenn ich so drauf bin. Als er mir meinen Kaffee bringen wollte, habe ich ihm schnell ein Zeichen gemacht, ich glaube, er kennt mich und hätte sich auch bestimmt mit mir unterhalten, wenn es nicht so voll gewesen wäre … Für viele Männer trage ich auf der Stirn eine Art ausgeschaltetes Taxilicht: Achtung, schon vergeben, die gehört zu jemandem, keinen Schritt weiter. Mich hat das nie sonderlich gestört, seitdem ich neunzehn bin, kannte ich es nicht anders. Und es gibt ja auch jemanden, zu dem ich gehöre, nur habe ich keinen blassen Schimmer, wo der gerade steckt.

Ohne groß nachzufragen, hat mir der Kellner schnell und unauffällig etwas Cognac in die Tasse geschüttet, mit dem Rücken zur Theke, vielleicht wollte er dadurch verhindern, dass irgendjemand auf die glorreiche Idee kommt, sich für eine Zigarettenlänge als mein Retter in der Not aufspielen zu wollen. Das sind die schlimmsten von allen; versuch nie, jemanden retten zu wollen, von dem du nichts weißt, bitte, tu das auf gar keinen Fall. Und lass auch nicht zu, dass jemand meint, dich retten zu müssen. Hoffentlich wirst du niemals in eine solche Lage kommen.

Allein deinetwegen werde ich zurückgehen, und dann sind wir wieder eine richtige Familie, so wie früher. Deinem Vater, meinem Alexandre, dem sind die Hände gebunden, der kann ja keinen Schritt alleine tun, weil er sich, wie soll ich dir das sagen, mit Menschen eingelassen hat, die einen lupenreinen Lebenslauf von ihm verlangen. Und ich bin jetzt so etwas wie ein richtig schöner Tintenklecks auf einem sauber aufgesetzten Schriftstück: Ich verschmiere einfach alles, ein Schandfleck bin ich, ja genau.

Die Straße hat etwas Einladendes für mich. Mal hier, mal dort, wenn ich müde bin, setze ich mich irgendwo hin. Niemand spricht mich an, es sei denn einer meinesgleichen, ein Sünder eben, so wie ich, jemand, der darauf pfeift, sich retten zu lassen, auch so wie ich. Auf einer öffentlichen Bank kann ich in dieses Heft mit der Spiralbindung schreiben, das irgendein Schüler liegen gelassen hat, mit zwei Seiten voller Zahlen und einem Bic-Kugelschreiber mit einer angenagten stahlblauen Kappe. Differenzialrechnung. Dieses Wort steht in Großbuchstaben oben auf der ersten Seite. Es ist schon ein paar Jahre her, da habe ich mich auch mit diesem Thema beschäftigen müssen, aber ich erinnere mich fast an nichts mehr. Ich habe mir vorgenommen, eine Art Tagebuch zu schreiben und dabei an dich zu denken.

Du bist jetzt zwölf Jahre alt, bald schon ein junges Mädchen. Vielleicht wirst du dich ja auch Knall auf Fall verlieben, so wie ich damals. Gefallen würde mir das allerdings nicht; deiner Großmutter und deinem Vater hoffentlich auch nicht. Meine Mutter hat sich jedenfalls ganz fürchterlich aufgeregt, dabei wusste sie lange Zeit gar nicht Bescheid. Nach und nach hat Alexandre sie aber für sich einnehmen können, ja, er hat sie regelrecht erobert, sozusagen mit Haut und Haaren, eben auf diese besondere Art, auf die er einen immer herumbekommt, ohne dass man es überhaupt merkt.

– Ja, er ist ein guter Junge, und so vernünftig – hat sie gemeint, und ich bin schier geplatzt vor lauter Glück. Er studierte damals schon Jura, und ich war ganz zufrieden mit meiner Tourismusausbildung. Ich würde einmal die mitreißendste und liebenswürdigste aller Fremdenführerinnen sein, davon hatte ich schon immer geträumt, die Welt wollte ich sehen und auf keinen Fall zu Hause rumhocken. Nur ahnte ich sofort, dass es nicht möglich sein würde, als Reiseleiterin zu arbeiten und gleichzeitig an der Seite des Mannes zu leben, in den ich mich verliebt hatte.

Dein Vater und ich fingen an, miteinander zu gehen, da war ich gerade mal vier Jahre älter als du jetzt. Ich habe gar keine Gelegenheit gehabt, dir zu erzählen, wie das damals so gewesen ist mit uns, und ich weiß auch nicht, ob er dir davon erzählt hat, in all der Zeit, in der ich jetzt schon nicht mehr bei euch bin, in der ihr aber vielleicht über mich gesprochen habt. Àlex ist einer meiner Lieblingsnamen gewesen. Sein vollständiger Name gefiel mir allerdings noch besser, Alexandre. Das habe ich deinem Vater auch gesagt, und er fand das richtig gut, denn Kürzel sind nicht sein Ding. Mit Sonderangeboten oder Preisnachlässen hat er übrigens ebenso wenig am Hut, noch nicht einmal

Kurzfassungen und Abkürzungen kann er leiden, und Lotteriespiele schon gar nicht; ganz zu schweigen von irgendwelchem salbungsvollen Geschwafel. Was seinen Namen anbelangt, da war ich mit ihm einer Meinung. Gerade die letzten beiden Silben klingen doch besonders schön.

Wir haben uns schon vor dem Unterricht getroffen und gleich nach Schulschluss, sind dann immer etwas hinter den anderen zurückgeblieben, damit wir für uns sein konnten, aufgegeben haben wir unsere jeweilige Clique aber nicht. Meinen Freundinnen habe ich natürlich gleich brühwarm von ihm erzählt. Die Einzige, die sich nicht dazu geäußert hat, ist Meritxell gewesen. So als wollte sie auf ihre Füße schauen, ließ sie einfach ihren Kopf sinken, eine Geste, die ich an ihr gar nicht kannte. Irgendwie war unsere Freundschaft von diesem Tag an nie mehr so wie früher. Alexandre dagegen hatte all die Witzeleien seiner Freunde mit einem Lächeln über sich ergehen lassen; einen besten Freund hatte er nicht, für ihn war einer wie der andere, erklärte er mir.

Ich wollte gerade die Treppe zum Mercat del Ninot hochsteigen, als mir der Collegeblock wieder eingefallen ist. Ich weiß nicht, wie viele Tage vergangen sind, ohne dass ich etwas geschrieben hätte. Es ging mir nicht so gut. Auch wenn im Winter das Leben auf der Straße bestimmt härter ist und ich mich vor der Kälte fürchte, dieser Sommer kommt mir schon jetzt unerträglich vor. Du weißt ja, wie sich in Barcelona das Leben bis spät in die Nacht hineinzieht, der Autolärm auf den endlos langen Straßen, die Lichter der Fernseher, die sich in den Fensterscheiben widerspiegeln. Cliquen von Jugendlichen sind unterwegs und manchmal provozieren sie mich, einfach um ihren Spaß zu haben. Ein Jammer, dass ich mich nicht an meinen Vorsatz gehalten habe, dass so viel Zeit vergangen ist, ohne dass ich etwas zu Papier gebracht hätte. Zeit ist das Einzige, was ich habe, doch die Tage verfliegen jetzt fast genauso schnell wie früher die Jahre. Solange ich lebe, werde ich an dich denken. Ich will keine Spielverderberin sein, aber so ist es nun einmal, wir alle müssen sterben, dein Vater, deine Großmutter und du auch, meine Kleine, aber ich hoffe, dass du vorher noch sehr glücklich sein wirst. Hab's nicht so eilig damit, dich zu verlieben, dich zu binden, warte ab, bis dich die Liebe wie ein Feuersturm erfasst, hörst du? Warte einfach ab, bis du spürst, dass du ohne diesen einen Menschen nicht leben kannst. Gib dich bloß nicht allzu schnell mit einem Ersatz zufrieden.

Auf eine Wand in der Markthalle, im Hof, wo immer die Bäuerinnen ihre Waren verkaufen, sind drei Worte gepinselt: »Nein zu allem.« Als ich noch ein kleines Mädchen war, wollte ich nicht essen, wollte ich von niemandem was wissen, der nicht zur Familie gehört, und keins der Kleider, die ich anziehen sollte, gefiel mir. Ich brachte alle damit zum Lachen. »So wirst du niemals einen Mann abkriegen, Emma.« Ich war das einzige Mädchen in der ganzen Familie, so wie du.

Ich habe mich ganz an den äußersten Rand der Treppe gesetzt, die hoch zu einem der Eingänge der Markthalle führt. Bestimmt bist du über diese Stufe schon mal gegangen, und plötzlich muss ich an deine Kommunionsschuhe denken, an die glatten, hellen Sohlen mit dem Zeichen für Leder, das an ein Wappen erinnert. Bevor ich dir damals die Schuhe anprobiert habe, bin ich mit zwei Fingern über die Sohle gestrichen, ich konnte einfach nicht widerstehen. Wie oft habe ich kleine Küsse auf deine Füße gepustet, mein Mäuschen, und du hast dich geschüttelt vor lauter Lachen, weil es dich so sehr gekitzelt hat. Ich schreibe in der Sonne. Die Stimmen der Nacht sind Gespenster, die mir die Luft zum Atmen nehmen, die am Tag beschützen mich.

Ich höre, wie sich die Frauen nach den Preisen erkundigen, wie sie feilschen, ihre Stimme senken, wenn sie Vertraulichkeiten austauschen; Männer sieht man hier kaum. Aus den Blicken schlägt mir Misstrauen entgegen, Unbehagen. Vielleicht denken sie ja: Hat die nichts Besseres zu tun, als in der Sonne auf der Treppe zu sitzen und dem lieben Gott den Tag zu stehlen?

Schau dir mal die Fotos von deiner Kommunion an. In einem meergrünen Kleid kannst du mich da sehen, aus Leinen, die Knöpfe farblich etwas heller und mit so einem goldenen Schlitz in der Mitte. Meine Haare, die ja normalerweise weder mit einem Föhn noch mit Taft zu bändigen sind, hatten sie mir an diesem Tag mit Hilfe von viel heißer Luft so richtig schön glatt gekämmt. Und schau mal, mein Teint und dieses helle Puder, das passt gar nicht zusammen. Ich bin doch ein dunkelhäutiger Typ, das weißt du ja, und meine Locken sind ebenso schwarz wie meine Augen und wie meine Wimpern und Brauen. Schon seit Tagen wacht allerdings kein Spiegel über mein Äußeres, aber es ist noch gar nicht lange her, da hat mich im Vorraum der Sparkasse, dort wo sich die Geldautomaten befinden, ein Gesicht durch die Scheibe hindurch angestarrt. Mir war, als würde ich in die Augen meines Vaters sehen. Ich bin jedenfalls gleich rausgerannt, aber da war niemand. Bei Tagesanbruch ist das gewesen, in der Nacht hatte ich gefroren und darum in der Sparkasse Unterschlupf gesucht. Es war mein eigenes Spiegelbild, das mich da angestarrt hat, früher habe ich meinem Vater nicht so ähnlich gesehen.

Schau dir meine Augen auf den Fotos an und sag mir, ob du in ihnen ein Leuchten findest. Es gibt eins, eine Nahaufnahme, du und ich, nur unsere Gesichter. Was gäbe ich jetzt darum, es bei mir zu haben. Wie ein kleiner Engel siehst du darauf aus, ein Engel, der nicht mehr an meiner Seite ist.

Erst vor Kurzem hatte ich eine Schlacht verloren: Ich hatte meinen Alexandre und seine Verbündete, deine Großmutter Júlia, davon überzeugen wollen, dich nicht zur Erstkommunion zu schicken. Es tat weh, denn die beiden sind sich mal wieder einig gewesen, und ich bin an diesem Abend einmal mehr verstummt.

Am nächsten Morgen fand ich ein paar Geldscheine auf dem Küchentisch, als ob ich das passende Kleid für deine Kommunion nicht mit meiner Karte hätte bezahlen können. »Kauf dir was richtig Schönes!«, hatte er auf den Einkaufsblock geschrieben. Ich weiß noch, dass ich eine ganze Weile lang auf die Buchstaben und Geldscheine gestarrt habe, so als wären sie Fremde, die an der Haustür geklingelt hätten, um mich um Makkaroni und ein paniertes Kalbsschnitzel zu bitten.

Eine alte Frau, hager und resolut, hat mir einen roten Apfel hingehalten und mich angelächelt. Ich habe ihn genommen und dabei ihre Augen gesucht, aber sie ist schon weitergegangen, dicht gefolgt von den kleinen Rädern ihres Einkaufskarrens. Ich habe gleich in den Apfel gebissen, und der ist mir ziemlich hart vorgekommen, noch jetzt tut mir das Zahnfleisch weh. Also habe ich ihn einfach im Schoß liegen lassen und wieder an dich gedacht. Während meiner Ehe habe ich immer nur Ja zu allem gesagt, bevor ich Denis kennenlernte, immer nur Ja, und das war falsch und überhaupt nicht gut für mich. Du musst schnell lernen, Nein zu sagen.

Jemand hat sich hinter mich gestellt, so, als ob er lesen wollte, was ich da schreibe, doch ich habe die Worte mit meinem rechten Arm verdeckt. Da hat er angefangen zu lachen und ist fortgegangen. Du erinnerst dich doch bestimmt daran, dass ich Linkshänderin bin. Vor dem Spiegel, wenn ich dich gekämmt habe … weißt du noch? Heute kommt es mir so vor, mein Mäuschen, als seien dies mit die schönsten Augenblicke in meinem Leben gewesen. Dein kleines Gesichtchen, und ich, wie ich dir die Zöpfe flechte. Warum listen wir nicht auch unsere Schätze auf und nicht nur das, was uns bedrückt, bevor wir alles hinter uns lassen? Und ich frage mich auch, weshalb ich das, was ich für Denis empfunden habe und was nun zwischen uns steht, eigentlich Liebe genannt habe? Liebe, was soll das sein?

Doch was immer es auch sein mag, käme Denis in diesem Augenblick zurück und streckte mir seine Hand entgegen, ich würde sie nicht ausschlagen und ihm überallhin folgen. Ich weiß, wenn ich ausspreche, was ich empfinde, mache ich mich dir gegenüber schuldig, aber dich zu hintergehen, käme mir noch viel schäbiger vor. Außer … aber nein, das ist unmöglich. Ich fürchte, meine Worte sind wie aus dem Nest gefallene Vögel, denn man hat mich längst verurteilt.

Ein Junge hat irgendeine Flüssigkeit über meinen Rücken geschüttet. Für einen Moment stieg eine zärtliche Erinnerung in mir auf, an all die Wasser- und Sandspiele mit dir am Strand, doch schon war ich aufgesprungen, hörte den angebissenen Apfel wegrollen, um ihn gleich darauf, versehen mit meinem blutigen Zahnabdruck, zwischen den Ständen der Bäuerinnen ausfindig zu machen, ganz allein hatte er seinen Weg die Treppe hinunter gefunden und war mitten im Hof einfach liegen geblieben. Und ich, ich bin ganz schnell aus der Markthalle gerannt.

Ich habe mir einen Platz auf der Avinguda de Roma gesucht. Hier kann ich alles mit mehr Ruhe angehen, auch weil unsere Wohnung ganz in der Nähe liegt. Schon von Weitem erkenne ich, wenn sich die Haustür öffnet oder schließt, sehe Víctor, wie er mit einem Besen herauskommt oder eine Frau nach draußen begleitet, immer darauf bedacht, während des Gesprächs ein paar Schritte hinter ihr zu gehen, und die Nachbarn von früher bekomme ich auch wieder zu Gesicht. So gegen ein Uhr gehe ich dann rüber, es könnte ja ein Brief für mich gekommen sein. Wenn ich schreiben will, setze ich mich auf die Parkbank. Zu meinen Füßen liegt ein Teppich aus gelben Blüten, sie sind von den Bäumen gefallen, die mit der ersten Wärme aufgeblüht sind. Du kannst dir nicht vorstellen, was diese paar Akazien für mich bedeuten, ich wusste ja nicht, dass Schönheit so viel Trost geben kann. Die Baumkronen sind noch voller Blüten und spenden süß duftenden Schatten. Auf dem Weg zur Arbeit, ein Stakkato eiliger Schritte, bin ich früher jeden Tag an diesen Bäumen vorbeigekommen, doch haben sie weiter nichts als einen flüchtigen Eindruck bei mir hinterlassen.

Kauft deine Großmutter vielleicht nicht mehr auf dem Markt, um mir nicht über den Weg zu laufen? Jedenfalls sehe ich nicht mehr, wie sie mit ihrem karierten Einkaufskarren aus dem Haus kommt oder auch hineingeht.

Mir ist klar, dass sie versucht hat, mich wieder zur Vernunft zu bringen. Bei diesem Ausdruck muss ich lächeln. Ob denn nun Schluss sei mit diesem Mann, wollte sie von mir wissen. Als ich schwieg, ist sie aufgesprungen, und da sagte ich ihr, er sei im Ausland. Irgendwann hat sie es dann aufgegeben und stand von da an nur auf eurer Seite. Auf meiner konnte sie nicht stehen, schließlich hatte ich innerhalb kürzester Zeit alles veruntreut, was man mir anvertraut hatte. Ich hoffte dennoch, dass sie mir verzeihen würde. Dazu sei sie nicht in der Lage, erklärte sie mir, denn das, was ich euch angetan hätte, sei einfach zu schlimm gewesen. Doch sag mir, wie lässt sich Vergebung bemessen? Sie meinte dann noch, ich solle mich zumindest für den Augenblick von dir fernhalten, ich müsse doch einsehen, dass meine Nähe nicht gut für dich sei. Aber ich will doch nur ihr Bestes, schluchzte ich auf, und sie starrte mich mit weit aufgerissenen Augen an und sagte kein Wort.

Gerade sind zwei junge Mädchen vorbeigegangen. Sie tragen hautenge Hosen und zeigen ihren Bauchnabel. Sie reden und lachen, und jede von ihnen hält ein Handy und eine Mappe in der Hand. Jetzt sind sie am Herumtollen wie zwei junge Hunde. Ich schaue ihnen zu und erinnere mich an eine ganz ähnliche Szene. Ich bin eine der beiden: die kleinere, die dunkelhaarigere, diejenige, die mehr lacht, die mehr redet. Die andere ist Meritxell. Als ich anfing, mit deinem Vater zu gehen, hörten wir auf, Freundinnen zu sein. Meritxell war klug, zurückhaltend, wir waren grundverschieden, sie hat mir bei Chemie und Mathe geholfen und ich ihr bei den Sprachen, meine verdammte Begabung für Worte.

Weißt du eigentlich, dass er Franzose ist? Vielleicht hat dir das ja niemand gesagt; und wer weiß, vielleicht haben dir deine Großmutter oder dein Vater noch nicht einmal gesagt, dass es da überhaupt jemanden gibt. Denis heißt er, seinen Namen habe ich bestimmt schon mal erwähnt. Also, vielleicht werde ich dir eines Tages von den Briefen erzählen, die mir Meritxell geschrieben hat, da warst du noch gar nicht auf der Welt.

Ich fühle mich wohl hier; heute ist es nicht so warm. Irgendwann haben du und ich keine Lust mehr gehabt, immer nur vor den alten Bürogebäuden der Telefónica spazieren zu gehen, auch wenn wir die, die für gewöhnlich dort rumsitzen, nie eines Blickes gewürdigt haben, zumindest ich nicht, und du, meine kleine Plaudertasche, hast eh in einem fort geredet, bist immerzu herumgehüpft. Ich dagegen tat das, was die meisten tun, ich habe einen Bogen um sie gemacht. Ein paar Leute führen ihren Hund aus, damit er sein Geschäft verrichten kann. Du weißt, wie sehr ich unsere Katze geliebt habe, Tiere überhaupt, doch jetzt empfinde ich eine Aversion gegen sie, gegen sie und gegen ihre Besitzer, denn die behandeln ihre Hunde besser als uns Menschen, die wir einmal einen Fehler begangen haben. Ich halte mich weiter unten in der Grünanlage auf, in dem Teil, wo es nicht so dreckig ist. In einer Ecke steht ein gusseiserner Brunnen, und unter den Akazien gibt es sogar einen kleinen Spielplatz. Ich versuche allerdings, den Kindern möglichst aus dem Weg zu gehen. Ich sehe dich noch vor mir, du hast gerade erst laufen gelernt, wie du mit Eimer und Schippe auf mich zugewackelt kommst. Für gewöhnlich trifft man im Park jetzt vor allem Immigrantenfamilien an, meistens kommen nur die Frauen, dunkelhäutig, mit drei oder vier kleinen Kindern. Sie nehmen es nicht so genau wie die von hier. Auch die Rentner nerven einen normalerweise nicht. Da war mal einer, dem bin ich gleich zu Anfang begegnet, der setzte sich immer auf die Bank neben mir, grüßte und saß dann einfach nur so da. Eines Tages aber meinte er zu mir:

– Hören Sie mal, Fräuleinchen, ich hab zwar nur eine kleine Rente, aber für ein bisschen Gesellschaft könnte ich Ihnen ein Zuhause anbieten.

Ich gab ihm zur Antwort, dass ich gerade erst ein Zuhause verlassen hätte, um allein sein zu können. Ich habe ihn dann nicht mehr wiedergesehen.

Der Sommer nimmt einfach alles in Beschlag, er dringt in jede Ritze. Beim Durchblättern einer Zeitung bin ich auf die Wahlankündigung gestoßen und habe erfahren, dass dein Vater als Spitzenkandidat dieser neuen Partei antreten wird. Jetzt ist mir klar, weshalb Júlia so ein großes Interesse daran hat, mich von ihm fernzuhalten, und warum Alexandre Ausflüchte macht, wenn ich mit ihm reden möchte. Bei meinem Lebenswandel, da würde der Spitzenkandidat wohl kaum eine gute Figur abgeben. Und vielleicht hat man dich ja auch deshalb fortgeschickt. Für deinen Vater wäre es jedenfalls von Vorteil, wenn ich einfach von der Bildfläche verschwinden würde, wenn es mich nie gegeben hätte. Ich weiß ja, wie ehrgeizig er ist, aber ich frage mich immer noch, was es bringen soll, seinen Kopf für die Politik hinzuhalten.

Eigentlich wundert es mich, dass er noch nicht einmal aus einem Parteiinteresse heraus versucht hat, mich zum Bleiben zu bewegen. Nicht einen Vorwurf hat er mir gemacht, als ich ihm gestand, mich in Denis verliebt zu haben, als hätte er mit so etwas schon gerechnet, als hätte er es kommen sehen. Wenn es da einen Mann gab, der mich besser zu lieben verstand, dann war das für ihn in Ordnung. So ist er eben, mein Alexandre. Sperrangelweit hat er mir die Tür geöffnet, ohne die Stimme zu erheben, ohne eine Träne zu vergießen und ohne ein Lass-uns-doch-darüber-reden. Ich war erleichtert und zugleich wie vor den Kopf geschlagen, ich hatte gedacht, er würde mir Fragen stellen, er würde mich bitten, noch einmal in Ruhe über alles nachzudenken, er würde mir beteuern, wie sehr er mich liebt. Vielleicht hatte ich sogar gedacht, er würde mir eröffnen, dass er um mich kämpfen wird, und mir gestehen, wie sehr er mich doch braucht. Ich hatte auch gedacht, er würde von dir sprechen, um mich umzustimmen.

Nichts von alledem.

Es gefiel mir, dass er so ruhig blieb, aber wenn er schon keine Worte fand oder einfach nicht reden wollte, dann sollte er doch wenigstens hier und jetzt Liebe mit mir machen. Voller Leidenschaft und Hingabe. Und selbst wenn es nur halb so schön sein würde wie mit Denis, und er sich linkisch anstellen würde, ich sehnte mich danach, wieder von ihm erobert zu werden, er sollte mich davon überzeugen, dass ich nur an seiner Seite wirklich glücklich war oder es zumindest sein könnte. Und wenn nicht, dann sollte er bitte wenigstens einmal die Beherrschung verlieren.

Doch stattdessen wurde er ganz ernst, die Falte auf seiner Stirn schien sich nur noch tiefer einzugraben, und das war's.

Und ja, ich war einem Mann begegnet, der mich besser zu lieben verstand. Er überhäufte mich mit Zärtlichkeiten, war nur für mich da, bedachte mich mit Koseworten, die er sich einfallen ließ oder aus Büchern heraussuchte, er schenkte mir Rosen, er war unglaublich aufmerksam. Wenn er mir zuhörte, nahm er meine Hände in seine, schaute mir dabei tief in die Augen. Nach zwei Tagen wusste er bereits, was mir gefiel. An seiner Seite waren die Straßen, waren die Menschen wieder voller Leben. Es war wie im Frühling, wenn das Licht hervorbricht, wenn alles ringsherum wieder zu neuem Leben erwacht. Und dann war es schließlich um mich geschehen: Ich konnte nur noch an ihn denken, an nichts anderes mehr. Gerade mal, wenn ich mit dir zusammen war, habe ich mich ein wenig von ihm zurückgezogen.

Du weißt, wie sich das Leben mit deinem Vater jetzt abspielt, aber kannst du dich auch noch an früher erinnern?

– Ab ins Bett, Àngels, bei Papa wird es heute spät, aber am Samstag, da werden wir drei was Schönes zusammen machen, versprochen – bestimmt waren das die Worte, die ich dir am häufigsten wiederholt habe.

Bald schon hatte er an den Wochenenden ungemein wichtige Sitzungen, aber das sei »gar kein Problem«, meinte er beim allerersten Mal zu mir, »du und die Kleine, ihr kommt ganz einfach mit mir, die anderen Frauen sind auch da, du wirst schon sehen, ihr werdet euch dort so richtig wohlfühlen«. Also sind wir mit ihm hin.

Hin sind wir mit ihm und abends dann wieder zurück, den Tag aber haben wir mit den anderen Frauen und Kindern verbracht. Du hast gespielt, warst eine der Jüngsten. Bei dem endlosen Geplapper schlichen die Stunden nur so dahin: Make-up und Frisuren, Schmuck, da kannten sie sich bestens aus. Anfangs war ich wirklich ganz Ohr. Und dabei wäre ich viel lieber bei Alexandre gewesen, um zu erfahren, was hier eigentlich vor sich ging, aber ich hatte gleich begriffen, dass es klar abgesteckte Bereiche gab, und für den Kindergarten waren gewisse Themen eben tabu. Die anderen Frauen hatten kein Problem damit, sie dachten sowieso haargenau das Gleiche, und kein einziger dieser so schön frisierten Köpfe wäre je auf die Idee gekommen, dass da irgendjemand vielleicht ganz anderer Ansicht sein könnte.

Ich erklärte deinem Vater, dass ich dort nicht mehr hin wollte. Ihm war das nicht recht, »für das ein oder andere Mal mag eine Entschuldigung ja annehmbar sein«, sagte er, aber an den Wochenenden könne ich ihn schlecht allein zu diesen Treffen gehen lassen. Im Klartext, ich war verpflichtet, ihn zu begleiten. Bald würde er mir allerdings erzählen, um was es bei dem Ganzen ging. Ich erinnerte ihn an das große Vertrauen, das immer zwischen uns geherrscht hätte. Er könne aber wirklich noch nicht mit mir darüber sprechen, sagte er, doch er war sich sicher, nicht mehr lange, und wir hätten genau an dem Ort, an dem ich mich jetzt nicht so ganz wohlfühlen würde, etwas zu feiern, wir alle zusammen, wie eine einzige große Familie. Ich weiß noch, dass ich ihm zur Antwort gab:

– Ja klar, in guten wie in schlechten Tagen, bis dass der Tod uns scheidet.

Alexandre hat nie ein Wort gesagt, wenn ich so geredet habe, mich immer nur ganz erschrocken angeschaut, ich weiß nicht, ob dir das schon mal aufgefallen ist.

Am anderen Morgen, ich hatte dich gerade zur Schule gebracht, stand sie plötzlich vor dem Schultor. Ich sehe sie noch vor mir, Júlia, unermüdlich und immer auf unser Wohl bedacht, wie sie gerade mit all den Sachen, die sie für uns eingekauft hatte, vom Markt kam. Liebenswürdig und freundlich lächelnd. Ganz wie ich es mir bei ihr angewöhnt hatte, machte ich meinem Ärger gleich Luft, und deine Oma hörte mir aufmerksam zu, nickte wie immer zustimmend mit dem Kopf und gab mir wie immer liebevoll zu verstehen, dass ich ihrem Sohn unbedingt den Rücken freihalten müsse, gerade jetzt, wo doch das, was er anstrebe, so überaus wichtig sei. Sie sagte es mir ganz im Vertrauen: Eine neue Partei der Mitte sei im Entstehen begriffen, und höchstwahrscheinlich würde man meinen Alexandre zu ihrem Vorsitzenden wählen. Sie sei sich da schon jetzt ganz sicher. Voller Begeisterung redete sie immer weiter, und als sie nach einer Weile bemerkte, dass ich bislang kein Wort gesagt hatte, blieb sie stehen und drehte sich zu mir. Ich war ziemlich aufgebracht, aber ich versuchte, es mir nicht anmerken zu lassen. Ein solches Leben hätten Alexandre und ich uns nicht gemeinsam ausgesucht, erinnere ich mich, ihr gesagt zu haben. All das würde doch unser eh kaum noch vorhandenes Verhältnis nur noch mehr belasten.

– Hab etwas Geduld, Emma, nach den Wahlen wird alles besser.

Ich schaute sie an, voller Panik, Júlia war doch immer wie eine zweite Mutter für mich gewesen.

– Aber siehst du denn nicht, dass es nur noch schlimmer kommen kann? – Irgendwas in der Art muss ich wohl zu ihr gesagt haben, während sie mit einem Mal ihren rechten Zeigefinger auf die Lippen legte. »Pssst!« Víctor kam uns entgegen und wollte mir helfen, die

Taschen nach oben zu tragen. – Sag meinem Sohn nicht, dass ich dir davon erzählt habe! – bat sie mich und küsste mich auf beide Wangen, bevor sie sich eilig und mit einem strahlenden Lächeln auf den Weg in ihre Wohnung machte.

Jetzt ist der Himmel ganz weiß. Du kannst dir ja nicht vorstellen, in wie vielen Schattierungen ich ihn hier von der Straße aus schon gesehen habe. Auf dem Weg zur Firma habe ich immer nur nach unten geschaut, auf das Pflaster, ich war ständig in Eile. Und nach der Arbeit, wenn ich dich von der Schule abgeholt habe, sind wir gleich nach Hause; der Himmel war ganz weit oben über den Häusern, und ich bin nie auf die Idee gekommen, einmal hochzuschauen.

Hier draußen fühle ich mich frei und geborgen, die Hoffnung, dich wiederzusehen, lässt mir das Herz ganz weit werden, meinen Blick halte ich fest auf die Tür gerichtet, wenn du zurückkommst, werde ich dich gleich sehen. Ja, heute ist der Himmel über mir weiß und schimmert wie eine Handvoll Perlen. In Momenten wie diesen wünsche ich mir, ich hätte Flügel.

Auch wenn man den Eindruck hat, die Stadt würde vom Chaos beherrscht, folgt sie doch ihren eigenen Regeln. Ich verbringe viel Zeit damit, die Menschen zu beobachten, ohne groß dabei nachzudenken, vielleicht so, wie man auf dahinströmendes Wasser schaut, auf einen Fluss. Die meisten scheinen tief in ihre Gedanken versunken zu sein, wenn sie an mir vorbeihasten. Oft kommen mir Lieder in den Sinn, solche, wie sie meine Mutter immer gesungen hat und die ich damals nicht mehr hören konnte, und dann unterlege ich das Schauspiel vor meinen Augen mit Musik. Ich singe nicht, ich trällere leise vor mich hin: »...ein Geck und Schürzenjäger, weiße Leinenschuh' am Fuß und im Hemdausschnitt ein Tuch. Erwachsen bin ich jetzt und groß und führ ein niederträchtig' Leben, einen Fuhrmann hab ich ausgeraubt und muss dafür nun mit dem Leben büßen ...« Ich würde mich gerne an den ganzen Text erinnern, von der ersten bis zur letzten Zeile durchhalten, ohne zu stocken, so wie das Wasser, das ungehindert durch das Flussbett strömt.

Noch immer gibt es Momente, in denen es mir seltsam vorkommt, über alle Zeit der Welt zu verfügen, ich, die ich ja genug um die Ohren hatte, mit der Arbeit, mit dir. Als du geboren wurdest, dachte ich, mit dir würde die Freude in unser Leben zurückkehren, denn als ich ihm verkündete, »Alexandre, ich bin schwanger«, hat er mich angeschaut, so wie ich mir gewünscht hätte, dass er mich immer anschaut, und sei es am Tag nur ein einziges Mal. Er hat sich so gefreut. So sehr gefreut. Er hat gleich eine Flasche Sekt in den Eisschrank gelegt und gesagt: »Ich ruf Mutter an und Ilda, das muss gefeiert werden!« Ich weiß nicht, warum ich gedacht habe, er würde mir am nächsten Tag einen Strauß Rosen mitbringen, vielleicht weil ich das aus irgendwelchen Filmen so kannte. Oder ich davon gelesen hatte. Ein paar Jahre später, bei einem der Mittagessen mit der Führungsriege der Kanzlei, habe ich Mercè sagen hören, dass sie zur Geburt eines jeden Kindes einen Brillanten geschenkt bekommen hat.

Heute habe ich mich vor der Eingangstür von unserem Haus postiert, da war es noch gar nicht hell. Ich hatte geträumt, dass ich mich nicht mehr daran erinnern kann, wie du aussiehst, und bin jäh aus dem Schlaf hochgeschreckt. Ich überlegte krampfhaft, was ich ihm sagen sollte, dem Portier, wenn er mich sehen und mir erklären würde, er habe keinen Brief für mich, um mich dann wie immer ein Stück zu begleiten, damit ich auch ja schnell genug wieder verschwinde. Meine Gedanken gerieten ins Stocken. Ich sei krank und bräuchte Hilfe, das würde ich sagen. Endlich waren mir diese Worte eingefallen, und ich wiederholte sie mir: Ich bin krank und ich brauche Hilfe. Ich setzte mich auf die Türschwelle aus Marmor und dachte dabei an deine Füße, die jeden Tag, ob auf dem Weg nach draußen oder zurück ins Haus, über diese Stufe gelaufen sind. Eine verräterische Welle stieg in mir hoch und kehrte mein Innerstes nach außen. Ich beweinte meine Schuld, so, als wäre mir zum ersten Mal bewusst geworden, wie sehr sie auf mir lastet, am Anfang mit lauten Schluchzern, und dann war es, als würde Wasser die Erde durchtränken. Schließlich bin ich eingeschlafen. Bis ich plötzlich eine Art Schatten spürte und hochschaute. Nicht weit von mir entfernt stand ein gut gekleideter Mann mit einer dunklen Brille und beobachtete mich. Als er sah, dass ich ihn bemerkt hatte, forderte er mich auf zu gehen, ich könne hier nicht bleiben. Ich rührte mich nicht von der Stelle und gab ihm auch keine Antwort, legte sogar den Kopf wieder auf meine Knie. Aber ich merkte, dass er näher kam, und da sprang ich auf. Er blieb abrupt stehen, so, als ob er sich erschrocken hätte, und steckte eine Hand in seine Jackentasche. Wie zwei Feinde haben wir uns ein paar Sekunden lang belauert. Er war jung, schien kräftig zu sein und durchtrainiert. Dann fing er wieder an zu reden:

– Du musst hier weg …

Ich bin zu dem Baum vor dem Eingang des Nachbarhauses gegangen, und da erst fiel mir auf, dass es mittlerweile hell geworden war. Immer wenn ich mich zu ihm umdrehte, waren da seine Brillengläser, durch die er mich zu überwachen schien. Als ich ganz unvermittelt Alexandre vor mir auftauchen sah, habe ich meine Tasche und die Tüten einfach fallen lassen. Ich wollte zu ihm laufen, doch der Mann mit den dunklen Brillengläsern tat schnell einen Schritt auf mich zu und packte mich am linken Arm. So richtig fest. Dein Vater hat gesagt, »einen Augenblick«, und der Mann hat mich sofort losgelassen.

– Warten Sie einen Augenblick! – hat Alexandre wiederholt. Und zu mir gewandt: »Was willst du?« Ich hatte ihn lange nicht mehr gesehen und mir fiel auf, wie gut er aussah, nur seine Haare, die waren ganz weiß. Plötzlich dachte ich an mein eigenes Aussehen, ich hatte dem Brunnen heute noch keinen Besuch abgestattet, und da habe ich kein einziges Wort herausgebracht. Du weißt ja, wie sehr ich auf mein Äußeres Wert lege, eine schöne Frisur, der Lidstrich um die Augen, und natürlich der grüne Lidschatten, das muss einfach sein. Jeden Tag habe ich mich zurechtgemacht, da mochte kommen, was wollte. Sogar in Marseille, als es mir so elend ging, und ich wie ein Spürhund auf der Suche nach Beute durch die Stadt gestreift bin, mein Herz war der Jäger, ein Jäger ohne Waffe, der in seiner Jagdtasche all die verzweifelte Einsamkeit mit sich herumschleppte.

Der Mann mit den dunklen Brillengläsern kam wieder näher und zupfte Alexandre am Ärmel, und der folgte ihm zu einem schwarzen Wagen, der vor dem Haus stand und den ich zuvor weder gesehen noch gehört hatte. Kein Wort habe ich herausgebracht. Und dabei wollte ich ihm sagen, dass ich dich unbedingt sehen muss, weil ich mich doch nicht mehr an dein Gesicht erinnern kann.

Barcelona ist eine Stadt, in der die Baustellen schneller aus dem Boden schießen als die Früchte an den Bäumen wachsen können. Zu jeder Jahreszeit graben die Bagger Wurzeln frei, reißen die Kräne Stümpfe heraus, schießt der Zement in die Höhe. Ich habe mich an all diese Geräusche gewöhnt, die mich vorher, ich weiß nicht, ob du dich daran erinnerst, regelrecht um den Verstand gebracht haben. Jetzt mag ich sogar zusehen, wie gearbeitet wird, man könnte fast den Eindruck bekommen, ich sei wie einer dieser Rentner mit zu viel Zeit, die vor den Baustellen ihre Runden drehen und meinen, weil sie ja davon überzeugt sind, von allem und jedem etwas zu verstehen, unbedingt ihren Senf dazugeben zu müssen. Ich verbringe also ziemlich viel Zeit damit, die dunkelhäutigen jungen Arbeiter zu beobachten, wie sie Spitzhacke und Schaufel schwingen. Von jetzt auf gleich legen sie herrliche Löcher frei, in denen die Eingeweide der Stadt sichtbar werden, farbige Rohre und jede Menge Erde. Ja, besonders die satte Farbe des Lehms überrascht mich immer wieder aufs Neue, diese unter den Pflastersteinen verborgene Schönheit. Auch hier fangen sie gerade an zu arbeiten, auf der Avinguda de Roma, aber der Park bleibt zum Glück verschont. Ich sitze auf der Bank und betrachte die Schultern der Arbeiter, sie sind nackt bis zur Taille, und ich bekomme mit, dass sie reden, aber ihre Stimmen dringen nicht bis zu mir, und ich würde wohl auch kaum verstehen, was sie sagen, denn sie kommen aus dem Maghreb oder von noch weiter unten aus Afrika. Es sind Denis' Schultern, die ich vor mir sehe …

Für gewöhnlich achten die Leute nicht weiter auf die Bauarbeiten. Sie hasten vorbei, weichen den Gruben aus, drängen sich über die schmalen Bretterbrücken, unterhalten sich einfach weiter oder hängen ihren Gedanken nach. Auf dem Weg zu der Bar, wo ich mit Anna und Manel immer gefrühstückt habe, sind mir damals die Gruben und Gerüste noch nicht einmal aufgefallen. Ich war ziemlich sauer, dass Anna so getan hat, als würde sie mich nicht sehen. Manel und ich haben uns oft ein bisschen über sie lustig gemacht, ließen in ihrer Gegenwart schon mal, ohne boshaft zu werden, die ein oder andere ironische Bemerkung fallen, sind wir allerdings allein in die Frühstückspause gegangen, haben wir ganz schön über sie gelästert. Wir sind zehn Jahre jünger als sie, und ich dachte immer, es sei ein großer Vorteil, zehn Jahre jünger zu sein als Anna und schon die gleiche Position in der Firma zu bekleiden wie sie. Nun denn, du siehst ja, wie weit ich damit gekommen bin, manchmal nehmen wir uns einfach viel zu wichtig. Das war eine gute Zeit damals: Um halb elf morgens einen kleinen Espresso mit etwas Milch, die Galanterien von Manel, der immer durchblicken ließ, wie sehr ich ihm gefiel. »Grün steht dir gut, Emma«, und seine dunklen Augen schienen mich förmlich zu verschlingen. »Warst du beim Friseur?«, und seine Hand berührte für einen Augenblick verstohlen mein Haar. Für mich war dieser Flirt wie der Flügelschlag eines Schmetterlings. Ich lächelte ihn an, doch sobald ich wieder an meinem Schreibtisch saß, hatte ich ihn schon vergessen. Bis Büroschluss oder bis wir drei uns am nächsten Tag, ohne darauf zu achten, wohin wir unseren Fuß setzten, ob wir uns auf breiten Bürgersteigen fortbewegten oder zwischen Baustellen hindurchschlängelten, unter kahlen oder blühenden Bäumen gingen, wieder auf den Weg in die gemeinsame Kaffeepause machten. Um wie viel mehr genoss ich diese halbe Stunde als all die unzähligen Abende, die ich allein zu Hause saß oder neben deinem Vater, der sich noch Arbeit aus der Kanzlei mitgebracht hatte. Schon ganz am Anfang unserer Ehe, als du noch gar nicht geboren warst, hat er abends oft über seinen Büchern gehockt. »Ich brauche diesen zusätzlichen Abschluss doch, Liebste, lass uns später reden«, denn statt dass wir zusammen ausgegangen wären, musste er sich auf seinen Doktor vorbereiten.

– Aber ja, mach du doch was Schönes, Emma, amüsier dich nur.

An einem Nachmittag habe ich es mal geschafft, mehr als meinen halben Lohn für Klamotten auf den Kopf zu hauen, Klamotten für uns zwei. Er hatte mir schließlich doch erlaubt, in der Firma anzufangen, in der mein Vater fast zwanzig Jahre lang angestellt gewesen war, sie suchten jemanden mit Sprachkenntnissen. Anfänglich hatte er nichts davon wissen wollen, dass ich arbeiten gehe, schließlich würde auch keine von den anderen Anwaltsfrauen arbeiten, außer in der Kanzlei selbst. So wie Eugènia, die dort ebenfalls als Anwältin beschäftigt ist, oder Mercè, die eine Stelle als Sekretärin hat. Ich habe dir ja schon von den Sonntagen erzählt. Vielleicht erinnerst du dich an die beiden, aber du warst ja damals noch so klein … sie haben immer deinen Namen gerufen, und du hast dann gleich über das ganze Gesicht gestrahlt. Ich brauche nur an früher zu denken, schon sehe ich dich vor mir, und mein mühsam wiedergefundenes Gleichgewicht fällt wie ein Kartenhaus zusammen. Verzeih mir, Àngels, denn ich habe gegen dich gesündigt, ich hoffe, dass du mir eines Tages vergeben wirst.

Gestern ist es draußen im Park so angenehm kühl gewesen, dass ich nicht weiter auf die Zeit geachtet habe. Den ganzen Tag über hatte ich mit Kopfschmerzen auf der Bank vor mich hingedöst, kein Wunder also, dass ich um Mitternacht überhaupt noch nicht müde war. Meine Sachen lagen überall verstreut herum, keinen einzigen Gedanken hatte ich bislang daran verschwendet, sie zusammenzusuchen, als mir plötzlich einfiel, dass »mein« Kassenraum jetzt bestimmt besetzt sein würde und ich mir einen anderen suchen müsste. Ich hatte so gar keine Lust, mich auf den Weg zu machen, nicht ein bisschen, der Schluck aus der Flasche hatte mich in schönen Erinnerungen schwelgen lassen, und vielleicht hatte ich ja auch ein wenig zu tief hineingeschaut. Wenn du mich darum bittest, Kleines, dann geb ich das Trinken sofort auf, aber es soll mir bloß keiner mit Predigten kommen! Plötzlich hörte ich ein Auto bremsen und dann gleich wieder Gas geben. Sonst nichts, bis mich kurz darauf ein weiteres Bremsgeräusch und ein dumpfer Schlag aufspringen ließen. Auf der Fahrbahn, gleich auf der ersten Spur, lag ausgestreckt ein Hund.

Mit dem Tier war nicht zu spaßen, und darum machte ich aus meiner Einstellung ihm gegenüber von Anfang an keinen Hehl.

– Hunde kann ich nicht leiden!

Er hatte nämlich nach mir geschnappt, als ich ihn hochheben wollte, und während ich ihn unter seine Vorderbeine packte, um ihn in den Park zu schleifen, herrschte ich ihn an. Und er, als ob er mich verstehen würde, ließ das Maul, das mir seine fletschenden Zähne entblößt hatte, wieder locker. Nachdem ich ihn von der Straße in die Grünanlage geschafft hatte, starrten wir uns einen Augenblick lang an. Ich ließ ihn hinter einer Bank liegen, vor den Büschen, die den Park von der Fahrbahn abgrenzen. Danach zogen sowohl er als auch ich es vor, uns jeder weiteren Äußerung zu enthalten. Ich streckte mich auf der Bank gegenüber aus, auf der, die näher zu den Häusern hin stand, und während die Geräusche der Nacht zu mir drangen und ich hörte, wie der Hund sich ableckte, überkam mich mit einem Mal eine große Müdigkeit.

Jetzt beobachte ich ihn, wie er den Autos nachschaut, er rührt sich nicht von der Stelle. Sein Fell hat die Farbe von Zimt, ich finde, er sieht gar nicht mal so hässlich aus, aber das behalte ich besser für mich, einem von der Gattung Mensch wird er eh niemals mehr über den Weg trauen. Gerade erst habe ich den abgeschnittenen Boden einer Plastikflasche vor ihn hingestellt, den so eine verrückte Alte immer für die Tauben mit Wasser füllt, und da hat er mich zum zweiten Mal angeschaut. Der Blick dieses Tieres drückt mehr Trauer aus, als es all die Vorhaltungen deiner Großmutter getan haben. Ich habe an deine gedacht, an deine Augen, kleine Maus. Wie oft werden sie wohl schon gefragt haben, »wo ist meine Mama?«, ja, wo war ich nur und warum bloß hatte ich dich verlassen?

Ich muss wieder an die Sonntage denken, an die ganze Atmosphäre dort draußen, Landhaus mit Swimmingpool, Entspannung pur, während die Männer hinter verschlossenen Türen diskutierten; für andere Frauen der Himmel auf Erden, ich dagegen fühlte mich unter ständiger Beobachtung. Hätte ich nicht einfach faul in der Sonne liegen können, an meinem Aperitif nippen und den lieben Gott einen guten Mann sein lassen? Auf keinen Fall! Mit meinen Ansichten hinter dem Berg zu halten, da wäre ich mir schäbig vorgekommen. Von dem Tag an, an dem sich irgendjemand mit Bewunderung über General Franco geäußert hatte und ich dazwischengefahren war, wurde ich das Gefühl nicht mehr los, dass sie sich einen Spaß daraus machten, mich zu provozieren.

Beklagte ich mich zu Hause, wusste ich schon im Voraus, was mein Alexandre sagen würde. Sie hätten ihn in die Kanzlei aufgenommen, als er noch ein junger Anwalt ohne jegliche Erfahrung gewesen sei, sie würden an ihn glauben, und dafür zeige er sich erkenntlich. »Außerdem wartet da eine große Überraschung auf dich, Emma, aber darüber kann ich noch nicht reden.« Das hatte er mir ganz am Anfang gesagt, als er noch Vertrauen zu mir hatte.

– Mir gefällt es dort, Emma, mach dir nicht so viele Gedanken.

Ich sehe ihn noch vor mir, wie er sich zu mir beugt, so, als ob er es mir erklären will, und es sich im letzten Augenblick dann doch wieder anders überlegt.

Wir haben es einander nie an Achtung fehlen lassen, Àngels. Was mich anbelangt, haben wir uns, so abstrus das auch klingen mag, sogar zu sehr respektiert. Dann fing ich an zu arbeiten und gab jeden Monat fast meinen ganzen Verdienst gleich wieder aus. Wenn Alexandre spätabends nach Hause kam, völlig erledigt, und schon nach fünf Minuten im Sessel einschlief, habe ich ihn nur noch mit ungläubigem Staunen angeschaut.

Schließlich, aber da hatten wir uns längst auseinandergelebt, und ich nahm kein Blatt mehr vor den Mund, sagte offen, was ich dachte, und ging sonntags auch nicht mehr zu diesen unsäglichen Familientreffen, machte mein Alexandre nur noch ein resigniertes Gesicht. Aber mit keiner Silbe hat er sich je beklagt. Zuletzt war es wie mit einer Muschel, die einmal das Kostbarste unserer Liebe bewahrt hatte, doch für mich hielten ihre Schalen jetzt nur noch eine kleine Handvoll Sandkörner umschlossen.

Seit zwei Tagen liegt der Hund nun schon dort, wo ich ihn in der ersten Nacht hingeschleppt habe, hinter der Bank, neben der Fahrbahn. Er weiß, dass man ihn ausgesetzt hat, und so ist er einfach dort liegen geblieben und leckt sich nur ab und zu die Wunde an seinem Bein. Ob er seine Zunge wohl in das Wasser für die Tauben getaucht hat? Sicher ist lediglich, dass er den Teller mit den Kroketten und Pommes frites nicht angerührt hat, alles ist vertrocknet und wird von einem Schwarm Fliegen belagert. Ich weiß nicht, ob er auf seine Art nicht vielleicht doch darauf wartet, dass man ihn zurückholt, aber den Eindruck macht er eigentlich nicht. Ich bin zu ihm gegangen, und er hat noch nicht einmal den Kopf zu mir gedreht, nur seine aufgestellten Ohren verrieten Wachsamkeit. Ich habe zu ihm gesagt, er soll sich das Ganze doch nicht so zu Herzen nehmen und dass er mir bei näherer Betrachtung besser gefallen würde als die meisten Menschen. Aber nichts, keine Reaktion.

Zurzeit gehört ihm nur der Platz, den er mit seinem Körper in Beschlag nimmt. Er ist noch ärmer dran als ich. Ich habe mich ein paar Jungen in den Weg gestellt, die ihn mit einem Stock piesacken wollten. Sie haben lachend das Weite gesucht und mir Worte hinterhergerufen, die mich wohl beleidigen sollten. Aber allein du wärst jetzt in der Lage, mich zu verletzen, nur dass ich dich nicht hören kann. Ich spüre, wie sehr ich deine Stimme vermisse, genauso oder vielleicht sogar noch mehr als dich zu sehen.

Ich wachte auf, und es war noch dunkel. Ich sagte mir, Denis schreibt mir keinen Brief, weil er ja davon ausgeht, dass er mich jederzeit in der Firma antreffen kann. Das war mir plötzlich so klar, als hätte ich mitten im Traum eine Erleuchtung gehabt. Ich dachte nach: Wenn er zu Hause angerufen hat, wird er mich natürlich nicht erreicht haben. Es wäre wirklich am besten, ich ginge zur Firma, doch dafür müsste ich mich etwas herrichten. Ich wühlte in meiner Tasche und den Tüten und fand schließlich einen eng anliegenden, pistazienfarbenen Pullover mit kurzen Ärmeln, ein Geburtstagsgeschenk von dir. Eigentlich war es dafür ja viel zu heiß, aber der Pullover sah noch ziemlich sauber aus, und er würde mir Glück bringen, das beschloss ich einfach. Für diesen einen Tag sollten also die viel zu weiten T-Shirts, mit denen ich mich vor den Blicken der aufdringlichen Kerle, all dieser Zecken, zu schützen versuchte, nicht zum Einsatz kommen. Ich wusch mich unter dem Wasserstrahl am Brunnen. Die Haare wurden nass gemacht, und ich hielt sie im Nacken mit einem Gummiring zusammen. Sie sind ganz schön gewachsen, einfach so. Ich musste möglichst früh dort sein, damit ich ihn auch ja nicht verpasse. Im Außenspiegel eines dunkelblauen BMWs, so einer, wie wir ihn auch haben, überprüfte ich mein Äußeres, und ich fand, dass ich gar nicht mal so schlecht aussah. Meine Sachen verstaute ich im Gebüsch ganz in der Nähe des Hundes. Gleich würde ich Denis treffen, und darum fuhr ich dem Tier mit meiner rechten Hand über den Kopf. Er schaute mich an, ohne sich zu rühren, und ich sagte zu ihm: Ich liebe dich. Ich war wieder ganz Emma Desirée, voller Schwung und Elan. Dann machte ich mich schnellstens auf den Weg zur Firma, schließlich war es bis dahin ein ganz schönes Stück. Ich fühlte eine Leichtigkeit im ganzen Körper, als hätte ich zuvor für einen Wettlauf trainiert.

Meine Sachen fand ich dort, wo ich sie zurückgelassen hatte, der Hund war nicht da, ich setzte mich auf seine Bank und schloss die Augen. Wasser klatschte mir ins Gesicht, und als ich hochsah, erkannte ich die Jugendlichen aus der Clique, die mit dem Stock und den Schimpfwörtern, dieses Mal waren sie mit einem bunten Ball zugange. Ein Mädchen war auch dabei, dachte ich jedenfalls und schloss wieder die Augen. Ich träumte, ich wäre in dem Hotel in Marseille und würde ein Bad nehmen und friedlich vor mich hin dösen. Die zweite Wasserladung landete mitten auf meiner Brust, auf dem Pullover, und machte mir klar, dass ich nicht in der Badewanne lag. Plötzlich sah ich, wie sie versuchten, den Hund herzuzerren, dem sie eine Leine mit Maulkorb umgebunden hatten. Er bellte, und die Jungen feuerten ihn johlend an. Ich stand auf und schaute mich um. Einer von ihnen, kaum älter als fünfzehn, ließ ein ziemlich hässliches Wort fallen, eins mit zwei Silben, er war blond, nicht besonders groß und hatte klare Augen, mein Alexandre hat in seinem Alter so ähnlich ausgesehen.

Normalerweise gehe ich denen von der Schutzpolizei in ihren gelben Westen ja aus dem Weg, aber dieses Mal beschwerte ich mich bei Ihnen, dass die Jungen mit Wasser auf mich warfen. Ich spürte, wie sie die Reiseleiterin, die die Orientierung und ihr Mikro verloren hatte, von Kopf bis Fuß musterten, aber die beiden, ein junger Mann und eine junge Frau, sagten kein Wort, warfen sich nur einen Blick zu. Die Jugendlichen hatten sich längst aus dem Staub gemacht. Dann sagte ich noch, dass der Hund, den sie bei sich hatten, gar nicht ihnen gehört, sie hätten ihn mit Gewalt weggezerrt.

– Ist das Ihrer? – unter dem welligen Schnauzbart ließ sich eine misstrauische Stimme vernehmen.

– Sie können Anzeige erstatten! – das war die freundliche Rothaarige mit der kleinen Nase.

Der Empfang, den ich dem Hund bereitete, bewahrte mich vor einer Antwort. Er legte sich gleich wieder zwischen Bank und Sträucher. Die Leine mit dem Maulkorb ließ ihn wie einen entflohenen Galeerensträfling aussehen, auf die Erde hingegossen wie eine dieser Skulpturen, die man in den Parkanlagen sieht und vor denen die Leute stehen bleiben und voller Bewunderung sagen: Die sieht ja aus wie in echt!

Ich legte meine flache Hand auf seinen Kopf, strich über das zimtfarbene Fell. Keine Reaktion.

Ich sah den Hund an und sah mich plötzlich wieder vor der Firma stehen, ich weiß nicht warum. Nur Manel war auf mich zugekommen und hatte mich begrüßt.

– Hallo, was machst du denn hier?

– Ich warte auf Denis … – Manel nickte mit dem Kopf, so, wie wenn jemand mit Bedacht Ja sagt.

– Ich schau mal, ob er da ist, ich komm gleich wieder.

Es war heiß, und ich war für die Übergangszeit angezogen, trug dein grünes Geschenk aus feiner Wolle.

Es hatte nur einen kleinen Fleck auf der Höhe der Hüfte und eine Laufmasche am Halsausschnitt.

Manel brachte mich in die Bar, in die wir immer zum Frühstücken gegangen waren, morgen würde Denis in der Firma zu tun haben, und er selbst habe sich den restlichen Morgen freigenommen, schließlich hätte er mich ja schon so lange nicht mehr gesehen! Desirée, die Fremdenführerin, streckte die Schultern und lächelte glücklich, endlich, endlich! Nicht mehr lange, und alles würde wieder in Ordnung kommen. Vor der gläsernen Eingangstür zur Bar meinte Manel, eigentlich hätten wir es bei ihm zu Hause bequemer. Ich schüttelte den Kopf. »Ganz wie du willst«, meinte er, stieß die Tür auf und ließ mich vorgehen. Die ganze Theke schien auf mich zu stürzen; die Körper der frühstückenden Arbeiter, der zerstreute Blick des Kellners, der Duft nach Kaffee und Gebäck. Da war eine Frau in meinem Alter, sie lächelte einen kleinen Jungen an, der gerade in einen Donut biss; in ihrem Schoß lag ein Portemonnaie. Ich merkte, wie Emma Desirée mit ihrem bunten Regenschirm zusammensackte. Manel hakte mich unter, und gemeinsam traten wir den Rückzug auf die Straße an.

– Geht's wieder?

Wir nahmen uns ein Taxi zu seiner Wohnung. Die Taxifahrerin beobachtete uns die ganze Zeit im Rückspiegel. Manel sagte zu mir, »ganz ruhig, wenn du erst mal was gegessen hast, sieht die Welt gleich wieder viel freundlicher aus«. Es ist schon seltsam, wie sehr mich die abgedroschensten Phrasen durcheinanderbringen können. Die Welt müsste nicht freundlicher aussehen. Ich müsste einfach nur von ihr verschwinden, denn ich hatte mich in ein Ungeheuer verwandelt. Ich habe dir so viel Leid zugefügt, dass ich jegliches Recht verwirkt habe, und trotzdem setze ich noch immer alles daran, das wiederzubekommen, was mich dir und meinem ganzen früheren Leben hat abschwören lassen. Ich heulte wie ein Schlosshund, schluchzte immer wieder auf und wusste, alles würde mit einem ausgewachsenen Schluckauf enden. Manel versuchte, mich zu beruhigen, aber nicht ein einziges seiner Worte drang zu mir durch. Erst als ich aus dem Taxi stieg und die Augen im Rückspiegel nicht mehr sehen musste, fühlte ich mich ein wenig besser. Ich atmete tief durch.

– Ich mach uns schon mal einen Kaffee, und in der Zeit kannst du duschen, das wird dir bestimmt guttun.

Ich hatte überhaupt keine Lust dazu, aber nachdem ich mich auf den Toilettendeckel gesetzt und wieder einen Weinkrampf bekommen hatte, stellte ich doch die Dusche an. So als sei es ein Betttuch, unter dem man Vergessen finden könnte, ließ ich mich vom Wasser einhüllen. Ich wollte gar nicht mehr aufhören zu duschen, und Manel schien sich das gedacht zu haben, jedenfalls kam er mit einem großen, gelben Handtuch ins Bad. Er legte es um mich und rubbelte meine Haut trocken. Ich sagte ihm nicht, dass er mir wehtat, meine Tränen hatten alle Worte fortgeschwemmt. Er hielt mich mit seinen Armen umfangen und führte mich zu seinem Bett, wo er es zweimal hintereinander mit meinem Körper tat und dabei immer wieder sagte, »ich verspreche dir, dass ich ihn suchen werde«. Dann ließ er mich schlafen, ich hatte schon ganz vergessen, wie es sich anfühlt, auf einer Matratze zu liegen, in der weichen Höhle der Kissen.

Diese Kreatur ist genauso dickköpfig wie ich. Vielleicht sogar noch ein bisschen mehr. Aus dem Land der umsichtigen Leute, die im Besitz eines Kühlschranks sind, habe ich ihm ein paar Rippchen mitgebracht, doch er hat sie keines Blickes gewürdigt. Manel hatte sich schon zum dritten Mal mit den Worten verabschiedet, »bald werde ich dir was Genaues sagen können«. Kaum war er fort, habe ich die Rippchen aus seinem Kühlschrank gemopst, und hier liegen sie nun und warten auf die Fliegen.

Oft muss ich an die Abfolge der Dinge denken, ändert man sie, führt das zu anderen Ergebnissen. Achte nur ja auf die richtige Reihenfolge, Àngels, darauf kommt es an. Dein Vater und auch deine Großmutter haben sich völlig korrekt verhalten, das will ich gerne zugeben. Ich weiß sehr wohl, dass ich diejenige bin, die sich etwas hat zuschulden kommen lassen. Auch wenn er mich vernachlässigt hat, ich hätte ihm ja zuerst einmal sagen können, wie satt ich das Ganze hatte, wie leid ich alles war, und dass ich jetzt endlich meinen eigenen Weg gehen wollte, wer weiß, was ich alles hätte sagen und tun können. Dann hätte ich auch mein Recht auf dich nicht verwirkt und ich wäre frei gewesen, als ich Denis begegnet bin. Ich hätte ihn dir gleich vorgestellt, und du hättest ihn gemocht, da bin ich mir sicher. Jetzt ist mir klar, dass ich mich an eine Beziehung geklammert habe, von der weiter nichts als die äußere Hülle übrig geblieben war. Ja, unsere Ehe war wie ausgehöhlt, der eine lebte nur noch für seine Arbeit, und in der anderen hatten sich Einsamkeit und verletzter Stolz angehäuft. Der einzige Mensch, dem bewusst war, einmal abgesehen von mir, wie sehr ich unter dieser Situation litt, ist deine Tante Casilda gewesen, die abgedrehte und durchgeknallte Ilda. Sie musste allerdings lachen, als ich ihr erzählte, wir würden kaum noch miteinander schlafen, ihr Bruder und ich. Sie machte Witze darüber und schaffte es schließlich sogar, mich zum Lachen zu bringen. Deine Großmutter dagegen, der ich dasselbe erzählt hatte wie Ilda, denn letztendlich hat sie jedes Mal von mir alles haarklein erzählt bekommen, deine Großmutter also versteifte sich darauf, ich müsse mich unbedingt in Àlex' Lage versetzen, sie hat ihn immer Àlex genannt, wo er sich doch so aufopfern würde für uns, nur damit wir ein schönes, sorgloses Leben hätten.

Ein ganz normales Leben, das hätte mir ja schon gereicht.

Ich betrachte das Gebäude der Telefónica. Es sieht aus wie ein Flugzeug, so wie eins von denen, die man aus Papier bastelt, in der Mitte ein Knick, die beiden riesigen Seitenteile zeigen nach außen. Wenn ich mir vorstelle, das Gebäude würde plötzlich abheben und fortfliegen und dann wieder landen oder einfach in der Luft verschwinden, das wäre der helle Wahnsinn. Ich träume oft, ich wäre ein Vogel, sogar mit offenen Augen träume ich davon. Los, auf nach Marseille, um zu sehen, ob Denis aus diesem fremden Land zurückgekehrt ist, und dann zu unserem Haus, vielleicht kann ich dich ja abpassen, wenn du gerade kommst oder gehst. Aber all das spielt sich nur in meiner Fantasie ab. Seit dem Erlebnis mit dem Leibwächter mache ich zu ganz bestimmten Zeiten einen Bogen um das Haus, ich schaue nur kurz, ob mir der Portier ein Zeichen gibt, und da er das nicht tut, er tut es nie, verschwinde ich wieder. Ich muss es endlich akzeptieren, die einzige dunkle Wolke, die über deinem Leben schwebt, bin ich, deine Mutter. Bestimmt bist du auf einem guten Internat, oder sie haben dich tatsächlich ins Ausland geschickt. Deine Großmutter wird sich schon darum kümmern, dass du eine gute Ausbildung erhältst und dir nichts und niemand den Platz streitig macht, der dir dank der Bemühungen deines Vaters und ihrer eigenen in dieser Welt zusteht. Im Ernst, meine Kleine, auch wenn ich dich noch so gerne sehen möchte, ich weiß sehr wohl, dass Júlia recht hat: Im Augenblick kann ich dir nur schaden. Hör auf das, was sie dir sagt. Wenn Denis zurückkommt und es mir wieder gut geht, mach ich mich so richtig schick, und dann wird er mich zu einem Anwalt begleiten, und ich werde eine Eingabe machen, um dich sehen zu dürfen, und das werden sie mir nicht abschlagen können.

Der Junge, der immer die Gratiszeitung verteilt, hat heute einen ganzen Stapel auf die lange Zementbank gelegt, auf die, die am Kinderspielplatz steht. Zu den Bänken hinten in der Ecke, wo sich tagsüber der Rote aufhält, traut er sich nicht hin. Der Rote hat versucht, an der Leine vom Hund zu ziehen, da habe ich ihn angeschrien, und er hat mir den Stinkefinger gezeigt. Weißt du, den Maulkorb habe ich dem Hund ja schon längst abgenommen, aber mit der Leine war einfach nichts zu machen. Jetzt sieht er wie ein verloren gegangener Hund aus, aber er weiß sehr wohl, dass das bei ihm keineswegs der Fall ist, was er einem auch sofort klarmacht. Wenn es nötig sein sollte, kann ich ihn jetzt als meinen Hund ausgeben. Soweit ich das überblicke, hat er immer noch nichts gefressen. Und er ist weder dem Alkohol noch dem Tabak verfallen. Was macht bloß ein Hund, dem so übel mitgespielt wurde, um noch einmal von vorne anzufangen?

Morgens kann man schmale, längliche Rillen auf dem Boden erkennen, sie bilden ein Muster, so als würde es sich um eine primitive Verzierung handeln. Die Straßenkehrer mit ihren langen Reisigbesen lassen sie später verschwinden, aber am nächsten Morgen sind sie wieder da. Jeden Tag erinnern sie mich aufs Neue an unsere Sommerferien am Meer. Weißt du noch? Wir sind mit deiner Großmutter immer nach Caldetes gefahren, haben dort eine Ferienwohnung gemietet, und dein Vater ist gependelt. Jetzt erst wird mir bewusst, was für eine glückliche Zeit das gewesen ist, auch wenn ich mich damals gar nicht so gefühlt habe, einfach weil ich den Mann an meiner Seite vermisst habe, den Freund und Geliebten, den Vater meiner Tochter. Die Vormittage am Strand kamen mir endlos vor, du hattest nur eins im Sinn, mit mir im Meer herumzuplantschen, ich dagegen wollte lieber faul in der Sonne dösen und, während ich mich in der Hitze von allen Seiten rösten ließ, davon träumen, dass alles anders werden würde. Deine Großmutter hast du nie gefragt, ob sie mit dir ins Wasser geht, ich glaube, Júlia war deshalb traurig. Sie war die Sonne schnell leid, saß lieber unter dem Sonnenschirm und häkelte kleine Oberteile aus Perlgarn, »denn zusammen mit einem Stück Stoff gibt das gleich ein hübsches Kleidchen für die Kleine«. Sie hatte es sich angewöhnt zu sparen, etwas, was ich zutiefst verabscheute. Ich brachte dir das Schwimmen bei, aber so richtig deinen Spaß hattest du, wenn ich dich beim Fangenspielen unter Wasser zu packen bekam. Du hast dich dann an meinen Körper geklammert, und ich habe dich beschützt. Dein Körper war wie ein Teil von mir. Ach, kleine Maus, mein Leben gäbe ich jetzt dafür, wenn ich dich wieder so bei mir haben könnte …

Ja, ich erinnere mich gut, morgens in der Ferienwohnung, du hast noch geschlafen, wenn ich vom Bahnhof zurückkam, ich hab doch deinen Vater immer zum Zug gebracht, und auf dem Rückweg bin ich dann am Strand entlanggelaufen. Ich mochte dort gerne spazieren gehen, so früh war ja kaum jemand da, und im Sand habe ich dann die Spuren der Möwen sehen können. Am Abend hat der Zug Alexandre wieder ausgespuckt, meist kam er allerdings erst kurz vor Sonnenuntergang zurück. Und dann war er so müde, dass deine Großmutter schon während des Abendessens zu ihm sagte:

– Sieh zu, Àlex, dass du gleich ins Bett kommst.

Dabei war es gar nicht nötig, ihn zu ermuntern, schlafen zu gehen. Einmal gähnen bedeutete, wir werden nicht mehr rausgehen, um die kühle Abendluft zu genießen; zweimal, übers Kino reden wir ein andermal. Beim dritten Gähnen, auf das ein weiteres folgte, stand ich auf und brachte das schmutzige Geschirr in die Küche. Ich ging allein hinaus auf die Terrasse und dachte an das, was er so Ferien nannte. Wie jedes Jahr war mir gleich nach unserer Ankunft klar geworden, dass die Hoffnungen, die ich auf unsere gemeinsame Zeit gesetzt hatte, auch in diesem Sommer wie Seifenblasen zerplatzen würden. Mein Alexandre und diese Unruhe, die ihm mehr und mehr zu schaffen machte, all die Arbeit, die liegen blieb, die Einladungen in die Luxusvilla seines Vorgesetzten, seine Unlust bei allem, was unseren Alltag ausmachte … Aber dein Wohl, Àngels, davon bin ich überzeugt, wird er nie aus den Augen verlieren.

Seitdem der Rote den Hund an der Leine gezogen hat, lege ich mich, wenn es dunkel wird, immer auf die Bank, die das Tier als sein Revier markiert, ohne es verteidigen zu können, auf die Bank mit den Büschen dahinter, die seine zimtfarbene Gestalt vor den neugierigen Blicken der Passanten schützen. Wenn irgend möglich, verbringe ich die Nächte also nicht mehr im Vorraum der Sparkasse; mit einem Pullover und einem alten Mantel als Decke ist mir auch nicht kalt, außer an den Füßen. Von außen hat es den Anschein, als würden der Hund und ich uns gut verstehen, zusammen geht es uns beiden gut. Doch es ist so wie in jeder Vernunftehe, wir zwei kennen die Wahrheit: Er frisst nicht, und ich ernähre mich von Tabak und Alkohol. Bei dem einen ist es zu wenig, bei der anderen viel zu viel. Doch wen geht das was an? Alle beide haben wir uns das Leben ausgesucht, das wir führen, und alle beide haben wir uns, denke ich zumindest, ein wenig zu spät für die Freiheit entschieden. Aber vielleicht hat es bei ihm ja, anders als bei mir, keine Anzeichen gegeben. Er ist schließlich ein Hund. Seine Augen haben die gleiche Farbe wie sein Fell, aber sogar, wenn ich ihm meine Hand auf den Kopf lege, schaue ich ihn nie direkt an, das habe ich nur ein einziges Mal getan, und es hat mir gereicht. Ich muss alles dransetzen, wieder nach Marseille zu kommen; bei der Firma vorbeizuschauen, hat mich jedenfalls keinen Schritt vorwärts gebracht, im Gegenteil.

Du wirst es nicht glauben, aber vor ein paar Tagen hat mich der Portier doch tatsächlich herangewunken, als er mich auf unser Haus zukommen sah. Ohne auf den Verkehr zu achten, bin ich einfach über die Straße gerannt. Ein Auto musste scharf bremsen, und der Fahrer drückte dermaßen auf die Hupe, dass man hätte meinen können, sie wäre eingeklemmt. Er stieg aus dem Wagen und stürmte wutentbrannt auf mich zu, ich sah, wie sich das Gesicht des Portiers erschrocken verzog. Dann blieb der Autofahrer mit einem Mal stehen, schüttelte den Kopf und fing gehörig an zu fluchen. Schließlich zuckte er mit den Schultern;

ich kann mich nur noch an seine schräg gestreifte Krawatte erinnern, rot und vielleicht auch etwas blau, auf einem weißen Hemd. Ich hörte, wie er schrie:

– Das hätte ganz schön in die Hose gehen können, und alles nur wegen so einer Scheiß…! – Da zwang ihn ein himmlischer Chor von Autohupen zurück an sein Lenkrad. Ich verdrückte mich, so schnell ich konnte, und hielt meinen Schatz fest umklammert. Mein Vorname und die Nachnamen, alle beide, standen auf dem Umschlag … die Anschrift, die Postleitzahl, dieser Anblick war die reinste Freude! Ein vollkommenes Gemälde, auf dem einfach alles stimmte.

Ich kenne Denis' Schrift gar nicht, fuhr es mir durch den Kopf, aber die auf dem Briefumschlag zeugte von einer starken Persönlichkeit, irgendwie die typische Schrift eines intelligenten Mannes. Mir schien sie jedenfalls perfekt zu sein. Auf der Straße waren viele Menschen unterwegs, sodass ich mich entschloss, in den Park zu gehen, um den Brief dort in aller Ruhe lesen zu können, doch ich musste stehen bleiben, denn meine Beine und Hände fingen an zu zittern. Auf dem Umschlag stand kein Absender. Nicht gut, dachte ich, und das gab mir einen kleinen Dämpfer. Ich setzte mich auf die Türschwelle von einem riesigen Portal. Als ich »Liebe Emma« las, war mein Herz kurz davor zu zerspringen, die Tränen schossen mir hervor, wie kann man jetzt bloß weinen, wirst du denken, und dabei war ich doch einfach nur glücklich in diesem Moment! »Wir haben uns schon so lange nicht mehr gesehen, dass ich gar nicht weiß, wie ich anfangen soll …«, hieß es dann weiter, am liebsten würde ich ihn dir ganz abschreiben, ein so schöner Brief ist das. Besonders eine Stelle habe ich immer und immer wieder gelesen: »Emma, du weißt ja nicht, wie sehr ich dich geliebt habe! Es gab Momente, da war ich so versunken in den Anblick deiner schwarzen Augen, in die Form deiner Lippen, dass ich drohte, ohnmächtig zu werden. Weißt du noch? Wenn du dich auf einen Stuhl oder eine Bank gesetzt hast, dann habe ich meinen Arm auf die Rückenlehne gelegt, ganz nah an deine herrlich glänzenden Haare, und doch habe ich mich nicht getraut, sie zu berühren, außer in dem Augenblick, in dem du deinen Kopf zu mir gedreht hast, und deine zarte Stimme, wenn du voller Begeisterung zu mir gesprochen hast …« Als ich diese Zeile las, suchte ich nach der Unterschrift, denn wie konnte er schreiben, er hätte sich nicht getraut, mich anzufassen, wo unsere Körper doch fast miteinander verschmolzen waren? Der Name stand am Ende der zweiten Seite. Meritxell. Ja, du hörst richtig, Kleines, meine Freundin aus der Schulzeit.

Du kannst dir nicht vorstellen, wie mir zumute war. Ich schleuderte die Blätter weg und brach schluchzend in Tränen aus, es muss wie ein Aufheulen gewesen sein. Der Hund hätte mich verstehen können. Jemand, der gerade vorbeiging, fragte mich, was denn los sei, und machte Anstalten, die Briefbögen, die auf dem Gehsteig gelandet waren, wieder aufzuheben. Ich wollte mich auf den Mann stürzen, um ihn daran zu hindern, doch zum Glück bekam ich ihn nicht zu fassen, zumal er sofort von seinem Vorhaben abließ. »Die ist ja verrückt«, stieß er seufzend hervor, bevor er kopfschüttelnd das Weite suchte. Ein außergewöhnlicher Mensch musste das sein, denn wer bleibt schon vor jemandem in meinem Zustand stehen? Wieder fing ich an zu weinen, doch ich glaube, dank dieses Unbekannten, endlich wie ein menschliches Wesen.

Erst später, im Park, als ich die Flasche aus meiner Tasche herausholen wollte, merkte ich, dass ich noch immer die Blätter und den Umschlag zerknüllt in der Hand hielt, ich nahm einen großen Schluck, denn sie waren ein für alle Mal zerknittert. Heute könnte ich gar nicht mehr sagen, wie lange das schon her ist und auch nicht, wie oft ich diesen Brief seitdem gelesen habe.

Ich erinnere mich, wie ich einmal ein Stück Papier gebügelt habe, auf dem ein paar Verse gestanden sind, die hatte ich mir abgeschrieben, weil ich sie auf der Abschlussfeier am Ende des Schuljahres vortragen sollte. An den Namen des Dichters kann ich mich schon gar nicht mehr erinnern, aber ich weiß noch, wie das Gedicht anfängt: »Das Haus, das ich mir wünsche, das Meer soll es sehen, und Bäume voller Früchte mit ihm ein Festmahl begeh'n …«, für mich klingt das wie der Inbegriff des Glücks, aber das Glück, das habe ich ja in Händen gehalten und es doch nicht festhalten können. Jetzt würde Glück für mich bedeuten, mit dir zusammen sein zu dürfen und nicht mehr an Denis zu denken oder bei Denis sein zu können und nicht die Wunde deiner Abwesenheit spüren zu müssen. Das ist wie mit »Amèlia ist krank, die Tochter des guten Königs … sie kommen sie zu sehen … und andere Leute auch«, für mich klingt das wie der Schlüssel zu einem Geheimnis, das ich noch nicht gelöst habe. »Ach mein Herz, es verknotet sich mir wie ein Strauß voller Nelken …« Erst jetzt, wo ich hier sitze und alles aufschreibe und dabei ständig an dich denke, wird mir bewusst, wie oft ich dieses Lied schon gehört habe, ohne dass ich auch nur ein einziges Mal begriffen hätte, dass es sich mit dem Herz, das sich zusammenzieht, so verhält wie mit den Stängeln der Blumen, die zu einem Strauß zusammengebunden werden.

Ich mochte schon immer gerne lesen und schreiben. Hinter dem Rücken der Lehrer verfasste ich Gedichte, so wie Meritxell und die anderen auch. Sie war eine Leuchte in Naturwissenschaften, aber wir bewunderten sie viel mehr für ihre Gedichte, oft gab sie uns das, was sie geschrieben hatte, zu lesen, schenkte uns ihre Verse, mal der einen, mal der anderen. Sie schrieb immer mit einem Füller, der eine breite Feder hatte, und benutzte schwarze Tinte. Vom ersten Augenblick an, als ich den Brief zu lesen begann, und da war ich noch weit davon entfernt, ihn mit meiner Freundin aus Schulzeiten in Verbindung zu bringen, kam mir diese schöne, gleichmäßige Schrift, trotz der mit einer feinen Feder geschriebenen Buchstaben, irgendwie bekannt vor, auch die Art und Weise, sich auszudrücken, hatte etwas Vertrautes an sich, aber der Wunsch, der Brief möge von Denis kommen, trübte meinen Blick. Ja, in der Tat, Meritxell konnte schon immer gut schreiben, und jetzt, wo ich ihre Zeilen gelesen habe, denke ich, niemand sonst hätte mir einen so schönen Brief schreiben können. Es heißt dort, endlich sei sie glücklich. Ich könne mir ja keine Vorstellung davon machen, wie sehr sie all die Jahre darunter gelitten hat, sich anders als alle anderen zu fühlen. Als ich anfing, mit Àlex zu gehen, wollte sie nur noch sterben, sie war kurz davor, »Schluss zu machen«, in Anführungszeichen schreibt sie das, aber es hat ihr an Mut gefehlt.

Ich habe einen Teil meines Lebens Revue passieren lassen, der mir heute so viel lebendiger vorkommt als all die einsame Eintönigkeit des Alltags, die ich jahrelang mit deinem Vater gelebt habe. Nur du hast sie durchbrochen, Àngels, diese Eintönigkeit, aber du siehst ja, das hat mir nicht gereicht. In meinem Kopf spukten all die Fremden mit ihren Fotoapparaten herum, wie sie sich, beseelt von dem Wunsch, mit einem einzigen Klick ihrer Kamera die ganze Schönheit eines Platzes, eines Gebäudes, eines Museums einzufangen, an meine Fersen hefteten. Und Emma Desirée schwenkte ihren bunten Regenschirm, sie brauchte ja unbedingt die Liebe eines Mannes, verrückt nach ihr sollte er sein, und ein Blick aus seinen Augen ihr das Entzücken der fremden Urlauber ersetzen. Was für eine dumme Gans ich doch war, und ich bin es noch immer! Ich verstehe einfach nicht, warum ich nach wie vor alles dransetze, um dieses Begehren wieder spüren zu können? Aber es ist eben dieser fiebrige Taumel, in dem ich leben will, mein Kleines, oder gar nicht.

Heute, so viele Jahre später, kann ich nachempfinden, wie Meritxel sich damals gefühlt haben muss. Sie war die Klügste, hatte alles, was man sich nur wünschen kann und noch mehr, aber sie war nicht glücklich. Sie hatte über Selbstmord mit uns gesprochen, seitdem ich ihren Brief gelesen habe, kommt diese Zeit, kommt all das, was ich tief in meinem Inneren verschlossen hatte, mit einem Mal hervor. Jetzt erinnere ich mich wieder daran, wie sie zu mir gesagt hat, allein unsere Freundschaft halte sie vor diesem letzten Schritt zurück, ihre Eltern würden sie nicht verstehen. Mir wird klar, dass ich ihr das damals nicht so ganz abgenommen habe; was sie uns erzählte, klang wie ein Roman, ich dachte, sie sei eben ein Mensch mit viel Fantasie. Für mich war es, als würde sie auf der Bühne stehen und eine Rolle spielen. Nicht etwa, dass sie uns täuschen wollte, sie ließ sich einfach mehr als andere von ihren Gefühlen leiten. Sie hatte sich schon in ein paar Mädchen aus unserer Klasse verliebt. Ich zog mich von ihr zurück, auf eine etwas schnöde Art, wie ich heute denke, denn schließlich sind wir damals unzertrennlich gewesen. Es tat mir leid um unsere Freundschaft, aber irgendwie fühlte ich mich auch erleichtert, denn ich wusste, ich würde Meritxell niemals so lieben können wie sie mich. Ich war erst kurz mit deinem Vater zusammen, da sah man sie nur noch in Begleitung des Mädchens, das in der Schule überhaupt nicht mitkam, ein Mädchen, das immer ein wenig abseits stand. Und ich erinnere mich daran, wie sich kurz vor Beginn der großen Ferien die Eltern der beiden in der Schule die Klinke in die Hand gegeben hatten, aber es war unser letztes Jahr, das, bevor wir zur Universität gewechselt sind, und alles in allem ist Meritxell nichts weiter als eine gute Freundin für mich gewesen, während ich ihr sicher sehr viel mehr bedeutet habe.

Sie schreibt mir, dass sie jetzt glücklich ist. Jetzt sei endlich Schluss damit, ihr Anderssein als eine Art Geisteskrankheit zu empfinden, und diese Sehnsucht, sich einfach in Luft aufzulösen, weil es auf dieser Welt ja eh keinen Platz für sie gebe, auch damit sei es nun ein für alle Mal vorbei. Und ich sollte das alles wissen, weil sie mich immer geliebt hat. Sie lebt jetzt mit ihrer Lebensgefährtin in Galicien, sie lädt mich zu ihnen ein, die beiden leben zusammen wie jedes andere Paar auch. Ihre Briefe müssen noch in der Wohnung sein, in irgendeiner Schublade liegen, all die Briefe, die sie mir früher aus den Ferien geschrieben hat, und auch ein paar Gedichte. Nach der Hochzeit mit deinem Vater habe ich sie mitgenommen, deine Großeltern hatten keine Ahnung von dieser Zuneigung. Was würde ich jetzt dafür geben, um das, was Meritxell geschrieben hat, noch einmal lesen zu dürfen, aber wahrscheinlich ist alles schon längst in der Mülltonne gelandet. Was deine Großmutter wohl mit meinen ganzen Sachen gemacht hat?

Am Brunnen habe ich meinen Kopf unter den Wasserstrahl gehalten und mir mit Seife meine Haare gewaschen, die in Meritxells Erinnerung so herrlich glänzen.

Heute Nacht habe ich geträumt, ich würde auf allen vieren einen mit Unkraut und Gestrüpp bedeckten Abhang hinunterkriechen, es war stockdunkel. Eigentlich verstehe ich immer noch nicht, weshalb er mich verlassen hat, aber vielleicht ist das ja die Strafe für all das, was ich dir angetan habe, jedenfalls werde ich versuchen, dir meine Sicht der Dinge darzulegen.

Ich bin durch die Straßen von Marseille geirrt, ohne darauf zu achten, wie erschöpft ich eigentlich war, irgendwann fiel ich einfach um und konnte aus eigener Kraft nicht mehr aufstehen. Vielleicht war es in Denis' Plänen ja gar nicht vorgesehen, dass ich mit ihm nach Frankreich ging? Wahrscheinlich sollte ich nur ein kurzes Abenteuer sein, aber dann sah er sich plötzlich mit der Tatsache konfrontiert, dass ihm die Fremdenführerin nachlief, und Desirée wollte unbedingt den Sieg davontragen, dazu war sie fest entschlossen.

Ich glaube, im Traum war ich vor irgendjemandem auf der Flucht. Ich erinnere mich nicht mehr genau, aber weshalb sollte ich sonst so ziellos herumgerannt sein? Ich wachte auf und befand mich im Vorraum der Sparkasse. Trotz der Hitze hatte ich die Tür zugemacht und von innen den Riegel vorgeschoben. Wie gut, dass das möglich ist, denn irgendwie habe ich immer Angst. Früher gab es für mich nur Tag oder Nacht, entweder das eine oder das andere, und der Tag fing an, wenn ich wach wurde und aufstand, ganz egal um welche Uhrzeit. Heute teilt sich die Nacht für mich in vier Phasen. Der Traum hat mich in der dritten aufwachen lassen, in der es am dunkelsten ist und am kältesten, selbst im Sommer. Ich hatte mir zwar einen Mantel über die Füße gelegt, aber trotzdem war mir die feuchte Kälte der Nacht bis in die Knochen gedrungen. Und noch immer sah ich vor mir, wie sich meine Hände am Gestrüpp festkrallten, spürte ich mein Herz bis zum Hals pochen. Ein Druck legt sich auf meine Brust, wenn ich in dieser ruhigsten Phase der Nacht wach werde. Am liebsten wäre ich sofort aufgesprungen und hätte den Hund geholt, damit er sich vor meine Füße legt. Ich musste an deine kleine Katze denken, die hat das auch immer getan. Ihr Körper war warm, und im Sommer hat sie sich mitten auf den Fliesen lang ausgestreckt, die Pfoten und den Schwanz und den Kopf. Oder nur so durch die Straßen laufen, das hätte ich auch gerne getan, um diese Starre in mir zu vertreiben. Aber noch immer ist die Erinnerung viel zu lebendig, die Erinnerung an all die Nächte, in denen ich genau das getan habe und doch nicht mit meiner Unruhe fertiggeworden bin, mit all meiner Angst, und mir stattdessen jede Menge Probleme eingehandelt habe.

Nach einem tiefen Schluck aus der Flasche habe ich mich wieder lang ausgestreckt.

Der Hafen von Marseille, die Küste und die Häuser am Meer. Wir haben uns ein Hotel etwas außerhalb genommen. Er kam und ging, ich verbrachte viele Stunden im Zimmer, ich schlief, sonnte mich und machte mich hübsch. Von den ersten beiden Tagen einmal abgesehen, hat er mich nie zum Essen ausgeführt, und nicht einen einzigen Spaziergang durch die Stadt hat er mit mir gemacht, wir waren eigentlich immer nur mit dem Auto unterwegs und sind dann wieder gleich zurück ins Hotel. Während er seiner Arbeit nachging, hatte ich alle Zeit der Welt, sogar genügend Zeit zum Nachdenken hatte ich und zu Hause anzurufen, immer in der Hoffnung, deine Stimme zu hören. Wenn mir die Decke auf den Kopf fiel, ging ich eine Weile nach draußen, ohne mich aber allzu weit vom Hotel zu entfernen, für den Fall, dass Denis käme und mit mir zusammen sein wollte. Manchmal tauchte er früh am Morgen auf oder um die Mittagszeit, er trug mich zum Bett, und danach hatte er es eilig, wieder fortzukommen. Nur ganze drei Nächte verbrachte er mit mir. Eine, da waren wir gerade aus Barcelona angekommen, und dann noch ein Wochenende, Freitag und Samstag.

Ich hatte viel Zeit, um an dich zu denken und mir Vorwürfe zu machen, das ging schließlich sogar so weit, dass ich oft noch nicht einmal angezogen war, wenn Denis kam, und er mich in Tränen aufgelöst vorfand. Ich bat ihn darum, mit mir zurück nach Barcelona zu fahren, um dich zu holen, er sagte mir, später, dann wurde ich wütend und wies ihn zurück, bis ich wieder anfing zu weinen. Währenddessen hatte er bereits eine Flasche Cognac bestellt, wiegte mich in seinen Armen, flüsterte mir Liebesworte ins Ohr, und das Ganze endete in Küssen und einem leidenschaftlichen Rausch. Danach rauchten wir gemeinsam eine Zigarette. Alles in allem, ein Abhang mit starkem Gefälle, aber auf abschüssigen Pfaden geht es sich ja gerade am Anfang besonders leicht.

Später dann, er brauchte nur deinen Namen zu hören, verfinsterte sich gleich sein Gesicht, aber mit wem hätte ich denn sonst über dich sprechen können und über das, was ich dir antat?

Am Ende fand ich unten an der Rezeption nur eine unglaublich hohe Hotelrechnung vor.

Vor Jahren habe ich einmal ein Buch gelesen, das in Marseille spielte, aber die Handlung kam mir erst wieder in den Sinn, als ich noch einmal die Orte aufsuchte, an denen ich mit ihm gewesen bin. In dem Roman ging es um eine junge Frau, die auf der Suche nach ihrem Mann stundenlang durch die Stadt lief, von einer Bar zur nächsten, von einem Konsulat zum nächsten. Diese Geschichte fiel mir wieder ein, als mir bewusst wurde, dass ich die Lokale betrat und mich dort umschaute, ohne wirklich etwas wahrzunehmen. Ich dachte an dich, Àngels, oder ich dachte daran, wie verzweifelt ich war, und meine Augen schauten einfach durch die Menschen hindurch. Denis hätte an einem dieser Orte sein können, in die ich eingedrungen war wie ein leichter Windhauch, der sich mit hineinschleicht, wenn man die Haustür öffnet. Ich hätte ihn gar nicht bemerkt. In dem Roman gibt es noch einen anderen Mann, einen, der die junge Frau liebt, aber bis zuletzt sagt er ihr nichts davon. Es ist die Geschichte einer leidenschaftlichen Liebe vor dem Hintergrund gefahrvoller politischer Ereignisse. Und die Protagonisten sind allesamt Emigranten, allesamt auf der Suche nach einem Dokument, das ihnen die Flucht ermöglichen soll.

Ich befand mich in keinerlei Gefahr, und genau aus diesem Grund war mein Verhalten geradezu peinlich, wenn nicht sogar absurd. Eines Tages war Denis nicht mehr ins Hotel zurückgekommen und an sein Handy ging er auch nicht. Stunden um Stunden allein im Zimmer, tat ich nichts weiter als auf ihn zu warten, auf ihn oder einen Anruf von ihm. Die Panikattacken brachten mich an den Rand der Verzweiflung, und ich erkannte, dass ich unbedingt frische Luft brauchte. Damals fing das mit meinen Streifzügen durch die Stadt an, auf denen ich mich bis zur völligen Erschöpfung von einem Ort zum nächsten treiben ließ, um schließlich einfach irgendwo sitzen zu bleiben.

Plötzlich hatte ich eine Eingebung: Ich könnte ihn doch vor der Firma abfangen, für die er arbeitete. Zunächst lag ich nur tagsüber auf der Lauer, während ich die Nächte in einer heruntergekommenen Pension in der Nähe der Altstadt verbrachte, eine Flasche Cognac immer in Reichweite; später dann war ich Tag und Nacht vor seiner Firma anzutreffen. Dort begann meine Vorbereitung für ein Leben auf der Straße.

Eines Morgens schließlich, obwohl ich mich, ohne mir dessen bewusst zu sein, eigentlich unsichtbar fühlte, kam ein junger Mann auf mich zu, um mir zu sagen, Denis sei nicht mehr in Marseille, man hätte ihm eine dringende Aufgabe im Ausland übertragen, für die er mindestens ein halbes Jahr lang unterwegs sein würde. Vor lauter Erleichterung fing ich an zu weinen, endlich war da jemand, der mit mir redete, und zumindest hatte Denis existiert. Der Mann schien sich unbehaglich zu fühlen, er führte mich in ein Café, und wir setzten uns vis-a-vis an einen kleinen Tisch, auf dem ein winziger Glaskrug mit einer Blume stand, und der erinnerte mich mit einem Mal an all die banalen Dinge des Alltags, die ich schon vor langer Zeit im Sack des Vergessens hatte verschwinden lassen. Augenblicklich kam ein Kellner, um unsere Bestellung aufzunehmen. Es war ein angenehmer Ort, gedämpftes Licht, leise Hintergrundmusik. Der Mann schob mir ein Paket mit Papiertaschentüchern über den Tisch, während er mir unterm Tisch gleich ohne Umschweife seinen Fuß zwischen die Beine stellte. Woher wusste dieser junge Kerl eigentlich, wer ich bin, fragte ich mich? Und gleich darauf, er hatte es ja nur von Denis erfahren können, was der ihm wohl über mich erzählt haben mochte? Ich ging zur Toilette und schloss mich dort ein, trotz der vielen Taschentücher gelang es mir nicht, meine Tränen zu trocknen. Als ich wieder herauskam, fand ich auf dem Tisch ein Glas, eine Flasche Cognac und ein Blatt Papier. Es war ein ausgedruckter kurzer Brief, der Name Denis stand darunter. Er schrieb, was mir sein Arbeitskollege bereits gesagt hatte, dass sie ihn vorübergehend ins Ausland geschickt hätten. Ich begriff, dass er mir nicht sagte, wohin, weil er sichergehen wollte, dass ich ihm nicht hinterherreise. Er wusste also, wie verzweifelt ich war. Sobald es ihm möglich sei, würde er mich holen kommen oder mir nach Barcelona schreiben.

Wieso ließen mich diese paar Zeilen wieder Hoffnung schöpfen? Vielleicht, weil sie mich davon befreiten, ihn weiter zu suchen und mir einen gewichtigen Grund gaben, Marseille zu verlassen. Ich würde zu dir zurückkehren, mit Alexandre sprechen, mit Júlia, sie mussten mir einfach zuhören; ich hatte nur dieses eine Leben, und ich konnte es nicht weiterleben, als hätte es Denis für mich nie gegeben. Eilig stopfte ich meine Sachen in die Reisetasche und kaufte mir einen Fahrschein. In Barcelona würde ich dann einfach geduldig abwarten, ohne irgendjemandem Probleme zu bereiten oder Forderungen zu stellen. Während der Zugfahrt erschien mir das Gesicht von Denis' Arbeitskollegen wie ein Bild in einem Zerrspiegel. Weißt du noch, meine kleine Maus, wie viel Spaß wir damit immer im Vergnügungspark auf dem Tibidabo gehabt haben? So ein junger Mann, vielleicht gerade mal Mitte zwanzig, wenn überhaupt, aber irgendwie, finde ich, hat er ein bisschen unglücklich ausgeschaut.

Es sind ein paar Tropfen gefallen, und auf den Bänken sieht man lehmige Flecken. Da ist niemand mehr im Park, keine Kinder oder Greise, keine Passanten oder Pärchen. Der Hund und ich, so als hätten wir uns in einen verwunschenen Garten zurückziehen wollen, sind ganz alleine. Ich schaue nach oben: Die Akazien haben fast all ihre Blüten verloren, der Boden hingegen ist mit Gelb übersät. Einen Moment lang bin ich richtig glücklich gewesen. Ich habe so vieles zu überlegen, dass ich nicht weiter auf den Hund achte. Als ich mich dann umdrehe und ihn so daliegen sehe, ganz wie immer, die Pfoten und den Körper lang ausgestreckt, ist mir aufgefallen, dass seine Rippen ziemlich hervortreten. Wie lange es wohl schon her ist, dass er ausgesetzt wurde, dass er nichts mehr gefressen hat, habe ich mich gefragt. Soll ich dir was sagen, ich habe jegliches Zeitgefühl verloren. Schon lange komme ich ohne die Wochentage aus, ich weiß gar nicht mehr, welchen Tag wir gerade haben, nur wenn ich ab und zu mal eine Zeitung in die Hände bekomme; ja und einen Feiertag, den kriege ich auch mit. Wegen der ganzen Knallerei ist mir klar, dass der Johannistag nicht mehr weit sein kann.

Ich habe sein Fell gebürstet, und er hat die Augen geöffnet; ich habe ihm frisches Wasser gebracht, aber ich sehe ihn nicht trinken. Ich könnte ihn ja zum Essen einladen, habe ich gedacht, aber wenn er keine Kroketten mag, was wird ihm dann wohl schmecken? Plötzlich ist mir ein Gedanke durch den Kopf geschossen! Und wenn er an dieses Trockenfutter für Hunde gewöhnt ist?

Ich bin dann in so ein Geschäft für Tierbedarf gegangen. Ich weiß nicht, was ich für ein Gesicht gemacht habe, aber als das Mädchen hinter dem Ladentisch mich kommen sah, sie war gerade mit ihrem Handy am Telefonieren, hat sie schnell gesagt, »ich muss auflegen«, ihr ist gar nicht bewusst geworden, dass man ein Handy überhaupt nicht auflegen kann.

Ich habe nach Trockenfutter gefragt, und sie wollte wissen, was für eins. Es sei für einen Hund, erklärte ich ihr, der schon seit Tagen nichts mehr fressen würde, weil er sehr traurig sei.

Die Verkäuferin musterte mich von oben bis unten. Dann ging sie nach hinten, und im selben Augenblick kam von dort eine Katze herausgeschossen, sie lief auf mich zu und strich um meine Beine. Ich habe an unsere Katze denken müssen, Àngels, die in dem Laden hatte ein kürbisfarbenes Fell. Ich habe sie gestreichelt und Lulú zu ihr gesagt. Das Mädchen, das gerade einen Sack auf den Ladentisch hievte, forderte sie auf, »Cuqui, geh wieder rein«.

– Gibt's das nicht auch etwas kleiner?

Eine Frau mit einem winzigen Hund auf dem Arm betrat den Laden, und das Mädchen warf ihr einen Blick zu, als ob sie zum Ausdruck bringen wollte, dass man hier jede Menge Geduld braucht. Die Frau blieb in der Nähe der Eingangstür stehen und hielt ihre Miniaturausgabe von Hund im Arm, als wäre er ein Neugeborenes. Ich habe fast einen Lachanfall bekommen, aber dann gleich wieder an die hervorstehenden Rippen vom Hund gedacht. Also legte ich einen Geldschein auf den Ladentisch und nahm die Packung mit dem Hundefutter, die mir das Mädchen mittlerweile von hinten geholt hatte, und als ich wieder hochschaute, lag das Wechselgeld schon vor mir. Der Ladentisch war eine dieser gläsernen Auslagen, und mit einem Mal entdeckte ich unter den Münzen und kleineren Scheinen, die ich herausbekommen hatte, einen quietschblauen Fressnapf, der mich an irgendetwas Schönes erinnerte, aber ich weiß nicht, woran. Und da habe ich gesagt:

– Den da hätte ich auch gerne!

Mir kam es so vor, als würde das Mädchen für ein paar Sekunden den Atem anhalten, bevor sie sich schließlich aus dem Wechselgeld auf dem Ladentisch den entsprechenden Betrag zusammensuchte. Draußen bin ich noch vor dem Schaufenster stehen geblieben, um mir die Fische in dem großen Aquarium anzuschauen. Ich habe mich in der Glasscheibe gespiegelt und in den Fischen, die immer nur hin und her geschwommen sind. Ich weiß nicht, vielleicht ist es ihnen dort drinnen ja zu eng, und sie sind auf der Suche nach dem Ausgang, in der Hoffnung, woanders mehr Platz zu finden. Ich habe noch einmal durch das Schaufenster in den Laden gesehen. Das Mädchen und die Frau mit dem kleinen piepsenden

Hund starrten mich an. Da habe ich den Arm gehoben und ihnen zugewunken.

Ich musste an früher denken, immer wenn ich mich einsam gefühlt habe, bin ich einkaufen gegangen. Sie haben sich schon um mich gekümmert, das kann ich nicht anders sagen. Mein Alexandre hat allerdings erst gar nicht mitbekommen, dass es mir schlecht ging, nur seine Mutter. In so einer bedeutenden Klinik bin ich dann vom Chefarzt höchstpersönlich behandelt worden. Er war der Freund von irgendeinem Anwaltskollegen deines Vaters aus der Kanzlei. Alle beide haben sie mich dorthin begleitet, er hatte sich sogar freigenommen, mein Mann. Nachdem wir uns miteinander bekanntgemacht hatten, erzählten dein Vater und deine Großmutter, weshalb wir hergekommen seien, und dann schickte der Arzt sie in das kleine Vorzimmer. Sie könnten dort auf mich warten. Er senkte seine Stimme und fragte mich, was mit mir los sei. Unmöglich, das in ein paar Worten zusammenzufassen. Dann eben, wie ich mich gerade fühlen würde. Ich antwortete ihm, dass mich das Leben anekelt und zugleich wütend macht.

– Lassen Sie uns Klartext reden – sagte er.

Ich erinnere mich noch, wie er sich über den Tisch, einen wunderschön glänzenden Tisch, zu mir beugte. Er notierte sich meine Worte mit einem dicken, schwarzen Füllfederhalter, dessen Kappe mit einer vergoldeten Linie verziert war. Ich fühlte mich wichtig. Dann, als er bemerkte, dass ich schwieg, fragte er mich, ob mein Mann mich vielleicht misshandeln würde, ich müsse keine Angst haben, ich solle es ihm frei heraus sagen. Ich traute meinen Ohren nicht, das kannst du mir glauben, und fing schallend an zu lachen, ich konnte gar nicht mehr aufhören, bis ich merkte, dass der Arzt ganz unruhig wurde. Ich weiß nicht, ob mein Alexandre und Júlia mich haben lachen hören.

– Und Ihre Schwiegermutter, ist sie nett zu Ihnen?

Ich sagte ihm, wie es war, dass ich nichts Nachteiliges über sie sagen könne, nein, wirklich nicht, rein gar nichts. Er ließ nicht locker. Und ich erzählte ihm, dass deine Großmutter nahezu perfekt ist, dass sie sich um uns kümmert, um einfach alles, und wie viel ihr daran liegt, dass ich es genauso halte, eine pflichtbewusste Ehefrau bin, die nur das Glück ihres Mannes im Sinn hat.

– Eine allgegenwärtige und auf den Sohn fixierte Mutter – ließ er mit lauter Stimme vernehmen. Und ich dachte: Das klingt so ähnlich wie das, was Ilda immer sagt, das muss ich mir unbedingt merken. Er machte sich wieder Notizen und schraubte dann die Verschlusskappe auf seinen Füller, um die Feder zu schützen. Schließlich forderte er mich auf, ihm zu erzählen, was ich denn den ganzen Tag über so machen würde.

Ich glaube, er war ein ziemlich intelligenter Mensch. Er rief die beiden wieder ins Zimmer und bat sie, sich zu uns zu setzen. Bevor er das tat, hat mein Alexandre meine Hand gedrückt und mich angeschaut. Der Arzt wandte sich direkt an ihn, er sprach eindringlich, mit lauter und energischer Stimme, so wie ein Vater, der seine ganze Autorität aufbietet. Es sei wichtig für mich, etwas Eigenes zu haben, ich solle arbeiten, studieren, was auch immer. Auf jeden Fall nicht so viele Stunden allein zu Hause verbringen, das sei nicht gut für mich. Ich erinnere mich, wie er sich dann mit unmissverständlichen Worten noch an deine Großmutter gerichtet hat, »es fällt ihr schwer, mit Frustrationen umzugehen«, hat er betont, »darum fühlt sie sich auch so schlecht, und wenn Sie da keine Abhilfe schaffen, ist es durchaus möglich, dass ihre Unzufriedenheit Sie alle in Mitleidenschaft ziehen wird«. Beim Rausgehen fragte sie mich, was ich dem Arzt denn über deinen Vater und sie erzählt hätte, doch Alexandre hat sie gleich unterbrochen, »lass sie in Ruhe, Mutter«. Mir wäre es nur recht gewesen, über alles zu reden, aber er schweigt ja lieber, versucht stets Worte zu vermeiden, die verletzen könnten, denn einmal ausgesprochen, lassen sie sich schließlich nicht mehr zurücknehmen. Ich gab niemandem die Schuld, wenn überhaupt, hätte ich vielleicht den Lauf der Dinge verantwortlich gemacht, die Wechselfälle des Lebens eben, aber dieser Arzt gehörte zu denjenigen, die einen

Schuss abgeben, bevor die Rebhühner losfliegen. Und er hatte ins Schwarze getroffen, bums!, die Vögel fielen direkt in den Kochtopf.

Dann war das Angebot von der Firma gekommen, in der schon mein Vater gearbeitet hatte, und als ich zu Hause sagte, dass ich es gerne versuchen würde, ist Júlia gleich einverstanden gewesen und hat dabei meinen Alexandre angeschaut, und der hatte dann auch nichts dagegen. Es schien sogar, als würden sie sich freuen. Ich hätte damals den Mut aufbringen sollen, mir selbst eine Arbeit zu suchen, aber als Reiseleiterin, denn das ist schon immer mein Traum gewesen. Dann hätte sich Emma Desirée, die attraktive und unbekümmerte Fremdenführerin, erst gar nicht in meinen Kopf einnisten können.

Ich weiß zwar nicht genau wieso, aber mit einem Mal habe ich begriffen, woran ich zerbrochen bin. Mach nur das, was du auch wirklich willst, meine kleine Maus, ganz egal, was die anderen davon halten, du musst dir selbst treu bleiben.

Es ist unglaublich heiß. Ich stehe auf, obwohl es noch mitten in der Nacht ist. Trotz der Decke und des Pappkartons auf der Bank, meine Knochen tun mir weh. Ich gehe zum Brunnen, um mich gründlich zu waschen, ich kämme mich, ziehe mir um jedes Auge einen Lidstrich und trage anschließend den Lidschatten auf, so wie jeden Tag. Mitten am Vormittag überfällt mich oft die Müdigkeit, dann verziehe ich mich in irgendeine schattige Ecke und schlafe im Sitzen ein, und dieses kurze Einnicken bringt mir mehr als die ganze angebliche Nachtruhe. In der letzten Zeit treibt sich auch der Rote hier im Park herum. »Na, meine Schöne, und wenn du und ich es mal miteinander treiben würden?«, dann lacht er und zeigt dabei seine schwarzen Zähne. Er stinkt.

Ich gebe mir alle Mühe, mich nicht zu vernachlässigen, ich denke dabei an dich, an Denis, denn vielleicht habe ich ja Glück und komme eines Tages doch wieder mit euch zusammen. Euch beiden verdanke ich es, dass ich nicht ganz verwahrlose. Der Rote macht mir Angst, er ist jähzornig, einmal habe ich mitbekommen, wie er sich mit einem sehr viel älteren Mann gestritten hat, und dem hat er dann eine ganz schöne Tracht Prügel verabreicht. Ich versuche, ihm aus dem Weg zu gehen. Ich rechne fest damit, bald wieder in deine Welt zurückzukehren, auch wenn mir dort viele Dinge gar nicht gefallen. Zimmerdecken nehmen mir die Luft zum Atmen, nur die Straße gibt mir ein Gefühl von Freiheit und Hoffnung. Eines Tages werde ich erleben, wie Denis auf mich zukommt und mir seine Hand entgegenstreckt, anlachen wird er mich mit seinen strahlendweißen Zähnen, und sein blondes Haar wird ihm leicht in die Stirn wehen. Verzeih mir, verzeih mir, Àngels, ich glaube, ich bin wirklich nicht mehr zu retten!

Ich fände es wunderschön, wenn du erst erwachsen bist, dass wir beide, du und ich, irgendwann einmal gemeinsam nach Marseille fahren. Dann könnte ich dir all die Straßen und Plätze zeigen, all die Orte, an denen ich schon gewesen bin, aber vielleicht würde ich ja auch die ganze Zeit nur nach ihm Ausschau halten und nicht genug für dich da sein, doch damit ist jetzt Schluss: Du bist für mich das Wichtigste. Ich soll mir nichts vormachen? Dann fahr du hin, meine Kleine, fahr hin, wenn du kannst, falls du Lust hast. Und denk an mich, wie ich dort verloren umhergeirrt bin, schier erdrückt von dieser Leere in mir und meiner eigenen Dummheit. Ich bitte dich, sei mir nicht böse, nur weil ich auf mein Herz gehört habe.

Ich weiß nicht, ob du jemals darauf geachtet hast, aber es gibt verschiedene Wachzustände. Manchmal, da schwimme ich schon seit einer ganzen Weile im Horizont, ich liege auf dem Rücken, und das Wasser unter mir ist so weich, und ich sehe dich, halte dich in meinen Armen, oder ich sitze ganz einfach auf der Arbeit vor dem Bildschirm und tippe irgendetwas in den Computer. Plötzlich taucht mich eine Stimme ins Wasser, ist es mit einem Mal stockfinster, aber den vorbeirauschenden Autoverkehr ganz in meiner Nähe nehme ich wahr, das Auf- und Abblenden der Scheinwerfer und immer wieder ein knatterndes Auspuffrohr. Wie lange bin ich wohl schon wach?

Mitunter spüre ich am Tag das Licht auf meinen geschlossenen Augenlidern, von der Schaukel dringen Stimmen zu mir, und meine Gedanken werden von zwei Worten beherrscht: Verzeih mir, verzeih mir … Oh, Àngels, verzeih mir, vielleicht werde ich dich ja niemals wiedersehen. Oder du läufst an mir vorbei, und ich erkenne dich nicht mehr. Beide Vorstellungen bestärken mich darin, bloß nicht aufzuwachen, aber ich weiß ja längst, dass ich nicht mehr schlafe. Ich öffne meine Augen, und die Schaukel bewegt sich nicht, da ist niemand.

»Amèlia ist krank … die Tochter des guten Königs … Grafen kommen, um sie zu sehen, Grafen und feine Leut'. Ach mein Herz, es verknotet sich mir wie ein Strauß voller Nelken« …

Ich höre den Hund schnarchen, vielleicht träume ich es auch nur, als ob ein kleiner Motor aussetzt und dann wieder anspringt, diese Tiergeräusche sind mir vertraut, jetzt verstehe ich … Es war ein Fehler, als ich dir damals gesagt habe, nach Lulú würde ich keine Katze mehr wollen, jetzt ist mir das klar, aber jetzt ist es zu spät. Das scheint mein Schicksal zu sein: Im Halbschlaf erkenne ich, was ich zu tun habe, sobald ich aber die Augen öffne, vergesse ich es gleich wieder.

Ich habe Wasser auf die Stirn vom Hund getupft, denn am frühen Morgen, als ich ihn angefasst habe, fühlte er sich ziemlich heiß an. Es tut mir leid, die Taubenfrau verscheucht zu haben, das ist die, die nicht ganz richtig im Kopf ist. Sie kauft immer Hirse und verteilt sie jeden Abend an die Tauben. Sie hat gefragt, wie es dem Hund geht, und ich habe mich aufgeführt, als ob sie sich in mein Leben einmischen wollte, angefahren habe ich sie, sie soll mir einen Gefallen tun und diejenigen, die sich einmal entschieden haben, einfach in Ruhe lassen. Sie hat mich keines Blickes mehr gewürdigt und ist weggegangen. Ich denke, das Tier hat Fieber. Ich habe seine Schnauze befeuchtet, und ich glaube, er war mir dankbar dafür. Der blaue Napf steht neben ihm, randvoll, so wie am ersten Tag, nur dass sich etwas Staub auf die leuchtende Farbe gelegt hat.

Den Tag verbringe ich mit Lesen und Schreiben. Nur ab und zu schaue ich noch zum Hauseingang hinüber. Dein Vater und du, ihr wohnt nicht mehr dort, da bin ich mir ziemlich sicher.

Große und kleine Kinder werfen Böller, sie schmeißen Knallfrösche oder lassen Raketen steigen, bestimmt schließen die Schulen bald bis zum Herbst ihre Tore. Du bekommst Ferien …

Er kann sich kaum noch auf den Beinen halten, seine Rippen stechen hervor. Ich habe ihm frisches Wasser gebracht, und er hat vor meinen Augen davon getrunken. Danach habe ich den quietschblauen Fressnapf vor ihn hingestellt, nachts wirkt er irgendwie dunkler, da hat er nicht diesen leuchtenden Schimmer, der mich immer an einen Gegenstand denken lässt, den ich sehr mag, an den ich mich aber einfach nicht erinnern kann. Das alte Trockenfutter habe ich in den Papierkorb geschüttet und frisches aus der Packung nachgefüllt. Der Hund hat seine Zunge hineingesteckt, einmal geleckt und mich angeschaut. Wie würdest du denn reagieren, wenn man dir, nachdem du tagelang nichts gegessen hast, einen Teller mit Bohnen und salzigem Stockfisch vorsetzen würde? Schließlich bin ich auf die Idee gekommen, etwas Wasser unterzumischen, das gibt eine Art Brei. Der Hund hat dann noch mal seine Schnauze hineingesteckt und sein Maul geöffnet; als er seinen Kopf wieder hochgehoben hat, klebten an der einen Seite zwei Ringe von dem Trockenfutter, ich musste lachen und habe ihn einfach umarmt, bevor er den Kopf wieder sinken ließ. Dann fiel mir ein, dass von meinem Abendessen ja noch zwei Kroketten übrig geblieben waren, und die hat er mir dann Stück für Stück aus der Hand gefressen. Dieser Hund ist ein Genie, er hat es erreicht, dass mir mein eigener Kummer mit einem Mal gar nicht mehr so groß vorkommt.

Ich erinnere mich noch an das Jahr, als ich in der Johannisnacht einen Verband um mein Bein tragen musste. Wir wollten das Ende des Schuljahrs feiern und sind mit der ganzen Clique raus zum Strand gefahren, wo ich von einer Klippe runtergefallen bin.

Ich habe mir ziemlich wehgetan und auch eine tiefe Schnittwunde abbekommen, die blutete. Alexandre wich den ganzen Abend nicht von meiner Seite. Wir schauten den anderen beim Tanzen zu, saßen nur so da, Hand in Hand, und sagten kaum ein Wort. In schwierigen Situationen läuft dein Vater zur Höchstform auf, das ist eine seiner Stärken. Er ist niemals wieder so zärtlich gewesen wie damals, als wir nicht wie alle anderen beim Tanzen unseren Spaß haben konnten, und Knallfrösche haben wir auch nicht geworfen, uns noch nicht einmal geküsst. Meritxell hatte uns eingeladen. Ihre Familie lebt im höher gelegenen Teil der Stadt, im Sarrià-Viertel, in einem Haus mit Garten. Ständig kam sie zu uns, sagte Alexandre, dass sie mir schon Gesellschaft leisten würde, und dann lächelte er sie an, blieb aber trotzdem bei mir, und meine Hand, die ließ er keinen Augenblick los. Also, wenn er will, dann wächst er regelrecht über sich hinaus. Während unserer Ehe habe ich mich oft gefragt, was bloß aus dieser Fürsorge geworden ist, aber es stimmt schon, in schwierigen Situationen hat er sich auch später nie aus der Fassung bringen lassen. Ein geplatzter Reifen, ein Strafzettel oder ein Diebstahl, ganz egal, um was für ein Malheur es sich handelte, in solchen Momenten hat er eine Ruhe ausgestrahlt, die ihm im Alltag zu Hause völlig fremd war. Im Grunde lebt dein Vater nur für seine Arbeit, aber er wird dich immer zu beschützen wissen.

Gerade kommt das Elektromobil der Stadtreinigung, das von einer Frau gefahren wird, die einen knallgrünen Overall trägt. Sie steigt aus, ich kenne sie schon, und zündet sich sofort eine Zigarette an, dann greift sie zu dem großen schwarzen Gummikorb und dem langen Reisigbesen. Sie ist blond gefärbt und sieht nicht besonders glücklich aus. Sie raucht während der Arbeit, und wenn sie fertig ist, spuckt sie die Zigarette auf den Boden, drückt sie aus und kehrt sie mit der letzten Schaufel trockener Blätter und gelber Blüten zusammen. Ganz professionell eben. Früher ist immer ein Mann gekommen, der mir mit einem verschmitzten Lächeln zu erkennen gegeben hat, dass er mich durchaus wahrnimmt.

– Na, wo bleibt denn dein Märchenprinz?

Er hat sich auch immer eine Zigarette angezündet, aber in aller Ruhe, und sich dann daran gemacht, die Hinterlassenschaften der Möwen zu beseitigen und den Blütenteppich zusammenzufegen. Die brennende Kippe hat er dann ganz am Schluss einfach auf die Straße geschnipst. Irgendein Reifen würde der porösen Glut des Filters schon den Garaus machen. Er trug seine langen Haare zu einem Pferdeschwanz zusammengebunden und hat mich immer so von der Seite angeschaut, als ob ihm jemand gerade einen Witz erzählt hätte, er sich aber doch nicht durchringen könnte, darüber zu lachen.

Sie fegt mit mehr Ausdauer und auch gründlicher als er, die Kippe in ihrem Mund scheint sie mit Energie für ihre Arbeit zu versorgen. Ansonsten tut sie immer so, als ob sie niemanden sehen würde. Einmal hat sie sich allerdings vor mir aufgebaut und mich angegiftet:

– Was glotzt du mich denn so an?

Heute habe ich die ganze Zeit, die sie im Park gefegt hat, nur geschrieben, wenn sie wüsste, dass es dabei um sie ging …

Vom Blütengelb der Bäume ist keine Spur mehr zu sehen. Der Park kommt mir staubig vor und schmutzig. Den August über verfallen die Stadtviertel, die für die Touristen nicht von Interesse sind, in eine Art Lethargie, wie verlassen liegen sie da. Die Sommerferien zerstreuen die Menschen, die für gewöhnlich die Straßen und Plätze bevölkern, in alle Winde; die meisten Läden und Geschäfte sind geschlossen.

Ich habe mir wieder einen Schlafplatz vor dem Gebäude der Telefónica gesucht, denn wegen meiner Bleibe im Carrer Consell de Cent hat es unter den Hausbewohnern Streit gegeben.

Die meisten waren den August über ja in Ferien, und währenddessen habe ich dort Unterschlupf gefunden, die Tür, durch die man in eine geräumige Eingangshalle gelangt, war fast nie verschlossen, und ich habe dort richtig gut schlafen können. Zwei alte

Leute, die immer alles gemeinsam machen, haben mir einen Schlafsack geschenkt, so einen, wie ihn die Wanderer haben, und eine alte Decke für den Hund. Sie haben mir keine Fragen gestellt, auch wenn ich glaube, dass sie das schon gerne getan hätten, und ich habe jeden Morgen meine Sachen zusammengepackt, den Schlafsack eingerollt und gleich in der Früh das Feld geräumt. Es war lange her, dass ich an einem Stück hatte schlafen können, allmählich ließ sogar meine Angst nach, und selbst die Erinnerung an dich, mein Mädchen, tat nicht mehr ganz so weh in diesem ersten Sommer unserer Trennung.

Aber in der letzten Augustwoche kamen dann fast alle wieder zurück. Familien mit Kindern, mit großen und kleinen, mit Eltern und Haustieren, unternehmungslustige Singles, einsame Menschen mittleren Alters. Es gab eine Versammlung, und auf der wurde beschlossen, die Polizei zu rufen, sollte ich mich, mit oder ohne Hund, in der Dunkelheit wieder ins Haus schleichen, um dort die Nacht zu verbringen. Mehrheitlich wurde das beschlossen. Der alte Mann mit seiner kräftigen, wohltönenden Stimme hat es mir erzählt, ohne mich groß zu bemitleiden, aber auch, ohne mich vor den Kopf zu stoßen, er hat einfach ganz normal mit mir geredet, von gleich zu gleich. So wie an dem Nachmittag, an dem er mir eine Kinokarte für zwei Filme im Méliès geschenkt hat. Die nächste habe ich mir dann selbst gekauft.

– Meine Frau hat gemeint, dass Sie vielleicht gerne ins Kino gehen würden. Das bringt Sie auf andere Gedanken, und schön kühl ist es dort auch.

Das war das einzige Mal, dass ich ihn ohne seine Frau gesehen habe. Sie ist schon mindestens siebzig, doch ihr Gesicht, um das dünnes, weißes Haar weht, ist das Gesicht eines kleinen Mädchens, zierlich ist sie und nicht besonders groß. Ich vermute mal, dass sie so gut wie nie Besuch bekommen, und auswärts geschlafen haben sie auch nicht, jedenfalls nicht an den Wochenenden, die ich in ihrer Eingangshalle übernachtet habe.

Mir war aufgefallen, dass sie manchmal bereits früh am Morgen das Haus verließen. Meine Unruhe hatte mir schon vor einer ganzen Weile den Schlaf geraubt, und wie immer wälzte ich meine verheerende Lage hin und her. Darum sprang ich einfach auf und folgte ihnen. Wohin sie wohl vor acht Uhr in der Früh gingen? Sehr weit jedenfalls nicht, sie gingen zur Pfarrkirche im Carrer Diputació. Ich betrat ebenfalls die Kirche und blieb in der letzten Bank sitzen. Ein paar Minuten später fing die Messe an. Wie hatte ich das nur vergessen können?

Im Kino fühlte ich mich wie im siebten Himmel. Völlig selbstvergessen habe ich gelacht, habe ich geweint und mit all den Figuren oben auf der Leinwand mitgefiebert. Es waren kaum Leute in der Vorstellung, und der Junge an der Kasse, derselbe, der auch die Eintrittskarten abgerissen hatte, zuckte bloß mit den Schultern, als ich ihn fragte, ob ich nicht meine Tasche und die Tüten hinter der Kinokasse lassen dürfte, ganz am Anfang des länglichen Foyers. Ich glaube, er hat sogar hin und wieder mal ein Auge auf den Hund geworfen, der auf dem Bürgersteig ausgestreckt neben einer Platane lag.

Der August lässt die wenigen Menschen, die in der Stadt zurückgeblieben sind, näher zusammenrücken, uns verbindet die Solidarität derjenigen, die nicht wie alle anderen haben verreisen können, denen das aus irgendeinem Grund verwehrt blieb.

Der alte Mann erzählte mir also, dass es zwischen den Hausbewohnern Streit gegeben hatte, und als er schwieg, habe ich zu ihm gemeint:

– Machen Sie sich keine Sorgen.

Ich habe dann noch mal im Park vorbeigeschaut, doch mit dem wenigen Grün und so ganz ohne das Blütengelb auf dem Boden ist er mir ziemlich unwirtlich vorgekommen, selbst die beiden von der Stadtreinigung mit ihren Besen scheinen Reißaus genommen zu haben. Doch das war nur ein erster Eindruck. Was für ein Glück, dass es in der Stadt so viele Brunnen gibt, in der Nähe des Consell de Cent, ganz am Anfang der Straße, ist auch einer, ich habe mich dort jeden Tag waschen können und dabei an dich gedacht, Àngels. Aber der Brunnen hier im Park verkörpert so etwas wie Hoffnung für mich, dieses Wasser ist die Brücke, die mich zu dir führt, du bist mein Ziel. Hier habe ich mir die Tränen aus dem Gesicht gewaschen und meine Haare, den Hals, die Füße, die Beine ... wenn ich den Knopf reindrücke, fließt es immer wieder aufs Neue und es stellt mir keine Fragen, für mich ist das Wasser ein Geschenk des Himmels.

Ich muss schauen, dass ich dich nicht noch irgendwie verpasse, und so lasse ich das mit der Bücherei erst einmal bleiben, gehe nicht mehr dorthin, um in Zeitschriften zu blättern oder ein Buch zu lesen, Bücher ausleihen darf ich ja nicht, denn am ersten Tag habe ich offen heraus gesagt, wie es ist, ich hätte besser den Mund halten sollen.

– Im Moment bin ich ohne festen Wohnsitz.

Damit habe ich es der armen Bibliothekarin, die so jung und schüchtern ist, unmöglich gemacht, ein Auge zuzudrücken, denn die Bestimmungen untersagen es ihr, einer wie mir Bücher auszuleihen. Stell dir mal vor, mein Mädchen, jemand hätte bei dir zu Hause angerufen und nach mir gefragt! Aber ich bin jeden Morgen in die Bibliothek gegangen, es war so schön kühl dort, und ich konnte den Hund draußen beobachten, im Parc de l'Escorxador, und wenn ihn jemand ärgern wollte, bin ich gleich rausgerannt und habe ihn verteidigt. Der Collegeblock ist ganz unten in der Tasche liegen geblieben, ich habe kein einziges Wort geschrieben. Erst als ich zurück in den Park bin, ist mir wieder nach Schreiben gewesen. Bis dahin haben mir die Fantasy-Romane Gesellschaft geleistet, wie oft bin ich mit meinen Gedanken dann bei dir gewesen …, schließlich haben wir solche Geschichten immer zusammen gelesen, entweder nur ein Kapitel oder gleich alles, erinnerst du dich noch?

Bei jeder Geschichte habe ich mir überlegt, was dir daran wohl gefallen und was dir Angst machen könnte, sogar auswendig gelernt habe ich sie, damit ich sie dir später auch erzählen kann, und mir dabei vorgestellt, wie deine Augen strahlen werden.

Bis zur Bibliothek läuft man ein ganz schönes Stück, und es ist noch immer viel zu heiß. Seitdem ich in den Park zurückgekehrt bin, vermisse ich die Bücher. Fast hätte ich das Buch, das ich gerade las, ja einfach mitgenommen. Es steckte schon in meinem Hosenbund, und bestimmt hätte mir niemand was gesagt, erst recht nicht die junge Bibliothekarin mit dem unruhigen Blick, selbst wenn sie gesehen hätte, wie ich es mitgehen ließ. Aber dann dachte ich, gib ihnen bloß keinen Anlass zu denken, sie könnten mit ihrer Meinung über dich vielleicht richtigliegen.

Es geht mir jetzt nur um eins, ich will dich unbedingt wiedersehen, dein Vater hat es mir versprochen, im Herbst, wenn die Schule wieder anfängt, auch wenn sie gar nicht den ganzen August über in Ferien gewesen sind.

Ja, auf die Idee bin ich an dem Tag gekommen, als ich dem alten Ehepaar gefolgt bin, dem aus dem Haus, in dem ich geschlafen habe. Ich habe einfach die Tage bis zum nächsten Sonntag gezählt und bin dann in die Kirche gegangen, in die deine Großmutter für gewöhnlich geht, jede Messe habe ich besucht. Und im Hochamt, um zwölf Uhr, waren sie dann alle beide, dein Vater und deine Großmutter. Du nicht. Nein, du nicht. Ich beschloss, sie nach der Messe anzusprechen, ich hatte mich zurechtgemacht, trug saubere Kleidung, die ich auf der Bank in der Eingangshalle vorgefunden hatte, die alten Leute hatten sie dort für mich hingelegt.

– Vielleicht passen sie Ihnen ja, es sind lauter luftige Sachen, aus der Zeit, als meine Frau noch jung war.

Sie sagte nie etwas, schaute mir aber immer in die Augen und lächelte mich an.

Ich glaube, ich bot einen ziemlich erfreulichen Anblick, auch wenn ich abgenommen hatte, ich würde am Seitenausgang auf sie warten. Aber dann hörte ich den Pfarrer predigen, wie überzeugt er doch davon war, das Gute vom Bösen trennen zu können, mit welcher Inbrunst er all die Gutmenschen segnete. Und ich sah, wie hingebungsvoll Júlia mit ihrem Sohn sprach, mit welcher Ehrfurcht er sich zu ihr beugte.

Und du, wo warst du?

Als ich sah, dass dein Vater zur Kommunion ging, bin ich raus aus der Kirche, ich würde erst einmal tief durchatmen und dann wieder hineingehen. Ich würde draußen warten. Aber schließlich bin ich fortgegangen.

Es war immer noch sehr heiß.

Montag. Ich habe in der Kanzlei angerufen, in der Wohnung, auf seinem Handy, bei Júlia zu Hause. Nichts.

Während der Festa de la Mercè drängen alle möglichen Leute in den Park und auf die Straße, es ist noch lauter als sonst. Spärlich bekleidete junge Mädchen kreischen abends herum oder sind lauthals am Lachen; nachts sehe ich Gruppen von Jugendlichen, die mit einer Flasche in der Hand die Auspuffrohre ihrer Mopeds qualmen und aufheulen lassen. Ich bin nicht müde und behalte den Hund im Auge, werfe ab und zu einen Blick auf ihn und vertreibe mir meine Zeit ansonsten mit dem nächtlichen Spektakel. Ich sehe den Roten auf mich zukommen. Er trägt wie immer seinen langen Rauschebart und redet ein genauso verworrenes Zeug wie sonst auch, außerdem klingt bei ihm irgendwie alles feucht, ich weiß nicht, wie ich das anders ausdrücken soll, also was ich sagen will, er spricht durch die Nase, und die glänzt wie eine Speckschwarte, am besten schaue ich gar nicht hin. Aber er kommt näher und baut sich vor mir auf und sagt, ich soll ihm einen blasen, und wenn ich das nicht tue, wird er mich windelweich schlagen. Und ich sage ihm, er soll ja die Biege machen, denn sonst würde ich losschreien, und dann sei hier der Teufel los. Er fängt an zu lachen und macht sich daran, seine Hose aufzuknöpfen, ich will aufspringen, und er stößt mich zurück auf die Bank. Schon eine ganze Weile ist niemand mehr vorbeigegangen, so als ob sich der ganze Trubel mit einem Mal gelegt hätte. Und er kommt noch ein Stück näher, und ich versetze ihm einen Tritt gegen das Schienbein, und er stürzt sich auf mich. Mit einem Mal fängt der Hund auf so eine ganz merkwürdige Weise an zu bellen und schnappt nach seiner Wade; ich mache mich los, ein paar Jugendliche tauchen plötzlich auf und lachen; der Rote zieht sich die Hose wieder hoch und macht sich davon, nicht ohne vorher noch Drohungen gegen uns alle auszustoßen, gegen uns und die Jugendlichen. Meine Hand liegt auf dem Kopf des Hundes, und die Clique ist am Tuscheln und zieht dann weiter. Aber ja doch, unter all den Jungen befindet sich wirklich ein Mädchen.

Kaum waren wir allein, habe ich mich bei ihm bedankt. Im Schein der Straßenlaternen konnte ich sehen, wie er den Kopf gehoben und mich angeschaut hat, ich hab's ja schon gesagt, seine Augen machen mir Angst, aber dieses Mal habe ich meinen Blick nicht abgewandt.

Ich zog an der Leine, die ihm diese seelenlose Bande umgelegt hatte, griff zu meiner Tasche und den Tüten, und dann habe ich mich mit ihm im Vorraum der Sparkasse eingeschlossen, dort, wo die Geldautomaten stehen. Um zwei Uhr nachts hat der Rote gegen die Scheibe geschlagen und vor unseren Augen angefangen, sich zu befummeln. Der Hund hat noch nicht einmal geknurrt, und ich habe dem Roten einfach den Rücken zugekehrt und mir mit beiden Händen die Ohren zugehalten, um ja nicht meine Gedanken hören zu müssen.

Während der ersten Sitzung bat mich der Doktor, ihm zu erzählen, was passiert sei.

– Das hab ich doch alles schon der Polizei gesagt.

So als ob er von der Polizei keine Informationen bekommen hätte. Ich riss mich zusammen.

Ich erinnerte mich noch gut an das junge Mädchen, das mit einem Mal vor der Glastür aufgetaucht war. Sie hielt eine Kreditkarte hoch und zeigte mir das herausgezogene Futter ihrer Hosentasche. Ich glaube, ich war nicht von ihrem Klopfen wach geworden, ich hatte mir ja die ganze Zeit über die Ohren zugehalten, sondern, weil ich von Àngels geträumt hatte, von meiner zwölfjährigen Tochter, die, als ich sie verlassen hatte, so groß gewesen ist wie dieses Mädchen, das jetzt vor mir stand. Nur in meinen Träumen kann ich manchmal meine Hand nach Àngels ausstrecken und sie berühren. Und dann erinnere ich mich noch ganz genau, dass der Hund anfing zu knurren, als ich zur Tür ging, er, dem alles immer so egal war.

Das Mädchen sah meiner Kleinen allerdings überhaupt nicht ähnlich, ihre glatten Haare trug sie ganz kurz geschnitten, auf den ersten Blick könnte man sie für einen Jungen halten, und um ihren Mund lag irgendwie ein trauriger Zug, aber dann lächelte sie mich an. Ich öffnete ihr die Tür, und in dem Augenblick bellte der Hund los.

Dann ging alles unglaublich schnell. Hinter ihr drängten zwei Jungen in den Vorraum der Sparkasse, die sich einen Spaß daraus zu machen schienen, sich gegenseitig anzurempeln. Der ältere der beiden zog das Mädchen an sich, küsste sie auf den Mund und kniff ihr dabei in den Po. Und ich traute meinen Augen nicht, denn sie erwiderte seine Küsse, als wäre sie bereits eine Frau mit richtig viel Erfahrung. Der Hund hatte sich aufgerichtet, und der andere Junge fing an, mit einer Kette auf ihn einzuschlagen. Die drei gehörten zu der Clique von der Straße, das müsste mir da schon klar gewesen sein, aber alles ging so schnell, ich wollte dem Tier zur Hilfe kommen und verstand gar nicht, weshalb sich das Pärchen mir in den Weg stellte. Der Junge meinte zu mir, »wenn du auf der Straße lebst, dann hast du's auch nicht anders verdient!« Der andere schlug immer weiter auf den Hund ein, der sich gar nicht richtig wehren konnte, weil er in der Ecke des winzigen Kassenraums wie in einer Falle saß. Schließlich gelang es mir, den Jungen von hinten zu packen. Da schrie das Mädchen, »lasst uns abhauen«. Der Junge drehte sich um, mit der Kette in der erhobenen Hand, und bevor mich der Schlag erreichte, erinnere ich mich noch an das Aufflackern von Flammen. Dann an nichts mehr.

Später habe ich erfahren, dass man in der Nähe der Sparkasse einen Kanister mit Resten einer brennbaren Flüssigkeit gefunden hat, wahrscheinlich ist er auf einer der Baustellen gestohlen worden.

Als ich wieder aufwachte, lag ich in einem Krankenhauszimmer.

– Wissen Sie eigentlich, dass es ein Obdachloser war, der Sie aus der Sparkasse herausgezogen hat?

– Ja.

– Hegen Sie Groll oder Hass gegenüber den Jugendlichen?

– Ich weiß nicht … das Mädchen hat mich an meine Tochter erinnert.

– Aber sie scheint die Rädelsführerin gewesen zu sein.

– Das mit den Küssen verstehe ich nicht …

– In den Zeitungen heißt es, sie sei erst sechzehn Jahre alt.

– Und Àngels wird bald dreizehn.

Nachdem ich die Nacht mit anderen frischoperierten Patienten auf der Intensivstation verbracht hatte, wurde ich auf die Normalstation verlegt, und Alexandre kam mich besuchen. Ich hörte, wie jemand in einem weißen Kittel sich aufregte: Die Patientin sei noch nicht so weit, um Besuche zu empfangen.

– Zweimal bin ich schon hier gewesen, aber sie haben mich nicht zu dir gelassen, sie haben behauptet, du würdest noch schlafen.

Was hatte ich nicht alles versucht, um mit ihm reden zu können, wie oft hatte ich ihn in der Kanzlei angerufen und nie ist er dagewesen, und jetzt stand er hier im Zimmer, mit meiner rechten Hand hätte ich ihn berühren können, nur dass sich ja mein Arm nicht ausstrecken ließ.

Ich spürte erst, dass meine Wangen feucht waren, als er mir sein Taschentuch hinhielt. Es war weiß, mit einem himmelblauen Rand ringsherum, eins von denen, die ich jede Woche gebügelt habe, ohne dass ich in den letzten Jahren mit meinen Gedanken wirklich bei der Sache gewesen wäre. Ich schaffte es nicht, die Tränen zurückzuhalten, sie flossen ohne mein Zutun. Trotzdem fiel mir auf, dass mein Alexandre, der ja gar nicht mehr meiner war, sich sehr geschmackvoll gekleidet hatte, weder zu förmlich noch zu sportlich, sein weißes Haar bildete einen auffallenden Kontrast zu seinem faltenlosen, leicht gebräunten Gesicht. Er versuchte ein kleines Lächeln.

– Wie fühlst du dich?

Ich sah, wie ein Mann mit einer dunklen Brille seinen Kopf ins Zimmer steckte, ich denke, es war derselbe, der mich damals am Arm gepackt hatte, frühmorgens, als ich vor unserem Hauseingang stand und auf den frischgebackenen Spitzenkandidaten zulaufen wollte, weil ich doch so erschrocken war und ihm unbedingt sagen musste, dass ich mich urplötzlich nicht mehr an das Gesicht unserer Tochter erinnern konnte.

Ich versuchte zu nicken, aber ich glaube, wirklich gelungen ist mir das nicht.

– Du brauchst Ruhe, ich komme wieder, wenn du dich besser fühlst.

Dann hörte ich meine Stimme, und es war, als käme sie tief unten aus einem Brunnen heraus, und ich bin richtig erschrocken.

– Wie geht es unserer …?

– Gut, sehr gut.

– Wann …?

Statt der Worte flossen wieder die Tränen, aber er hatte mich verstanden.

– Wenn sie aus England zurück ist, kommt sie dich besuchen, das verspreche ich dir. Ich bitte dich nur darum, mit niemandem zu reden, mit niemandem, den du nicht kennst, Journalisten oder wem auch immer …

Ich glaube, ich habe genickt, wie schon zuvor wollte ich auch jetzt meinen Kopf bewegen, doch ich spürte, wie er einfach im Kissen liegen blieb, regungslos.

– Ich komme wieder, wenn's dir besser geht, wir müssen reden, aber jetzt ruh dich erst einmal aus.

Der Mann mit der dunklen Brille steckte schon wieder seinen Kopf ins Zimmer, und derjenige, der viele Jahre lang mein Ehemann gewesen war, verließ den Raum, während sein Taschentuch zusammengeknüllt in meiner rechten Hand zurückblieb.

Ich habe Alexandres Mutter, deine Großmutter Júlia, nach dem Namen der Privatklinik gefragt, in der ich jetzt liege, und sie hat zu mir gemeint, »wenn's dir nichts ausmacht, lassen wir das besser mit den Namen«. Ich habe nichts darauf gesagt, und sie hat mir noch einmal versprochen, dass du mich besuchen wirst. Natürlich macht es mir was aus, aber ich bin so glücklich und auch ein klein wenig nervös, vielleicht habe ich mich ja verändert, und du erkennst mich nicht wieder, und vielleicht bist du ja schon richtig groß geworden und längst kein kleines Mädchen mehr.

Ich weiß, die Klinik liegt ganz in der Nähe von zu Hause, in der Nähe vom Carrer Enric Granados, und nicht weit von hier muss es eine Schule geben. Zu bestimmten Zeiten ist ein buntes Stimmengewirr zu hören, selbst durch die geschlossenen Fenster und die nach oben steigende flirrende Hitze der Heizung dringt es zu mir ins Zimmer. Ich weiß auch, dass es sich um eine kleine Klinik handeln muss, denn wenn ich einen Termin beim Psychiater habe und mich die Krankenschwester zu ihm bringt, haben wir im Nu den schmalen Flur durchquert. Und noch eins steht fest, das Büro des Doktors, aber auch das Zimmer, in dem ich liege, sind nur behelfsmäßig eingerichtet.

Mal abgesehen vom Bett ist alles neu, wirkt aber billig. Der Schrank, das Nachtkästchen, der Tisch, an dem ich schreibe. Das Fenster dagegen ist alt, mit matten Scheiben, und es lässt sich nicht öffnen. Auch das Waschbecken ist alt. Vielleicht war das ja mal ein Raum, in dem Putzutensilien untergebracht wurden, denn den Duschteller und den Schlauch habe ich zwar eingeweiht, doch an der Wand hängt eine lange und ziemlich alte Stahlleiste mit sechs Haken: um einen Kittel aufzuhängen, Besen und Scheuerlappen oder vielleicht ein Staubtuch?

Mein Zimmer liegt im obersten Stockwerk, gleich am Ende der Treppe. Seit drei Tagen bin ich jetzt in der Klinik und ich vermisse das städtische Krankenhaus, vor allem die Stimmen, dieses Gefühl von Freiheit. Hier ist alles ganz anders, und man hat den Eindruck, auf Zehenspitzen gehen zu müssen, ein Kloster mit Schweigegelübde stelle ich mir so vor.

Im Krankenhaus gab es tagsüber viele Menschen, mit denen man sprechen konnte. Da war die Frau, die immer frühmorgens durch das Zimmer gewischt hat, dann der Arzt, der mich am Bein operiert und auch jeden Tag nach meiner Kopfverletzung geschaut hat, stets mit zwei oder mehr Assistenzärzten und einer Krankenschwester im Schlepptau. Schließlich das Mädchen mit dem Frühstückswagen, und dann natürlich die Physiotherapeutin. So bis sieben Uhr abends herrschte auf den Fluren und in den Aufenthaltsräumen ununterbrochen reges Treiben. Außerdem lag immer irgendwo eine Zeitschrift herum, und ich konnte mich mit den anderen Patienten unterhalten.

Hier dagegen ist die Krankenschwester, Mònica, die meine Wunden versorgt und mich drängt, die Übungen für mein Bein zu machen, dieselbe, die mir auch das Essen bringt. Sie hat rote Wangen, so als sei sie gerade erst vom Land gekommen, ist alles andere als gesprächig, oder aber man hat ihr eingeschärft, so wenig wie möglich mit mir zu reden. Heute habe ich zu ihr gemeint:

– Die anderen Patienten sind wohl sehr krank …

Sie hat in sich hineingelacht, fast ein klein wenig hämisch, aber gleich darauf hatte sie sich wieder im Griff.

– Hier gibt's von allem etwas.

– Wenn ich raus wollte, wär das nicht möglich, stimmt doch, oder?

Sie hat mich von der Seite angeschaut und weiter mit dem Verband herumhantiert.

– Kümmern Sie sich nur darum, so schnell wie möglich gesund zu werden, und dann kommen Ihr Mann und Ihre Mutter Sie abholen.

Sie redete mit mir wie mit einem Kleinkind, das nicht begreifen kann, was mit ihm geschieht, sich über das Ergebnis aber bestimmt freuen wird. Sie ist noch so jung, da habe ich mich einfach von dem Spiel mitreißen lassen, meinerseits die Angel ausgeworfen und abgewartet, was ich an den Haken bekomme.

– Das ist meine Schwiegermutter.

– Ah! Ich fand ja gleich, dass Sie ihr äußerlich kein bisschen ähneln.

– Und innerlich noch viel weniger, sie ist nämlich eine Frau mit Weitblick …

Sie fuhr mit ihrer Arbeit fort, ohne etwas zu sagen, aber ich hatte den Eindruck, als ob sie nur darauf warten würde, dass ich weiterrede.

– Eine starke Frau, die mit beiden Beinen im Leben steht.

– Sie müssen nur schön brav sein, dann sind Sie auch … schon bald wieder auf den Beinen.

Einen Augenblick lang ist ihr Zögern zu spüren gewesen, dann haben sich ihre Apfelbäckchen zu einem geschäftsmäßigen Lächeln verzogen. »Bis später«, hat sie mit dem Tablett in der Hand beim Rausgehen gesagt und die Tür hinter sich geschlossen. Eine ganze Weile habe ich ihr nachgestarrt, ins Leere geschaut. Irgendwann ist dann ein durchdringender Schrei zu hören gewesen, eine Art Todesschrei, ich glaube, er kam aus dem Stockwerk unter mir, und gleich darauf eiliges Herumlaufen und eine Klingel.

Im Krankenhaus habe ich mich wohlgefühlt. Noch bevor mir klar wurde, wo ich mich eigentlich befand, und mehr noch, was überhaupt geschehen war, hatte ich mich bereits an all die unterschiedlichen Stimmen gewöhnt, an das ständige Hin und Her. Die Polizei war sofort zur Stelle, ohne mich aber in irgendeiner Weise zu bedrängen, nur etwas über die Jugendlichen hatten sie wissen wollen. Der Hund ist tot. Statt zu weinen, bin ich nur verblüfft und denke sofort, es ist besser so, besser für ihn, doch vor den Polizeibeamten in Zivil, einem Mann und einer Frau, behalte ich das für mich; ich glaube, sie hat alle meine Antworten aufgeschrieben. Von den beiden habe ich auch erfahren, dass es zu einer Gerichtsverhandlung kommen wird, und meine Aufgabe wird es dann sein, die Jugendlichen zu identifizieren.

Ich frage mich, weshalb ich mich so dagegen gesträubt habe, eine Beschreibung von ihnen abzugeben. Schließlich konnte ich mich doch an jedes noch so kleine Detail erinnern, aber ich wollte sie aus meinem Gedächtnis löschen, und darum habe ich einfach behauptet, ich würde sie nur noch verschwommen vor mir sehen. Ich weiß nicht, ob die von der Polizei mir das abgenommen haben, etwas argwöhnisch beäugt haben sie mich nämlich schon. Letzten Endes war es aber auch egal, was ich zu sagen hatte, schließlich handelt es sich bei meiner Person ja nicht gerade um eine vertrauenswürdige Mitbürgerin.

Das städtische Krankenhaus ist eine ganz eigene Welt, jetzt, wo ich hier in der Privatklinik liege, kommt mir das jedenfalls so vor. Eine ganze Reihe von Menschen hat sich dort um mich gekümmert, Menschen, die alles in allem ziemlich nett waren, sie haben ihre Arbeit getan und dabei gelächelt, und wenn sie meinen Namen ausgesprochen haben, hörte sich das richtig gut an, so als ob ich es wirklich wert sei, von ihnen behandelt und wieder aufgepäppelt zu werden. Zumindest haben sie mir dieses Gefühl gegeben.

Die ersten Tage blieb das Bett neben mir leer. Aber ich bekam dennoch eine neue Person zu Gesicht, und die trug ebenfalls einen weißen Kittel. Sie wollte wissen, wie ich mich fühle. Sie erklärte mir, ein Teil der Medikamente, die ich bekam, sei dazu da, mir die Entwöhnung von Alkohol und Nikotin zu erleichtern, irgendwann einmal müsse ich mich diesem Problem aber auch ohne Tabletten stellen. Sie schaute mich an, ich versuchte erst gar nicht, mich ihrem prüfenden Blick zu entziehen.

– Ihr Bruch beginnt ja langsam zu heilen, mit der Physiotherapie haben Sie auch schon begonnen, und da hat mich Ihr behandelnder Arzt hinzugezogen, um zu schauen, ob wir Ihnen von unserer Seite nicht auch weiterhelfen können.

Sie kam vom psychiatrischen Dienst. Wenn ich damit einverstanden sei, würde sie mir erst einmal erzählen, was sie von der ganzen Sache wüsste, und ich könnte ja dann die fehlenden Details ergänzen …

– Sie haben mit einem Hund auf der Straße gelebt, seit wann?

Da hatten wir's schon. So ganz stimmte das ja nicht, und das richtigzustellen, fand ich ziemlich schwierig. Ich versuchte es trotzdem.

– Ich habe mit keinem Hund zusammengelebt. Und ich bin in keine Pension mehr gegangen, weil ich dort immer das Gefühl bekomme, die Wände würden auf mich einstürzen, und außerdem ist es da drinnen stickig und drückend. In der letzten Zeit habe ich auf einer Parkbank geschlafen, aber da wurde es mir dann doch zu kalt, irgendwie ist mir auch etwas mulmig zumute gewesen, und darum habe ich mich eben für ein paar Stunden in den Vorraum der Sparkasse gelegt. Außerdem geht mir langsam das Geld aus, und ich denke, vor allem kommt es ja wohl darauf an, sich gescheit zu ernähren. Das Ganze war eh nur vorübergehend.

– Wie lange haben Sie denn so gelebt, nur so ungefähr?

Ich musste nachdenken. Noch nicht sehr lange, erst seit Kurzem, oder? Seit wann war ich eigentlich wieder aus Marseille zurück?

– Ist schon gut, machen Sie sich keinen Kopf, das spielt ja jetzt auch keine Rolle. Aber würden Sie nicht gerne professionelle Hilfe in Anspruch nehmen, wieder einer geregelten Arbeit nachgehen und in einer richtigen Wohnung leben …?

– Ich weiß nicht, ob ich das kann.

– Aber hätten Sie Lust dazu?

– Meine Tochter, sie heißt Àngels, ich möchte, dass sie mir verzeiht, aber bislang durfte ich sie ja nicht sehen und hab sie gar nicht fragen können, ob sie dazu überhaupt bereit ist.

– Und was denken Sie über die Jungen aus der Sparkasse?

– Da war ein Mädchen, ein ganz junges Ding.

– Wirklich? Haben Sie das der Polizei erzählt?

– …

– Macht nichts. Was denken Sie über die Jugendlichen?

– Dreckskerle sind das!

– Wären Sie in der Lage, ihnen zu verzeihen?

– Ich weiß nicht … Der Rote hat mich gerettet.

– Ja, so ein älterer Mann …

– Noch so ein Dreckskerl, ja genau.

– Aber Sie sind ihm dankbar?

– Ich weiß nicht.

– Gut. Ich werde eine Therapie empfehlen, die Ihnen helfen soll, mit der neuen Situation fertigzuwerden und mit sich selbst ins Reine zu kommen.

Die Ärztin schien ihre Worte mit großem Bedacht zu wählen, sie war ungefähr in meinem Alter und hatte eine ganz helle Haut. Mein Gesicht und meine Arme dagegen kommen einem fast kohlrabenschwarz vor, weil ich mich doch so viel draußen im Freien aufgehalten habe. Als sie sich verabschiedete, gab sie mir die Hand, in der anderen hielt sie nach wie vor die Unterlagen, und dann ging sie aus dem Zimmer.

Ich habe ihm von meiner anderen, von meiner verborgenen Persönlichkeit erzählt, und da hat er gemeint:

– Nennen Sie mich doch Martí.

Der Doktor, also Martí, hat gesagt, dass sich jeder Mensch ein Ich erfinden würde, das seinen eigenen Vorstellungen entspricht, das sei ganz normal; ich habe ihm nichts darauf entgegnet.

– Ich tu das auch – hat er behauptet und dann einen Augenblick lang gelacht.

Ich habe ihn mir angeschaut und muss dabei wer weiß was für ein Gesicht gemacht haben. Wie ein etwas in die Jahre gekommener Junge sieht er aus. Er ist so blond wie Alexandre früher, allerdings etwas größer, und hat ein kleines, fein geschnittenes Gesicht, er trägt eine randlose Brille, und der weiße Kittel, den er nicht zugeknöpft hat und der an den Seiten ein wenig verknittert ist, schlottert irgendwie um seinen Körper.

Ich habe mich gefragt, wenn es stimmt, was Martí sagt, und jeder von uns besitzt tatsächlich so etwas wie einen Doppelgänger, ein anderes Ich, das so ist, wie man gerne sein möchte, wie mag dann wohl die zweite Seele von Alexandre aussehen, wonach wird sie sich sehnen?

– Macht Ihnen etwas zu schaffen?

Ich gebe ihm zur Antwort, dass ich gerade an meinen Mann gedacht hätte, na ja …, dass ich nur allzu gerne seine zweite Persönlichkeit kennenlernen würde.

Dieses Mal hat er etwas länger gelacht, und ich habe ihn mir wieder angeschaut und mich dabei gefragt, ob es überhaupt möglich ist, dass so ein junger Mensch weiß, wie er mir helfen kann. Sind wir uns denn alle so ähnlich, dass sich in Büchern Lösungen für unsere Probleme finden lassen? Er wirkt selbstsicher, wenn er so lacht, oder verrät gerade dieses Lachen, dass er sich eigentlich mit ganz vielen Zweifeln herumplagt? Ich weiß ja, er ist Psychiater, aber sein Studium liegt sicher noch nicht lange zurück. Was weiß er denn schon vom Leben, er ist doch kaum von der Schulbank weg, hat vermutlich gerade mal eine Ahnung davon, was Freundschaft bedeutet, und, wenn's hoch kommt, dann hat er sich vielleicht auch schon mal verliebt. Ich habe ihn mir in einer Beziehung vorgestellt wie die von Alexandre und mir damals, wir sind ja auch noch halbe Kinder gewesen. Plötzlich war mir danach, ihm einen Rat zu geben, aber da hat er mir schon wieder eine Frage gestellt.

– Erzählen Sie mir doch noch mehr von dieser anderen Emma, wie ist sie so?

Ganz ehrlich, das ist mir ziemlich schwergefallen. Ich habe erst einmal für mich behalten, dass ich sie Desirée nenne, aber ich habe ihm schon erzählt, dass es sich um eine selbstbewusste junge Frau handelt, die als Fremdenführerin arbeitet, die sich hier in Barcelona bestens auskennt und sich in allen möglichen Sprachen akzentfrei unterhalten kann. Sie ist attraktiv, gibt sich aber ganz natürlich. Von ihr lassen sich alle bereitwillig und gerne durch die Stadt führen.

Sie hat ein Händchen dafür, sich immer die interessantesten Männer herauszusuchen, Männer von der Sorte, die nirgendwo zu Hause sind und die ganze Welt bereisen. Intelligente Männer, reich, unabhängig und gut aussehend. Männer, die verführerische und amüsante Frauen zu schätzen wissen, Frauen von der Sorte, die sich am nächsten Morgen, wenn sie selbst noch unter der Dusche stehen, einfach in Luft auflösen.

Desirée wird sich schließlich in einen von ihnen verlieben. In jemanden, der sie, entgegen seiner ursprünglichen Absicht, nicht wieder ziehen lassen will, der sich nicht von ihr trennen kann, denn er findet, Emma sei etwas ganz Besonderes: hübsch, klug, witzig und zärtlich. In einen liebevollen und aufmerksamen Mann wird sie sich verlieben, der ihr auch den noch so kleinsten Wunsch von den Lippen ablesen wird.

– Und die andere Emma hat diesen Mann gefunden?

– Ja, aber sie hat es nicht geschafft, am anderen Morgen rechtzeitig vor dem Frühstück wegzugehen.

– Ich denke, es wird Ihnen guttun, Ihre Gedanken einmal aufzuschreiben. Und das möchte ich dann gerne lesen, damit ich Ihnen helfen kann.

Während des Gesprächs hatte ich mir ein klein wenig von Desirée übergestülpt, doch diese Hülle zog sich gleich wieder zusammen, genauso wie mein Magen. In dem Heft zum Thema Differenzialrechnung, da steht doch alles von früher … Und er, so als ob er meine Gedanken lesen könnte, hat zu mir gemeint:

– Was Sie von heute an aufschreiben, werde ich lesen, denn so kann ich sehen, ob wir mit der Therapie Fortschritte machen.

Ich habe mir überlegt, weiter den Collegeblock zu benutzen, und das, was den Doktor interessieren könnte, werde ich dann einfach noch mal abschreiben. Ich habe eh nichts Besseres zu tun.

Die drei Jugendlichen, die im Morgengrauen in den Vorraum der Sparkasse eingedrungen waren, hatte man gefasst. Das Mädchen, die Wortführerin, war noch minderjährig.

Der Überfall, der dem Hund das Leben gekostet hatte und beinahe auch mir, brachte eine Veränderung mit sich: Alexandre ging mir jetzt nicht mehr aus dem Weg. Als er mich das nächste Mal besuchen kam, floss er fast über vor lauter Liebenswürdigkeit, »ich habe ganze achtundvierzig Stunden verstreichen lassen, denn man hat mir gesagt, Besuche würden dich noch zu sehr anstrengen«. Da war ich ganz Ohr.

– Emma, wir müssen reden!

Das war mein Alexandre, wie er leibt und lebt, so versiert er sich in beruflichen Dingen zeigte, wenn es um uns beide ging, erwies er sich als völlig unbeholfen.

– Und die Kleine?

– Ausgezeichnet! Bitte hör mir jetzt gut zu, es ist enorm wichtig für mich, dass du genau zuhörst, was ich dir sage.

Er schaute mich eindringlich an. Wie schon bei seinem ersten Besuch, blieb er auch dieses Mal unmittelbar neben meinem Bett stehen, auf der Höhe meiner Beine unter dem Laken. Ja, er war ganz nah, als er mich darum bat, keine Interviews zu geben, schließlich würde langsam schon die ganze Wahlkampfmaschinerie anlaufen. Er, ein Mann, der für den höchsten politischen Posten kandidiert, bat mich, die irgend so ein Zechbruder aus Flammen und Rauch wie einen Sack Kartoffeln auf den Bürgersteig gezerrt hatte, um diesen Gefallen. Ein Lachen kitzelte mich im Hals, wie kam er bloß darauf, dass ich seinen Plänen gefährlich werden könnte?

– Jemand will mir mit deiner Geschichte politisch ein Bein stellen, Emma.

– Das ist genauso gut deine Geschichte!

– Ich hab mir schon gedacht, dass es keinen Sinn macht, mit dir darüber zu reden!

Beide waren wir laut geworden, und der mit der dunklen Brille hatte gleich seinen Kopf durch die Tür gesteckt. Wie ein Stehaufmännchen, dem man einen Stoß versetzt und das sich erst nach vorne und dann nach hinten neigt, denn als wir mit einem Mal schwiegen, war er sofort wieder verschwunden. Eine ganze Weile sagten wir kein Wort, auch wenn es letztlich wohl nur ein paar Augenblicke waren. Schließlich zog Alexandre einen Stuhl an mein Bett und setzte sich. Seine Stimme nahm jetzt diesen beschwichtigenden Ton an, mit dem er ansonsten wohl versucht, seine politischen Rivalen um den Finger zu wickeln.

– Schau mal, Emma, mein Gegenspieler hat es doch nur darauf abgesehen, unsere Partei in Misskredit zu bringen, und da käme ihm so ein Skandal gerade recht. Wenn du dich auf ein Interview einlässt und dabei wer weiß was von dir gibst, fügst du mir einen nicht mehr gutzumachenden Schaden zu, mir und all den anderen, die seit Monaten hart für die Sache arbeiten.

– Was könnte ich denn schon sagen, das dir schaden würde?

Er stand wieder auf und schaute auf seine Uhr.

– Es hat keinen Zweck, stimmt's?

– Ich will dir doch gar nicht schaden, aber lass mich Àngels sehen.

– Das haben wir doch schon alles geklärt. Du weißt ganz genau, dass sie im Augenblick in England ist und dort auf die Schule geht, spätestens Weihnachten ist sie ja wieder hier.

– Ich will sie nur eine Stunde für mich haben und dann tue ich alles, was du willst.

– Ich schau, was ich machen kann. Werd du jetzt erst mal gesund, und dann reden wir weiter.

Seit ein paar Momenten blinkte sein Handy blau auf und gab martialische Töne von sich.

– Einen Moment.

Plötzlich ertönte in meinem weißen Zimmer die selbstsichere Stimme eines intelligenten und zuverlässigen Mannes, so ganz anders als die, mit der er versucht hatte, mich zu besänftigen.

Er ging Richtung Tür, hob zum Abschied die linke Hand und verließ den Raum, und ich konnte noch hören, wie er auf dem Gang liebenswürdig sein Gespräch fortsetzte.

Als mich Martí nach meiner Kindheit gefragt hat, musste ich, keine Ahnung warum, nicht an die Schule oder an unsere Wohnung im Carrer la Cera denken, sondern an Marc und Pep.

Marc war der Sohn von Sommergästen, so wie wir, und Peps Eltern führten das Hotel, in dem wir immer zwei Wochen der großen Ferien verbrachten. Mein Vater fühlte sich wohl in La Guingueta d'Esterri. Am liebsten ging er zum Angeln oder unternahm zwischen all dem Wasser und Grün ausgedehnte Wanderungen, auf denen er sich fast ehrfurchtsvoll für das Vieh begeistern konnte und sich kaum sattsehen mochte an den vielen wilden Blumen.

Am meisten Freude hatte er jedoch daran, dass es dort abends so still war, in der Nacht schön kühl und er auf dem Marktplatz mit den Dorfbewohnern immer einen kleinen Plausch halten konnte. Mutter beklagte sich nicht, aber wenn es darum ging, die Koffer zu packen, um nach Barcelona zurückzufahren, hatte sie richtig gute Laune, was zu Hause, beim Zusammenfalten der Wäsche für die Ferien, keineswegs der Fall gewesen war. Schon bald würden die zwei Wochen hinter ihr liegen, in denen sie gezwungen war, sich bequeme Schuhe und Kleidung anzuziehen, um ihren Mann auf seinen Wanderungen zu begleiten oder um in eiskaltes Wasser einzutauchen, ohne darin wirklich schwimmen zu können, und das gerade sie, die doch ganz und gar ein Stadt- und Strandmensch war. Schließlich haben sich meine Eltern das Häuschen in Mira-sol gekauft. Damit war Schluss mit den Sommerferien in den Pyrenäen.

In La Guingueta, da hatte ich also diese beiden Freunde. Der eine war ein richtiger Spaßvogel, immer zu Scherzen aufgelegt, er hatte eine Vorliebe für modernes Spielzeug. Mit dem Ball zu spielen oder einfach draußen auf dem Dorfplatz, das war nicht sein Ding, aber wenn Pep uns holen kam, um uns die Hühner zu zeigen, die Stuten oder Schweine, ging er immer mit. Wir verkrochen uns oft im alten Waschhaus, wo wir viele Stunden verbrachten. Wenn kein Erwachsener in der Nähe war, ließen wir die Beine im Wasser baumeln, fingen Kaulquappen, die bei Pep einfach nur »Löffelchen« hießen, und redeten, aber worüber, daran kann ich mich nicht mehr erinnern, das ist wie ausgelöscht in meinem Gedächtnis. Ich muss wohl acht, neun Jahre alt gewesen sein. Vielleicht zehn. Die beiden Jungen auch so um den Dreh, Pep wie ich oder ein Jahr älter, Marc vielleicht ein bisschen jünger.

Ich habe dem Doktor gestanden, mir sei damals durchaus bewusst gewesen, dass die beiden um meine Gunst wetteiferten, auch wenn keiner von ihnen jemals auch nur eine Andeutung gemacht hätte. Pep zeigte sich ein wenig gönnerhaft, wenn wir drei zusammen waren, er gefiel sich darin, uns klarzumachen, dass wir uns hier auf seinem Terrain befanden. Also kletterte er auf die Stute, zog die Schweine am Schwanz und stibitzte den Legehennen die Eier, und wir zwei anderen folgten ihm überallhin und taten es ihm nach. Wenn Marc aber seine Rennautos rausholte, kehrte sich das Kräfteverhältnis bald um, allerdings nur so lange, bis Pep die Flitzer einfach packte und sie im hohen Bogen davonschleuderte und Marc einen Tobsuchtsanfall bekam. Dann nahm Pep mich an die Hand und führte mich zu seinen geheimen Schlupfwinkeln. Ganz hinten in der Ecke vom Waschhaus oder in der Scheune unter den großen Dachbalken spürte ich zum ersten Mal die Nähe eines Körpers, der anders war als meiner. Ich erinnere mich noch, wie Pep mich anstarrte und an sich zog, und wie wir beide dann lachen mussten. Einmal, als wir ganz in der Nähe Marc nach uns rufen hörten, setzten wir uns auf den Boden, und Pep gab mir einen Kuss. Dann fing er an, über meinen Schlüpfer zu streicheln, und ein bislang unbekanntes Gefühl, intensiv und höchst angenehm, überflutete all meine Sinne.

Ich weiß nicht, warum ich Martí solche Dinge erzähle, wo ich doch bislang mit niemandem darüber gesprochen habe. Noch nicht einmal mit Meritxell oder Alexandre. Und es hat mir gar nichts ausgemacht, vielleicht braucht eben alles seine Zeit, und Martí hat einfach den richtigen Moment erwischt.

Jedenfalls meint er, die erste sexuelle Erfahrung würde einen Menschen prägen.

Die Montagsgeräusche in einem großen Krankenhaus machen einem erst so richtig bewusst, um wie viel ruhiger und gemächlicher es dort an einem Sonntag zugeht, von der Besuchszeit einmal abgesehen. Als ich wach wurde, fror ich, der Himmel war bedeckt, ich hatte mich von dem dämmrigen Licht täuschen lassen, es war viel später als sonst.

Während ich vorsichtig über die Wunde an meinem Kopf tastete, hörte ich Júlias Stimme und schaute einen Moment aus dem Bad. Sie sagte zu mir, »lass dich nicht stören, ich geh nur schnell ein paar Croissants kaufen«, sie schien gute Laune zu haben. Vor dem Spiegel, in dem ich meinen eigenen Blick beobachtete, wurde mir plötzlich bewusst, dass ich bald meine Tochter in die Arme schließen würde. Meine Haut war dermaßen wettergebräunt, um die Wunde herum hatte man mir die Haare abrasiert, rechts ein wenig mehr als links, dass ich dachte, sie wird es bestimmt mit der Angst zu tun bekommen, wenn sie mich so sieht. Ich wusch mich weiter und rubbelte mich danach kräftig mit dem Handtuch ab, aber es half nichts.

Als ich herauskam, wartete die Krankenschwester auf mich, eine von den fest angestellten, die für das Tablettenausteilen zuständig war. Sie schien mir noch sehr jung zu sein, ziemlich klein, quirlig, aber ihre Handgriffe waren routiniert und flink. Ich dachte, im Gegensatz zu mir hat sie ganz bestimmt nichts getan, dessen sie sich schämen müsste. Bevor sie wieder aus dem Zimmer ging, erinnerte sie mich noch an meinen Termin bei der Physiotherapeutin. Als Alexandres Mutter zurückkam, hatte sie keine Croissants dabei.

Sie verkündete mir, der Traumatologe würde sich weigern, mir den Entlassungsschein auszustellen, aber dem hätte sie mal gehörig die Meinung gesagt. Ich müsste ihr jetzt genau zuhören. Sie hätte einen Ort ausfindig gemacht, wo ich gut versorgt sei, und wo man mit meinem Bein alle notwendigen Übungen machen würde, damit ich bald wieder richtig laufen könnte. Und die verordnete psychologische Betreuung bekäme ich dort natürlich auch. Àlex und sie wären zwar der Meinung, bei einem Psychiater hier aus dem Krankenhaus sei ich besser aufgehoben, aber der könnte mich ja auch privat behandeln. Ich müsste nur eine Erklärung unterschreiben, dass ich das Krankenhaus auf eigene Verantwortung verlasse.

Mit jedem Tag rückte das Wiedersehen mit dir ein klein wenig näher, Àngels. Was mich anbelangte, so musste ich nur noch die Scham überwinden, die ich jedes Mal empfand, wenn ich mein Gesicht, ja meinen ganzen Kopf im Spiegel betrachtete.

Jetzt bin ich in der Privatklinik und schreibe wieder in das Spiralheft mit dem roten Einband.

Ich weiß, dass sich meine Brust nicht verkrampfen wird und die Decke wird auch nicht über mir zusammenstürzen, denn ich bekomme Medikamente. Nur wenn ich die Tabletten nicht nehme, würde ich wieder anfangen umherzuirren, so wie in Marseille.

Zum ersten Mal war dieses Gefühl damals im Hotel über mich gekommen, nachdem ich Stunden um Stunden auf Denis gewartet, immer wieder versucht hatte, ihn zu erreichen. Sein Handy, aus dem seine Stimme sonst so unbeschwert heiter und zärtlich zu mir gedrungen war, blieb stumm. Da spürte ich, wie mir die Welt im Innersten zusammenbrach, so als wäre sie von lauter Betonmauern umgeben gewesen, die nur darauf gewartet hätten, mitten in meiner Brust einzustürzen. Und mein Herz schien eine Trommel zu sein, auf die unaufhörlich eingeschlagen wurde, so wie es die Büßer in den Prozessionen tun, und meine Herzschläge hallten im Zimmer wider. Erst als ich fast bis zum Umfallen durch die Straßen lief und allen Männern ins Gesicht starrte, immer in der Hoffnung, einmal in das von Denis zu blicken, erst dieser Erschöpfungszustand vermochte, das beklemmende Gefühl in meiner Brust ein wenig zu lindern. Am Ende fand ich mich auf einer Parkbank wieder, und völlig entkräftet fiel ich dort endlich in einen tiefen Schlaf.

Ich weiß nicht, ob man etwas in den Lehrbüchern darüber findet, ich werde Martí danach fragen, denn auch wenn mein Kopf durch die Medikamente ruhiggestellt ist, in meinen Beinen verspüre ich manchmal noch die Erinnerung an die Flucht, und dann überkommt mich dieser Drang, einfach hinaus ins Freie zu laufen, ziellos umherzustreifen, bis ich diesen Zustand der völligen Erschöpfung erreicht habe, der einen alles vergessen lässt. Mir ist jedenfalls gleich die Sache mit dem amputierten Fuß in den Sinn gekommen, von der ich mal gehört habe, der Fuß war weg, und trotzdem sei da noch so ein Kribbeln zu spüren gewesen.

Martí hat mich gebeten, ihm von meiner Beziehung zu Alexandre zu erzählen, damals, als wir noch zusammen waren.

Mir fiel sofort das Versprechen ein, das wir uns gegeben hatten, wir wollten uns jede auch noch so kleinste Kleinigkeit anvertrauen, einfach alles, wir wollten keine Geheimnisse voreinander haben.

Es gibt da so eine Begebenheit aus der ersten Zeit unserer Ehe. Ich erzählte meinem Alexandre, dass mir seine Mutter den Rat gegeben hatte: Männer brauchen nicht alles zu wissen. Ich musste lachen, als ich sah, wie es ihm die Sprache verschlug. Doch er wies mich zurecht: Aber Emma, eine Mutter hat man nur einmal. Ich erinnere mich daran, als wäre es gestern gewesen, ich fand es einfach nur lustig, konnte gar nicht mehr aufhören zu lachen, und er schaute mich weiterhin fassungslos an.

Wir zwei waren jung, Kinder unserer Zeit, hatten ein völlig anderes Selbstverständnis als die Generation unserer Eltern. Wir wollten dem Partner nichts verheimlichen, unser Leben sollte wie ein aufgeschlagenes Buch für den anderen sein. Normalerweise war ich diejenige, die sich in solch hehren Worten erging, aber Alexandre beteuerte mir dann, er sehe es ganz genauso.

Der Doktor hat gemeint, das sei die Reaktion eines Menschen, der sich nicht festlegen will. Ich bin mir nicht sicher, ob das auf meinen Alexandre zutrifft, aber ich weiß sehr wohl, dass er sich von dem Augenblick an verändert hat, als er in der Anwaltskanzlei anfing, und erst recht, als einer von denen ihn mit seinen politischen Freunden zusammenbrachte ... Martí hob abwehrend die Hand.

– Besser du nennst keine Namen ... – hat er gemeint.

Ich hatte eingewilligt, dass wir uns duzen, der Doktor und ich, er flößte mir Vertrauen ein, doch die vorlaute Emma Desirée musste ihn natürlich gleich fragen, ob er vielleicht Angst hätte. Sein Gesichtsausdruck veränderte sich, er war auf der Hut, aber gleich darauf hat er gelacht.

– Ich bin hier, weil ich versuchen will, dir zu helfen, Emma. Wozu sollen da Namen gut sein?

Ich habe ihn gefragt, weshalb ich eigentlich nicht den Namen der Klinik wissen darf, in der ich eingesperrt bin, und auch keine Ahnung habe, ob es hier noch mehr Patienten gibt wie mich. Er hat mir zur Antwort gegeben, solange ich auf Entzug sei und unter Panikattacken leiden würde, müsste ich eben stationär behandelt werden. Er ist der Ansicht, wenn man mich zu früh entlässt, sei die Gefahr eines Rückfalls einfach zu groß. Von ihm könnte ich aber alles erfahren, was ich wissen wollte.

Noch immer hatte sich die Fremdenführerin Desirée nicht davongemacht, und sie war es auch, die mit einem Gesicht, als wäre ihr das Ganze eigentlich ziemlich egal, zum Arzt gemeint hat, die Tabletten würden mir wirre Träume bescheren.

– Ja, erzähl doch, wovon träumst du denn? – Der Doktor klang irgendwie erleichtert.

Ich hatte geträumt, dass meine Wange über den Asphalt schrammt und ich seelenruhig dabei zusehe, wie das Leben aus meinem Körper strömt. Scheinbar achtlos, wie eine Pflanze, die aus einem umgefallenen Blumentopf hervorsprießt. Ich weiß gar nicht, an welcher Stelle es aus mir entwichen ist, das Leben. Durch den Mund? Oder vielleicht durch die Augen; ja, ich glaube durch die beiden lichterfüllten Augenhöhlen, die auf den Straßenbelag gerichtet waren, während ich das sah, was ich mir niemals hatte vorstellen können, wie nämlich innerhalb von ein paar Sekunden alles, was man einmal erlebt hat, rasend schnell an einem vorbeizieht. Àngels, bei ihren ersten Gehversuchen, wie sie mit einem Mal losläuft, und ich in die Hocke gehe, um sie aufzufangen, ich sitze auf einem kleinen Stuhl aus Luft und halte ihren Körper fest umschlungen.

Welche Wange war es eigentlich? Ich bin mir nicht sicher, aber ich glaube, ich lag ausgestreckt auf der linken Seite.

Ich konnte mich noch mehr oder weniger erinnern, an den Traum, aber ich habe zu Martí gesagt, dass ich keine Lust hätte, darüber zu reden, es sei ein beunruhigender Traum gewesen, der mir sehr zusetzen würde, ein andermal vielleicht. Einen Moment lang ist er still gewesen, und sein Schweigen hat auf mir gelastet, so wie ein Gerstenkorn auf das Augenlid drückt. Das war kein guter Anfang für die Sitzung. Vielleicht hat er mich ja deshalb nach meinen glücklichen Zeiten mit Alexandre gefragt.

– Als wir noch nicht verheiratet waren.

– Das heißt also, mit dem Zusammenleben sind auch die Probleme gekommen.

– Nein, das nicht, das war reiner Zufall. Als wir geheiratet haben, da hat er ja gerade erst in der Kanzlei angefangen. Sitzungen von morgens früh bis spät in die Nacht und Überstunden, das war ganz normal, aber wenn er dann nach Hause kam, ist er liebevoll gewesen, und wir haben Pläne geschmiedet. Na ja, aber draus geworden ist dann meist doch nichts.

Als ob er von jetzt auf gleich zwanzig Jahre älter geworden wäre, mein Alexandre, als er zum engen Mitarbeiter des Kanzleiinhabers aufgerückt war. Er sprach in den höchsten Tönen von ihm, war stolz auf das Vertrauen, das er ihm entgegenbrachte, sein Chef zähle auf ihn. Da durfte er ihn schließlich nicht enttäuschen.

Ich erinnere mich noch, wie ich zu ihm gesagt habe, sie würden bestimmt so viel von ihm halten, weil er qualifiziert sei und tüchtig. Er hat nur gelacht. In der Kanzlei gebe es sicherlich ein Dutzend Männer, auf die das ebenso zutreffen würde, »oder sagen wir ein halbes Dutzend, aber mit einem Unterschied, die anderen haben doppelt so viel Erfahrung wie ich«.

Ein wenig aus Trotz, das stimmt schon, hatte ich mir die Bemerkung nicht verkneifen können, dass sie ja vielleicht gerade deshalb jemanden wollten, der noch am Anfang steht, jemand Junges, den man sich noch zurechtbiegen kann … Damals hatte er mich zum ersten Mal mit dieser Mischung aus Verwunderung und Enttäuschung angeschaut.

Martí hörte mir einfach nur zu und beugte dabei seinen jungenhaften Kopf über ein Blatt Papier, auf dem ich eine geschriebene Zeile erkannte und zwei hingekritzelte Striche, die einen Winkel bildeten. Ich hatte keine Lust mehr, noch weiter darüber zu reden.

– Ich glaube, da gibt's nichts mehr zu sagen.

– Aber wenn Ihr zusammen wart, da habt Ihr Euch gut verstanden?

Ich habe ihm erzählt, wie ich Alexandre abends im Bett immer etwas ins Ohr geflüstert habe. Ich sehe mich noch an seinen Körper geschmiegt, frisch gebadet und verführerisch duftend, in einem Nachthemd mit Spaghettiträgern. Ganz behutsam redete ich mit ihm und ganz leise, so als hätte ich Angst, ihn aufzuwecken, genau das Gegenteil von dem, was ich eigentlich wollte, ich hoffte ja, er würde sich nur schlafend stellen und sein Verlangen nach mir die Müdigkeit ganz einfach vertreiben. In Wirklichkeit aber schlief er schon, sobald er sich nur im Bett ausgestreckt hatte.

Eingesponnen in ganz widersprüchliche Gedanken und immer noch darauf hoffend, dass er mir die große Liebe, die er doch für mich empfand, auch körperlich zeigen würde, dachte ich an meine Verehrer aus den Sommerferien zurück, an diese beiden Jungen, die um meine Gunst gewetteifert hatten, ohne dass es jemals zur Sprache gekommen wäre. Für gewöhnlich lag ich dann wach, bis mich im Morgengrauen der Schlaf doch noch überwältigte. Wachte ich schließlich auf, war er schon längst in der Kanzlei.

Ich habe dem Doktor auch von dem Wolkenschloss erzählt, dass ich für Alexandre und mich gebaut hatte, so schnell gab ich mich schließlich nicht geschlagen. Ich habe keine Ahnung, wie lange das so ging! Denn nach der ersten Enttäuschung hat uns die Freude über die Kleine wieder zusammengeschweißt.

– Gab es irgendetwas, das auf eine Veränderung hingedeutet hätte?

– Ich erinnere mich noch an den Tag, an dem mir klar wurde, dass das, was ich da mit meinem Alexandre erlebte, keineswegs nur vorübergehend sein würde. Auf den ersten Blick war es eigentlich eine ganz alltägliche Situation, es ging um die Einschulung unserer Tochter. Ihm schwebte eine bestimmte Privatschule vor, von Nonnen geleitet, ein paar Kollegen aus der Kanzlei hatten sie ihm wärmstens empfohlen, und er war sogar schon dort gewesen und hatte sich informiert. Die Schule lag im oberen Teil der Stadt. Wir hatten mit der Kirche eigentlich nicht viel am Hut, weshalb ich das Ganze auch für einen Scherz hielt. Aber dann bemerkte ich, ihm war es völlig ernst damit, und gab ihm von daher klipp und klar zu verstehen, dass ich mit seiner Wahl in keinster Weise einverstanden war. Es täte ihm leid, bekam ich zur Antwort, doch sei er davon ausgegangen, wir würden wie bisher in allem einer Meinung sein, und darum hätte seine Mutter die Kleine am Morgen auch bereits angemeldet.

Ich war völlig außer mir, ließ ihn mitten im Satz stehen und rannte aus der Wohnung. Auf der Straße weinte ich wie ein kleines Kind, ich konnte gar nicht mehr aufhören, zum ersten Mal gestand ich mir fassungslos ein, wie unglücklich ich eigentlich war. Als ich zurückkam, wartete Júlia auf mich, Àlex hätte sich kaum noch auf den Beinen halten können und sei schon schlafen gegangen. Sie sagte mir, sie würde ja verstehen, wie ich mich fühle, sie ließ mich meiner Enttäuschung und meinem Ärger Luft machen und meinte hinterher, Schule oder Religion, das sei doch alles gar nicht so wichtig. Sie hatte mir auch etwas zum Abendessen vorbereitet.

Von da an versuchte ich erst gar nicht mehr, Alexandre von irgendetwas zu überzeugen, und ich hörte auch damit auf, ihn in der Nacht sanft zu wiegen, in der Hoffnung, es würde ein Almosen für mich abfallen. Er schien das aber noch nicht einmal zu bemerken, seine politische Karriere nahm ihn immer mehr in Anspruch.

Wenn das tägliche Einerlei mir arg zusetzte, verließ ich die Wohnung und verwandelte mich in Emma Desirée, fröhlich und unbeschwert, frei von Sorgen und Verpflichtungen streifte ich durch Straßen und Geschäfte und stellte mir vor, eine ergebene Gruppe von Touristen würde mir dicht auf den Fersen folgen. Ich kaufte ein und ging wieder nach Hause, doch niemand schien Anstoß an meinen einsamen Ausschweifungen zu nehmen.

– Gab es in der Kanzlei vielleicht eine andere Frau?

Ich habe gelacht. Wirklich, ich habe schallend gelacht.

Es war kurz nach unserer Ankunft in Marseille, während einer dieser Weinkrämpfe, weil ich mich doch mit so viel Schuldgefühlen rumplagte, als Denis zu mir gemeint hat, ich könne Gift darauf nehmen, dass mein Mann mich betrügt.

– Nein. Weder in der Kanzlei noch sonst wo.

– Du scheinst dir deiner Sache ja sehr sicher zu sein.

Ich musste noch immer lachen.

Eine Erinnerung aus dem Krankenhaus kommt mir in den Sinn.

Deutliche Geräusche drangen in mein Bewusstsein und weckten mich auf, kleine Rollen, die über den Boden glitten, Getuschel, das Glattstreichen von Bettlaken. Ich hatte von meinem Alexandre geträumt; ein Berg voller Erde und Moos schien ihn zu bedecken, doch als ich näher heranging, sah ich, dass das, was da auf seiner Brust lag, ein schwerer Felsbrocken war.

In dem Bett neben mir lag nun eine alte Frau. Sie sei frisch operiert, erklärte mir die Schwester, Oberschenkelbruch. Ziemlich dick, das Gesicht ungemein fahl, schien meine Nachbarin noch nicht aus der Narkose aufgewacht zu sein. Und möglichst leise sollte ich sein, sie würde viel Ruhe brauchen. Die Krankenschwester lächelte mich an, »wir bringen Ihnen dann gleich Ihr Essen«, so als sei sie meine Mutter und ich ihr kleines Mädchen, das ein Bonbon bekommt, weil es so schön brav gewesen ist.

Hab ich das mit dir auch gemacht, meine geliebte kleine Maus?

Ein Mann, vielleicht der Sohn der Frau in dem Bett neben mir, betrat das Zimmer, als ich gerade mit dem Essen fertig war, und ich dachte sofort, wenn du mich jetzt besuchen kommst, dann werden wir bei unserem Wiedersehen nicht für uns sein. Júlia hatte mir zu verstehen gegeben, es sei besser für dich, mich erst zu sehen, wenn ich wieder gescheit laufen könne und meine Haut nicht mehr ganz so sonnenverbrannt sei.

Der Mann, robust und kräftig, mit einer gesunden Gesichtsfarbe gesegnet, breite Stirn und Geheimratsecken und den runden Augen einer Schleiereule, trug ein kurzärmliges T-Shirt, in dem er dem etwas kühlen Herbstwetter trotzte.

Er grüßte und nahm dann gleich den Stuhl in Beschlag, der neben dem Bett der alten Frau stand. Auf der anderen Seite befand sich ein Infusionsständer, an dem Beutel mit Kochsalzlösung und Medikamenten hingen. Der Mann schlug ein dickes Buch auf und fing an zu lesen. Plötzlich schien er zu bemerken, dass ich in das Heft mit dem roten Einband schrieb, er fragte mich, ob ich mir Notizen machen würde. Ich antwortete ihm, ich hätte schon immer das Bedürfnis verspürt, alles, was mich beschäftigt, aufzuschreiben, aber jetzt würde ich es tun, weil es mir hilft. Dann erläuterte er mir seine Sicht auf Menschen in einem Krankenhaus. Ich legte den Kugelschreiber aus der Hand, um mich besser auf seine Worte konzentrieren zu können. Er war davon überzeugt, dass alles Banale, alles Triviale »an Orten wie diesen« außen vor bleibt, ja gänzlich entschwindet.

– Hier drinnen wird man mit dem konfrontiert, was auf der Straße ein Tabu ist, hier wird über Krankheit und Tod gesprochen, die Menschen sind weniger oberflächlich.

So als wollte er sich rechtfertigen, erzählte er mir noch, dass er als Philosophielehrer an einem Gymnasium unterrichtet. Seine Wortgewandtheit ließ mich verstummen.

Dann rührte sich die Frau und stieß ein paar unverständliche Laute aus, woraufhin der Mann sich zu ihr beugte und beruhigend auf sie einsprach. Schon bald waren die beiden wieder still, doch unser Gespräch setzten wir nicht fort. Ich räumte das Spiralheft zurück in die Nachttischschublade und schlief ein. Als ich aufwachte, beobachtete ich, wie der Kopf des Lehrers mit leicht geöffnetem Mund mal zur einen, mal zur Seite sackte, er war eingenickt.

In dem Augenblick betrat Júlia das Zimmer, und als sie sah, dass das Bett neben mir belegt war, blieb sie abrupt stehen.

– Wir gehen – sagte sie.

Und dass ein schlimmer Tag hinter ihr liegen würde und ich ihr Fragen ersparen sollte. Sie hätte gerade mit diesem Holzkopf von Traumatologen geredet, der ihr vorwerfen würde, Druck auf mich auszuüben, damit ich die Behandlung hier im Krankenhaus abbreche. Sie kam mir jünger vor als sonst, voller Energie, sie schien auch mehr Wert auf ihr Äußeres zu legen. Und das, wo sie jetzt schon seit Längerem Sohn und Enkeltochter zu versorgen hatte, was ja vorher meine Aufgabe gewesen war. Außerdem musste sie sich auch noch um all den Papierkram kümmern, der sich nach dem Überfall in der Sparkasse angesammelt hatte, aber man sah ihr an, dass sie dazu sehr wohl in der Lage war.

Ich schwieg und überlegte krampfhaft, wie ich den Collegeblock an mich bringen konnte, ohne dass sie etwas mitbekam.

Ich zeigte auf den weißen Vorhang zwischen den beiden Betten, sie zog an einem Ende, ein Geräusch von Ringen war zu hören und danach ein Schnaufen.

Ich zog mir schnell meine alten Jeans über und ein weites himmelblaues T-Shirt mit langen Armen, nicht gerade sauber, aber sicherlich das Beste, was ich besaß, zuvor hatte ich allerdings noch schnell das Heft unten in meine Tasche gelegt. Als ich vom Bett aufstand, juckte mein Bein, so als wollte es mir zu verstehen geben, geh nicht. Ich zog den Vorhang wieder zurück, der Mann, der der Sohn der Frau neben mir zu sein schien und eingenickt war, hatte die Augen geöffnet und sah mich nachdenklich an.

– Das ist nicht Ihre Mutter, stimmt's.

– Ja, stimmt.

In dem Augenblick kam meine Schwiegermutter zurück, sie war wohl kurz rausgegangen und meinte nun:

– Ah! Du bist schon fertig, Emma, da bin ich dir aber dankbar, sich fügen zu können, scheint mir mehr denn je eine Tugend zu sein.

Ihr Gesichtsausdruck zeigte mir deutlich, dass ihr mein Aufzug nicht gefiel. Der Lehrer stand auf, als ich an dem Bett vorbeiging, in dem vermutlich seine Mutter lag. Wieder schaute er mich aufmerksam an.

– Es war leider nur ein sehr kurzes Vergnügen, Emma! Vor allem, danke für …

Meine Schwiegermutter hielt wartend die Tür auf. Er drehte sich zu ihr, sah sie an, und nachdem Júlia noch einmal geschnauft hatte, verließ sie das Zimmer.

– Danke, dass Sie keinen Hehl daraus machen, Hilfe zu brauchen!

Er küsste meine Hand, die wie mein Gesicht noch immer von der vielen Sonne und dem Aufenthalt im Freien gezeichnet war. Auf dem Flur, während ich Menschen in Bademänteln oder flinken weißen Kitteln, sich langsam fortbewegenden Rollstühlen und Infusionsständern auswich, fragte ich mich, ob es zwischen Desirée und mir nicht einen Platz für ein anderes Leben geben könnte, für ein wirkliches Leben.

Der Wagen, schwarz mit abgedunkelten Scheiben, so wie der, den ich vor unserem Haus gesehen hatte, an dem Morgen, als Alexandre auf mich zugekommen war. Und der Chauffeur schien derselbe Mann zu sein, der damals auf ihn gewartet hatte. Die ganze Fahrt über sprach er kein Wort, und die Brille mit den dunklen Gläsern nahm er nicht ab.

Júlia fragte mich, worauf ich Lust hätte, wenn es mir wieder so richtig gut gehen würde. Es schien, als hätte sich ihre Laune seit dem Verlassen des Krankenhauses erheblich gebessert. Studieren, arbeiten, im Ausland meine Sprachkenntnisse vervollständigen, mich an einen ruhigen Ort zurückziehen? Mit einem Mal musste ich an das alte Häuschen in Mira-sol denken, das wir letztlich doch nicht hatten renovieren lassen. Noch so ein unerfüllter Wunsch. Die schwarzen Ledersitze schienen mir die Luft zum Atmen zu nehmen, warum sagte sie mir nicht einfach, wann du zurückkommen würdest, Àngels, saß ich etwa schon wieder in der Falle?

Auf dem Carrer Enric Granados verlangsamte der Wagen sein Tempo, die Straße kenne ich gut, aber wir fuhren in eine dieser Toreinfahrten von früher, hinter denen ein großer Hof liegt, sodass ich nicht erkennen konnte, auf welcher Höhe wir uns befanden. Im Vorbeifahren sah ich Jugendliche auf dem Boden hocken, mit dem Rücken an die Wand gelehnt, einige waren am Rauchen, trübsinnige, lustlose Gesichter. Zwei oder drei schauten hoch zu den abgedunkelten Scheiben, und dann waren wir auch schon vorbei. Der mit der dunklen Brille öffnete mir die Tür, nahm sich meine Krücke, lehnte sie gegen den Wagen, und als sei mein Körper so leicht wie ein Blatt und als ob wir uns schon unser ganzes Leben lang kennen würden, hob er mich einfach vom Sitz und stellte mich aufrecht auf das Pflaster. Ich hatte gerade noch lesen können, was über dem Eingang stand: Klinik für Palliativmedizin.

Jedes Mal, wenn ich in meinem Zimmer in der Klinik aufwache und mein Blick auf das matte Fensterglas fällt, denke ich an ein Aquarium. Gardinen gibt es hier nicht, das wäre auch nicht angebracht. Schließlich befinden sich im Staub Keime und in Stofffalten jede Menge Staub. Das helle, wasserlose Aquarium, die Schuppen meines faltenlosen Körpers. Die Tabletten bewirken, dass der Sauerstoff tief in meine Lungen eindringen kann, dass die Beklemmung in meiner Brust erträglicher wird.

Am ersten Morgen war ich nach dem Aufwachen noch in ein wattiges Traumlicht getaucht, ich erinnere mich gut. Es muss ein angenehmer Traum gewesen sein, denn ich lächelte, auch wenn ich im selben Augenblick den Schmerz in meinem gebrochenen und operierten Bein verspürte. Ich blieb ganz still liegen und gab mich der Illusion hin, als sei dieses Bein gar nicht vorhanden. Ich war ein Fisch, hatte ein übermäßig großes und wulstiges Maul, auf jeder Seite ein Auge und eine unbewegliche Schwanzflosse.

Am Tag zuvor hatte Júlia den Wachmann am Klinikportal gegrüßt, der Frau am Empfang zugelächelt, war allerdings nicht stehen geblieben. Wir gingen sofort zum Aufzug, und drinnen drückte sie auf den Knopf ganz oben, vierter Stock.

Ein Gang, weder schmal noch breit, über beigen Fliesen trübes Licht. Der Chauffeur zog sich zurück, als Júlia und ich das Zimmer betraten. Er setzte keinen Fuß hinein, warf nur kurz einen Blick in den Raum, einen Blick, der mir allerdings verborgen blieb und durch die Gläser seiner wuchtigen Brille abgedunkelt gewesen sein dürfte. Mònica wartete schon auf uns. Gut gelaunt, mit rosigen Wangen, sie kam mir so jung vor bei unserer ersten Begegnung. Während Júlia am Reden war, lächelte mich die Krankenschwester fast ein wenig erwartungsvoll an, so, wie wenn man bei einer Theatervorstellung in der ersten Reihe sitzt, und endlich geht der Vorhang hoch.

Kann man den Himmel nicht sehen, scheint es immer dunkler statt heller zu werden.

Sie zeigte uns das Zimmer, wir räumten meine paar Sachen ein, dann aber, auf ein Heben des Kinns meiner Schwiegermutter hin, ging das Mädchen hinaus.

– Bevor du mich jetzt fragst, wann sie kommt, die Kleine ist krank geworden und kann nicht reisen. Nein, wirklich kein Grund zur Sorge, es ist nur eine Erkältung, aber eine ziemlich starke, sie hat Fieber. Morgen fliege ich zu ihr, und darum werde ich dich auch ein paar Tage nicht besuchen können, dafür wird aber Àlex kommen. Warum weinst du denn jetzt? Ich hab dir doch gesagt, dass es nichts Schlimmes ist.

Früher hat Júlia nie geschnauft.

– Ach ja! Morgen findet deine erste Therapiesitzung statt, bei dem Arzt, den man uns empfohlen hat, der aus dem Krankenhaus. Und Mònica wird mit dir die Übungen für dein Bein machen. Ich lasse dir meine Handynummer da, aber bitte ruf mich nicht wegen jeder Kleinigkeit an.

Vor mir steht das Frühstück. Toast, Marmelade, Butter, Kaffee. Ein Vorhang aus Kinderstimmen hat sich zwischen das Essen und meine Gedanken geschoben. Sie klingen weit weg, wie das Echo einer fernen Zeit, so, als ob sie von der Straße oder aus einem der Innenhöfe des Häuserblocks kommen. Ich muss daran denken, wie ich im Park immer auf der Bank unter den Akazien gefrühstückt habe, ich sehne mich danach, den Menschen einfach wieder zuschauen zu können. Der Taubenfrau, dem Mann, der immer im Trainingsanzug rumgelaufen ist, dem Briefträger, der Frau von der Stadtreinigung mit ihrer Zigarette und diesem mürrischen Gesichtsausdruck, die immer so getan hat, als sei sie allein im Park. Dem Hund.

Schon ein paar Mal ist mir das so gegangen. Plötzlich spüre ich, wie sich all meine Sinne auf irgendeine Nachricht, irgendein Ereignis konzentrieren. Meine Umgebung nehme ich überhaupt nicht mehr wahr, achte kein bisschen auf das Hier und Jetzt. Und plötzlich ist da so ein Wort. Krank, und eine Lawine von Bildern rollt mit aller Macht über mich hinweg.

Und wenn aus einer einfachen Erkältung etwas Ernstes wird, und wenn ihr etwas zustößt … etwas Schlimmes! Wenn sie mir stirbt? Meine Tochter hatte

Fieber, und ich befand mich weit weg, an so einem seltsamen Ort, und konnte nicht zu ihr. »Mein Mäuschen«, an deinem Bett sitzen, heiße Zitrone mit Honig, warme Socken, ein Anruf beim Arzt, eine Geschichte, ein Lied, schlaf ein bisschen. Wie oft ist Àngels seitdem krank gewesen, wie oft hätte sie ihre Mutter gebraucht, aber die musste sich ja unbedingt nach Frankreich absetzen, um eine von diesen Frauen zu werden, deren Namen anständige Leute noch nicht einmal in den Mund nehmen.

Krank. In diesem einen Wort lag die Rechtfertigung dafür, dass ich dich nach wie vor nicht in meine Arme schließen durfte.

Ich bin ganz erstaunt gewesen, dass mich Martí heute gleich zu Anfang der Sitzung nach Júlia gefragt hat. Er kennt sie länger als mich, schließlich ist sie es gewesen, die ihn mit der Therapie betraut hat, oder etwa nicht? Außerdem habe ich ihm mehr über sie erzählt als über irgendjemanden sonst. Weiß er denn immer noch nicht genug über die Mutter meines Alexandre? Das alles habe ich ihm gesagt, doch er hat geschwiegen und mich nur prüfend angeschaut.

Ich könnte mich ja einfach davonstehlen, Emma Desirée würde ihr Gesicht hinter dem knallbunten Regenschirm verstecken.

Aber wir haben schon über so viele unangenehme Themen geredet, warum also sollte ich mich ihm gerade jetzt entziehen, dachte ich. Noch immer macht mir meine Reaktion während der letzten Sitzung zu schaffen. Ich war vom Stuhl aufgesprungen und hatte ihn angeschrien, er solle das, was er gerade über Denis gesagt hatte, sofort zurücknehmen. Doch ich hielt inne, als ich bemerkte, dass er keinen Millimeter zurückwich, meinem Blick standhielt und es sogar noch einmal wiederholte:

– Denis hat dich verlassen.

Nein, dem Doktor jagte mein Ausbruch keine Angst ein, ich hatte mich wieder hingesetzt und angefangen zu weinen. Er meinte noch, wir würden Denis' Gründe ja nicht kennen, aber die müssten uns auch nicht interessieren, es ginge schließlich darum, uns mit der Vergangenheit auseinanderzusetzen, um in der Gegenwart besser zurechtzukommen. Dieser Mann, um einiges jünger als ich, war mir überlegen, das hatte ich in dem Augenblick begriffen.

Und jetzt wollte er von mir wissen, wie ich sie finde, was ich von ihr halte, von Júlia.

Ich versuchte, mich um eine Antwort zu drücken. Doch Martí schien dem, was ich zu sagen hatte, große Bedeutung beizumessen. Ich spürte, wie ich den Groll, den ich über Tage, vielleicht sogar über Monate und Jahre in mir angestaut hatte, nicht mehr viel länger zurückhalten konnte.

– Sie hat sich anständig verhalten, damit ist alles gesagt.

Früher einmal, da ist sie für mich wie eine liebevolle Mutter gewesen, eine Freundin, mit der ich die Wohnung eingerichtet habe und vor der Hochzeit die Aussteuer kaufen ging. Sie hat die Lücke gefüllt, die der Tod meiner Eltern hinterlassen hat. Sie ist immer für mich da gewesen, für mich und für ihren Àlex, für uns beide, und später auch für die Kleine.

Martí hat mich einfach reden lassen, keine einzige Frage gestellt, die mich in eine bestimmte Richtung gelenkt hätte. Immer wenn ich hochgeschaut habe, hat mich sein fordernder Blick schon erwartet. Das ist nur zu deinem Besten, schien er mir zuzurufen, ich will doch nur, dass es dir wieder richtig gut geht, und daran arbeite ich mit dir.

– An dem Tag, an dem ich in die Klinik aufgenommen wurde, hat sie mir erzählt, dass Àngels krank sei und mich deshalb auch nicht am nächsten Tag besuchen könne, sie und Alexandre hatten mir das nämlich fest versprochen. Das Krankenhaus hatte ich auf eigene Verantwortung verlassen, es war Júlia, die mich gedrängt hatte, die Erklärung zu unterschreiben, mit der ich meine Behandlung vorzeitig abbrach. Sie war nämlich der Meinung, ich sei dort vor der Presse nicht sicher. Doch im Grunde war es Alexandre, den sie schützen wollte, denn was hatte ich schon von der Presse zu befürchten!

Sie würde nach London fliegen, gleich am nächsten Tag, und sobald Àngels wieder gesund sei, sie mit zurück nach Barcelona nehmen, und dann kämen mich die beiden besuchen. Ich habe sie bestürmt, Àngels anzurufen, gleich hier und jetzt, ich wollte unbedingt ihre Stimme hören, wollte unbedingt wissen, wie es ihr in diesem Augenblick ging. Doch Júlia ist einfach aufgestanden, ohne ein Wort zu sagen. Da habe ich versucht, mich vor ihr auf die Knie fallen zu lassen, aufgestöhnt habe ich vor lauter Schmerz ... und sie hat angefangen, mit mir zu schimpfen. Wie ich mir das mit dem Gesundwerden denn vorgestellt hätte, wenn ich kein bisschen aufpassen würde, hat sie mich gefragt und wieder geschnauft. Dann hat sie auf die Klingel am Kopfende vom Bett gedrückt, und Mònica, die Krankenschwester, ist gleich gekommen, wie ein Honigkuchenpferd hat sie gestrahlt. Und genauso ist sie nach ein paar Minuten mit einer kleinen Pille zurückgekommen und hat gemeint, die würde mir auf jeden Fall guttun.

Júlia ist auf und ab gegangen, vom Fenster zur Tür und dann wieder zurück. Ich habe sie angefleht, mir die Wahrheit sagen. Schweigen. Wenigstens dies: dass die Kleine nicht krank ist.

– Wir haben all unseren Einfluss geltend machen müssen, auf höchster Ebene, und nur so ist es uns gelungen, die Veröffentlichung eines kompromittierenden Artikels zu verhindern. So ein Schreiberling hat nämlich die Pennerin aus der Sparkasse mit dem Spitzenkandidaten der neuen Partei in Verbindung gebracht, der bei der Wahl hier in Barcelona antreten wird. Du hast uns doch wahrlich schon genug angetan, meinst du nicht?

Dann hat sie nichts mehr gesagt, ist nur wieder auf und ab gegangen, und ihre Absätze klackerten im Takt ihrer entschlossenen Schritte über die Fliesen. Schließlich nahm sie ihre Tasche vom Bett und auch ihre Jacke, warf mir noch einen Blick zu und verließ das Zimmer.

Ich wusste nicht, dass ich sie hasse, aber als mir klar wurde, dass Martí es so sah, hat sich meine bange Ahnung bestätigt.

Ich hatte ihm versprochen, mich gleich ins Bett zu legen, zumal die Wirkung der Tablette schon zu spüren war. Ich lauschte auf die gedämpften Geräusche im Stockwerk unter mir. Ich könnte ja klingeln, was ich auch tat. Ich bat Mònica, mir etwas Gesellschaft zu leisten, vielleicht hätte sie ja Lust, mir eine Geschichte zu erzählen, irgendetwas Lustiges von dort, wo sie herkam, oder einfach, wie es da so war, in ihrem Dorf. Das Mädchen lachte, sie wusste nicht recht, was sie mir sagen sollte, ich spürte, wie die Anspannung in meinem Körper langsam nachließ und streckte die Hand nach ihr aus. Mit ihrer, weiß und rosig, schob sie meine Arme unter das Laken und die Tagesdecke und dann erst fing sie an zu erzählen.

– Ich komme aus Castellterçol …

Der Name von Mònicas Dorf ließ mich von Mirasol träumen, wo ich immer die Sommer verbracht hatte, meine ganze Jugend über, bis zum Tod meiner Eltern.

Sie gefiel mir gut, vom ersten Augenblick an, als Alexandre sie mir vorstellte. Zurückhaltend, aber interessiert, persönlicher Einsatz, das war ihr wichtig, genauso wie eine gute Ausbildung … Eine unglückliche Ehe lag hinter ihr. Der Vater von Ilda und meinem Alexandre hatte sie verlassen, als die beiden noch zur Schule gingen. Sie hat dann wieder angefangen zu arbeiten, sich ihre Sporen verdient und es bis zur Chefsekretärin eines Unternehmens gebracht. Sie war so ganz anders als meine Mutter, die mit ihrer Meinung immer hinterm Berg hielt und doch stets im Mittelpunkt stand, alle schienen sie förmlich anzubeten. Júlias Charakter hat mir sehr imponiert. Sogar die Tatsache, dass sie keinen Hehl daraus machte, mit ihrer Tochter nicht besonders gut auszukommen. »Die meint ja, unbedingt als Fotografin durch die Weltgeschichte reisen zu müssen … und setzt dabei ihr Leben und ihre Gesundheit aufs Spiel, wo sie es zu Hause doch so gut hat, und etwas Schönes studieren könnte sie auch.«

Als ich mit einem Mal ohne Eltern dastand, setzte ich mein ganzes Vertrauen in Júlia. Sie selbst sprach davon, an ihre Stelle treten zu wollen, ich würde nie allein sein und immer auf ihre Hilfe zählen können. Ich ließ mich von der Mutter meines Mannes adoptieren, war dankbar, dass ich so ein Glück hatte und es da jemanden gab, der mich unter seine Fittiche nahm. Sie kümmerte sich um alles, dass ihr Sohn beruflich vorwärtskam, dass es bei uns zu Hause an nichts fehlte, dass es mir gut ging. Als Àngels geboren wurde, Alexandre hatte da ja schon seine feste Anstellung in der Kanzlei, hörte Júlia auf zu arbeiten. Jeden Tag kam sie zu uns, brachte vom Markt etwas Obst mit oder Fisch und hielt nach wie vor ein wachsames Auge auf die Karriere ihres Sohnes. Mit mir hatte sie mehr und mehr ihre liebe Not, musste mich aufmuntern, mir meinen Mann erklären, den ich eigentlich gar nicht richtig kannte, wie mir langsam klar wurde, und sie zeigte mir unverdrossen die Vorzüge eines Lebens auf, das ich selbst schon längst nicht mehr verstand.

– Warum hast du sie denn nicht in ihre Schranken gewiesen?

Bei Martís Frage habe ich lächeln müssen. Ich wollte von ihm wissen, ob er sie nicht auch als einen Menschen mit ziemlicher Überzeugungskraft kennengelernt hätte, dabei immer korrekt und kein bisschen eingebildet. Er schien nachzudenken und hat dann gemeint:

– Ja, doch, du hast schon recht.

– Eine Frau, die weiß, wo ihr Platz ist, sich bereitwillig fügt und ihrem Gegenüber dadurch zu verstehen gibt, dass sie ihn für überlegen hält. Und sich häufig noch dümmer stellt, als es überhaupt möglich ist …

Er wirkte noch immer nachdenklich.

– Wenn es um unsere Wohnung ging, hat sie stets gesagt, »bei Emma und Àlex zu Hause«, und wenn sie mich irgendjemandem vorgestellt hat, hieß es natürlich gleich, »das ist die Frau meines Sohnes«. Eigentlich hat sie mit jedem Satz erst einmal Süßholz geraspelt. »Da muss ich dir völlig recht geben, Emma«, so hat sie oft ein Gespräch angefangen, um mir letztendlich aber klarzumachen, dass ich im Grunde vollkommen danebenlag …

Ich habe Jahre gebraucht, bis ich erkannt habe, dass Júlias Bescheidenheit, ihre vermeintliche Unbedarftheit im Grunde nur eine Pose sind, mit der es ihr gelingt, bewusst oder unbewusst, jeden um den Finger zu wickeln. Und dass ihr Sohn wirklich davon überzeugt ist, sie sei ein unsicherer Mensch, jemand, der sich immer zurücknimmt, sich nie aufdrängt. Sie zu enttäuschen, das käme für ihn einem Treuebruch gleich.

Es ging um Immobilienpreise, um die Mieten. Die jungen Leute heutzutage könnten ja gar nicht auf eigenen Beinen stehen, wenn man ihnen nicht ein wenig unter die Arme greifen würde, und selbst dann sei es noch schwierig genug, auf einen grünen Zweig zu kommen. Víctor gab Júlia wie immer in allem recht. Er hatte eine Wohnung im Erdgeschoss des Hauses, in dem er als Portier arbeitete, aber weder Frau noch Kinder. Ich weiß allerdings nicht, ob er an die hohen Lebenshaltungskosten dachte, als er auf meine Beine starrte. Während ich ihnen zuhörte, fing ich an, mir Sorgen zu machen, was wäre, wenn Àngels erst einmal eine junge Frau sein würde und eine eigene Wohnung bräuchte. Plötzlich dieser Druck auf meiner Brust. Júlia erzählte »von früher«, und ganz unvermittelt überkam mich das Gefühl tiefer Mutlosigkeit. Ich war ein Niemand, für mich war alles vorbei; bald wäre es an unserer Tochter, ihr Leben zu leben. Ich dagegen hatte ausgedient und taugte nur noch dazu, in einem Glasschrank ausgestellt zu werden. Dort konnten mich dann alle betrachten, mich, die Frau von Alexandre, die Mutter von Àngels, die Schwiegertochter von Júlia.

Schließlich kam noch eine Nachbarin dazu, wir waren jetzt zu viert in der Eingangshalle, zwischen Haustür und Aufzug. Sie sprachen vom Irak, zweihundert Menschen waren wieder einem Anschlag zum Opfer gefallen. Meine Schwiegermutter, sie sagte nichts mehr, schüttelte nur mit dem Kopf, und ich stand da und dachte an die Glastür der Vitrine, die man von links nach rechts und von rechts nach links aufschieben kann, an all die Gegenstände, die reglos in den Fächern stehen. Ein Tag war wie der andere, und ich stand da und tat nichts weiter, als ihnen zuzuhören, wie sie Nachrichten kommentierten, die früher mein Blut in Wallung gebracht hätten. Damals war Emma Desirée meine einzige Hoffnung, sie brauchte nur einmal zu rufen und dabei mit ihrem bunten Regenschirm nach oben in den Himmel zu zeigen, schon würde sich die gesamte Gruppe in Bewegung setzen. Schluss mit all der Ungerechtigkeit auf dieser Welt, auf geht's!

Ich hörte ihnen zu und war vor lauter Überdruss wie erstarrt, auch wenn ich nicht verstehen konnte, wieso das, was andere Menschen leiden oder sogar sterben ließ, einfach an mir abprallte, gedankenverloren betrachtete ich stattdessen mein Profil im Spiegel, das Profil einer Marmorstatue. Seit wann war ich eigentlich tot?

– Wann hat sich denn euer gutes Verhältnis, das zwischen Júlia und dir, ins Gegenteil verkehrt?

– Ich glaube, das war, als mir alles gleichgültig zu werden begann. Damit machte ich mich verdächtig. Ich gab meinem Mann nicht genügend Rückhalt, und ich wusste das, was Àlex erreicht hatte, nicht gebührend zu würdigen: seinen sozialen Aufstieg, seine außergewöhnliche Begabung und die Nominierung zum Spitzenkandidaten seiner Partei.

Seitdem ich angefangen hatte zu arbeiten, hielt sich Júlia aber etwas zurück. Sie redete nicht mehr ununterbrochen auf mich ein, was Àlex alles leisten würde, was man tun müsse, um ihm den Rücken zu stärken. Sie begnügte sich damit, dann und wann durchblicken zu lassen, ich solle doch nicht immer gleich die Fassung verlieren und auch meine Ansprüche als Ehefrau etwas zurückschrauben. Ganz unaufdringlich hat sie mir das zu verstehen gegeben, fast so, als würde sie leise ein Gebet vor sich hin sprechen: Bitte sei Àlex' politischer Karriere nicht hinderlich, diesem großen Triumph, bitte setz nicht die Anstrengungen eines ganzen Lebens aufs Spiel, seines Lebens, ihres Lebens …

Martí hatte mich nach Júlia gefragt, und ich musste mir eingestehen, dass ich stundenlang über sie reden konnte. Auch während meiner Zeit auf der Straße sind meine Gedanken immer wieder um sie gekreist. Erst dort war mir klar geworden, wie sehr sie unser Leben bestimmt hatte. Vorher war mir das gar nicht so aufgefallen, jedenfalls nicht wirklich, denn sie hatte es stets verstanden, sich den Anschein bescheidener Zurückhaltung zu geben.

Mein Alexandre, der mir selbstverständlich gar nicht mehr gehörte, auch wenn ich ihn noch immer den »meinigen« nannte, kam mich zwei Wochen nach meiner Aufnahme in die Klinik für Palliativmedizin besuchen. Es war so um die Mittagszeit. Er kam allein. Er sah blendend aus, genauso wie die letzten Male, und wieder musste ich feststellen, dass die weißen Haare ihm ausgesprochen gut standen.

Er sagte, er müsse mit mir reden. Ich kam gerade von einer Therapiesitzung mit Martí, von einer, in der es um Júlia gegangen war, und ich fühlte mich irgendwie erleichtert, weil ich ausgesprochen hatte, was ich wirklich über sie dachte. Ich war nur ein klein wenig beunruhigt, weil ich vom Doktor erfahren hatte, dass er für drei Wochen in die Vereinigten Staaten ging. Gleich nach seiner Rückkehr würden wir allerdings mit der Therapie weitermachen. Ich hatte ihm gesagt, dass ich lieber auf ihn warten möchte, anstatt zu einem anderen Arzt zu gehen, so wie er es mir vorgeschlagen hatte.

Mein Mann brachte mir zwei Bücher mit, zwei Bestseller, eins hatte ich schon vor Jahren gelesen, es war seinerzeit durch die ganze Wohnung gewandert, erst hatte es auf dem Nachttisch gelegen, dann auf dem Wohnzimmertisch und schließlich sogar eine Weile auf dem in der Küche, damals habe ich einfach jede Gelegenheit zum Lesen genutzt. Gedichte wären mir jetzt zwar lieber gewesen, aber ich freute mich, dass er nicht vergessen hatte, wie viel mir Bücher bedeuten.

Bis zu diesem Tag hatte mir Júlia immer über die Krankenschwester etwas ausrichten lassen. Die Kleine würde sich langsam erholen, aber eine Reise täte ihr momentan nicht gut. Es ginge ihr schon viel besser, Weihnachten würde sie wieder nach Hause kommen und sie selbst auch. Sie würde Mònica jeden Dienstag und Donnerstag anrufen.

Ich fragte Alexandre, ob er Neuigkeiten von Àngels hätte, aber er wiederholte nur, wir müssten reden. Ich wartete.

– Die Kleine muss auf einen Besuch bei dir vorbereitet werden. Das, was sie erlebt hat, hat sie gegen dich aufgebracht …, sie will auf keinen Fall …

– Aber wie geht's ihr denn?

– Gut. Meine Mutter wollte dich nur nicht verletzen, und deshalb hat sie dir erzählt, Àngels sei erkältet, aber ich will, dass du weißt, wie es ist. Weder meine Mutter noch ich können sie schließlich zwingen, hierherzukommen.

– Sie ist also gar nicht krank?

– Ihr geht's gut, reg dich nicht auf. Ihr fehlt nichts.

– In den Therapiesitzungen habe ich mit dem Psychiater auch gerade darüber gesprochen, er hat mir gesagt, er könne Àngels helfen, das, was passiert ist, besser zu verstehen.

– Mach dir keine Sorgen, sie ist in guten Händen …

Die Tür öffnete sich, und der Mann mit der dunklen Brille machte einen Schritt ins Zimmer und flüsterte Alexandre, der gleich zu ihm hingegangen war, etwas ins Ohr.

Da dachte ich an Martí, ich musste unbedingt sofort mit ihm sprechen, aber am nächsten Tag würde er ja schon fliegen. Er hatte mir die Telefonnummer einer Krankenschwester gegeben, die auf seiner Station arbeitet, eine gewisse Tere, und gemeint, wenn ich Hilfe bräuchte, könnte ich mich an sie wenden.

Alexandre kam wieder zu mir und sagte, er müsse dringend fort, aber vorher wolle er mich noch um einen Gefallen bitten. Das sagte der Spitzenkandidat, so ehrenwert, so vertrauenswürdig, so strahlend, ausgerechnet zu mir, einer Frau, die der Rote von einem toten Hund hatte wegzerren müssen, um sie aus dem brennenden Vorraum einer Sparkasse herausholen zu können.

Er müsse an einem Festakt teilnehmen, und es sei wichtig für ihn, dass ich ihn dorthin begleite. Bis dahin sei ich bestimmt wieder ganz hergestellt, die Haut, er zeigte auf mein Gesicht, sehe ja schon gar nicht mehr so schlimm aus. Ob ich mir das zutrauen würde? Ich glaube, ich habe nur mit den Schultern gezuckt. Ich müsste dort auch nichts sagen, eigentlich sei es sogar wünschenswert, dass ich so wenig wie möglich rede, nur grüßen sollte ich. Aber bis dahin sei ja noch etwas Zeit. Und er wollte währenddessen versuchen, auf unsere Tochter einzuwirken, vielleicht gelänge es ihm ja, sie zu überzeugen.

– Ich denke, wenn Àngels uns zusammen sieht …

– Aber wäre es nicht besser, sie und ich würden uns erst einmal alleine sehen?

– Alles wird gut, mach dir keine Sorgen!

Er lächelte mich an und ging.

Langsam fange ich an zu verstehen, Àngels, sie werden alles dransetzen, dass wir uns nicht einfach so wiedersehen.

Ich hörte das Klinikpersonal hin und her laufen, und für mich war das wie ein Startschuss. Die drei Wochen, die der Doktor in den Vereinigten Staaten verbringen sollte, nahmen ihren Anfang. Ohne die Kraft, die mir die Sitzungen mit ihm gaben, würde sich das, was ich zu Papier brachte, sicherlich auf ebenso verschlungenen Pfaden verlieren wie meine Gedanken. Aber es musste mir unbedingt gelingen, dieses Labyrinth zu durchqueren, denn ganz am Ende, mein Mädchen, da standst du.

Plötzlich überkam mich ein Gefühl von Verlassenheit, mir war, als hätte man eine Plane auf mich gelegt, eine von denen, mit der am Freitagabend alle Gegenstände der wöchentlichen Routine abgedeckt werden, und nun saß ich darunter gefangen. Ich überdachte meine Lage in der »Klinik für Palliativmedizin«. Mònica war bestimmt damit beschäftigt, gemeinsam mit den anderen die nötigen Vorkehrungen für den letzten, den endgültigen Abschied des Patienten zu treffen, der den Aufruhr von vorhin verursacht hatte. Bis sie mir das Tablett mit dem Abendessen hochbringen würde, dauerte es bestimmt noch zwei Stunden. Ich hatte den roten Collegeblock, zwei Bücher und einen Fernsehapparat.

Mit einem Mal drängte sich das Sommerhäuschen von Mira-sol, das ganz allmählich in meine Erinnerungen zurückgekehrt war, mit aller Macht in meine Gedanken. So als würde es mich ermuntern, nicht mehr wehmütig zurückzublicken, sondern voller Zuversicht nach vorne zu schauen. In dieser Zeit des einsamen Wartens und der Umorientierung schien mir Mira-sol der ideale Zufluchtsort zu sein.

Ich zog die Sachen an, in denen ich aus dem städtischen Krankenhaus hergekommen war, die Jeans und das himmelblaue T-Shirt. Die Jacke von dem dunkelgrünen Trainingsanzug, die mit den weißen Streifen rund ums Handgelenk, schien mir zum Darübertragen am besten zu meiner bescheidenen Garderobe zu passen.

Ich griff zu der Tasche, mit der ich schon in Marseille gewesen war, und konzentrierte mich auf die Geräusche im vierten Stock. Ohne dass mich jemand gesehen hätte, stieg ich die Treppe hinunter und wartete. Als auch auf der dritten Etage kein Laut mehr zu hören war, ging ich weiter. Und so bis runter ins Erdgeschoss, wo ein paar Leute tuschelnd beieinanderstanden. Ich blieb wieder stehen, doch als ich sah, wie eine Krankenschwester auf das Treppenhaus zugerannt kam, nahm ich all meinen Mut zusammen und betrat entschlossen die Eingangshalle. Das operierte Bein zog ich etwas hinter mir her, aber das ging mehr oder weniger geräuschlos vonstatten. Ich dachte nur die ganze Zeit: Gleich wird eine unerbittliche Stimme meinen Namen herausposaunen. Aber ich kam problemlos an der Anmeldung vorbei, ebenso am Wachmann und schließlich auch an dem Schild, das mich bei meiner Ankunft begrüßt hatte. Klinik für Palliativmedizin. Und so schnell meine Beine es zuließen, ging ich weiter.

An der Straßenecke von Enric Granados lungerten ein paar Jugendliche herum und zogen an ihren Zigaretten. Jetzt sah ich auch, dass ich mich auf der Höhe von Provença befand, was ich auf der Fahrt zur Klinik so schnell nicht hatte erkennen können. Die Straße schien vor Lärm zu brodeln.

Die Stimmen der Schüler, das also war die Brandung gewesen, die ich hinter meinem geschlossenen Zimmerfenster in der Klinik zu hören geglaubt hatte. Dort war ich geborgen gewesen wie in einer Kajüte, das tosende Meer hatte mir nichts anhaben können. Als ich im Carrer Provença die Treppe zur Eisenbahnstation hinunterstieg, schlug ich ein langsameres Tempo ein. Die Stadt hatte mich wieder aufgesogen, mein Körper war jetzt einer von vielen inmitten der am Bahnsteig wartenden Menge. Von dort aus rief ich Alexandre auf seinem Handy an. Die Mailbox schaltete sich ein, und ich hinterließ ihm eine Nachricht:

Ich habe die Klinik verlassen. Mach dir keine Sorgen, ich will dir nichts Böses. Ich hoffe, dass ich Àngels bald sehen kann.

Alles ist ganz einfach gewesen.

Ich bin zu jener magischen blauen Stunde angekommen, in der sich am Himmel der letzte Schimmer des Lichts in violetten Tönen ausbreitet, kaum Autos vor den Sommerhäusern, unter den Vordächern eine unaufdringliche Beleuchtung, helle Straßenlaternen. Als ich in Mira-sol aus dem Zug stieg, war ich mir nicht sicher, ob ich auch alle Eventualitäten bedacht hatte. Das Sommerhäuschen meiner Eltern war schon seit Jahren unbewohnt. Ich hatte keinen Schlüssel für das Gittertor, aber die vom Haus hatte ich damals selbst im Garten versteckt.

Da ist noch immer dieses Loch in der Ziegelsteinmauer. Ich habe es gleich wiedergefunden, weil sie ringsherum das ganze Gestrüpp rausgerissen haben, dort wird nämlich gebaut. Als ich mit meiner Sandale in der Öffnung Halt suchte, um mich hochzuhieven, musste ich gleich an den weißen Turnschuh Marke Victòria denken, in dem damals der Fuß eines gelenkigen jungen Mädchens gesteckt hatte, die hier immer über die Mauer geklettert war. Jetzt kostete es mich große Mühe, mein bandagiertes Bein hochzuziehen, bevor ich mich dann mit einem erstickten Schrei zur anderen Seite runterfallen ließ.

Jede Menge Zweige und Blätter lagen dort.

Ich brauchte eine ganze Weile, bis ich mich wieder hochgerappelt hatte, und es ging auch nicht ohne zerrissene Kleidung und zerkratzte Haut ab. An die dornigen Rosenstöcke, die so viele Jahre ihrem Schicksal überlassen waren, hatte ich einfach nicht mehr gedacht.

Als ich wieder auf beiden Beinen stand, war es schon dunkel, aber ich fand mich zurecht und tastete mich langsam zu der Fliese unter dem Wasserhahn im Garten vor. Die Schlüssel waren kalt und schwer. Ich stieg die Treppe zur Haustür hoch, und als ich ganz in der Nähe das Geräusch von Reifen hörte, duckte ich mich und setzte mich auf die Stufe, auf der ich gerade stand. Bis dahin hatte ich gar nicht gespürt, wie müde ich war. Während sich das Garagentor auf der anderen Seite der Straße öffnete, fragte ich mich, warum ich es eigentlich so eilig hatte. Früher war ich im Sommer, wenn die Eltern ihren Mittagsschlaf hielten, oft zum Lesen raus auf die Treppe gegangen, und nach Sonnenuntergang hatte ich dort mit den beiden gesessen, um die kühle Nachtluft zu genießen. Meine Mutter hat immer gerne gesungen, ihre Stimme war nicht unbedingt großartig, aber den Ton konnte sie gut halten, und oft stimmte mein Vater mit ein.

Ich fühlte mich so richtig wohl und mir fiel gar nicht auf, dass gegenüber schon längst wieder Ruhe eingekehrt war. Ich befand mich an dem Ort, an dem ich das Glück meiner Eltern erlebt hatte.

Die Tür ließ sich mühelos öffnen. Den Sicherungsschalter umzulegen und dann zu sehen, wie der Raum in ein trübes Licht getaucht wurde, nahm nicht viel Zeit in Anspruch. Die Möbel hatten mich meine ganze Jugend über begleitet, mir kam es so vor, als ob auf dem Sofa noch immer der Abdruck meines Körpers zu erkennen war. Ich schaute in jeden Winkel, und überall war Vergangenheit. Im oberen Stockwerk ließ ich mich auf das Bett meiner Eltern fallen, mein eigenes Zimmer kam mir so klein vor. Bestimmt würde ich die ganze Nacht durchschlafen, doch für alle Fälle ließ ich die Glühbirne unten an der Treppe brennen.

Alles war ganz einfach.

Im Morgengrauen bin ich vom Gezwitscher der Vögel geweckt worden.

Ich musste an das Zimmer in der Klinik denken, an dieses Licht, das immer so dämmrig wirkte, weil doch die Fensterscheiben aus milchigem Glas waren. Ich dachte: Ich bin frei, und doch hatte ich, ganz widersinnig, fast im selben Augenblick das Gefühl, die Decke würde auf mich herabstürzen, dieses Gefühl war die reinste Qual, es nahm mir die Luft zum Atmen. Hastig sprang ich auf, das Bein tat mir verdammt weh. Gestern Abend hatte ich meine Tabletten nicht genommen.

Draußen wurde es gerade erst Tag, in der Küche war es noch völlig dunkel. So ein enger Raum, und trotzdem hatte es meine Mutter geschafft, hier für ein Dutzend Leute oder mehr zu kochen. Ich sah sie vor mir in ihrem Hauskleid mit den schmalen Trägern, kastanienbraune Haare, sonnengebräunt, wie sie von ihrer Arbeit aufschaute, sich zu mir umdrehte und sagte, »aber Emma, hast du denn immer noch nicht gefrühstückt?« Mein Herz raste wie wild, die Vorstellung, das Dach könnte jeden Augenblick auf mich herunterstürzen, versetzte mich nach wie vor in Panik. Ich ging zur Hintertür, durch die man von der Küche aus direkt in den Garten gelangt, aber sie schien zu klemmen.

Ich knipste das Licht im Wohnzimmer an und bemerkte, dass die Haustür die ganze Nacht über nur angelehnt gewesen war. Bevor mein Vater abends hoch ins Schlafzimmer ging, hatte er immer erst die beiden Schlösser von innen zugesperrt und den Eisenriegel vorgelegt. Damals lag das Sommerhäuschen etwas abseits. Drumherum hatte es, mal abgesehen vom Haus der Roviras, nur Felder voller Mandelbäume gegeben und Pinien und Ginster.

Die blauvioletten Töne, die sich langsam am Himmel ausbreiteten, glichen dem Farbspiel, mit dem das Licht am Abend zuvor der Dunkelheit gewichen war. Draußen unter dem überdachten Vorbau war es kalt, aber ich ging nicht zurück ins Haus, um mir etwas überzuziehen, noch immer war da dieser Druck auf der Brust, der mich daran hinderte, ruhig und gleichmäßig zu atmen. Von der Veranda aus sah ich in den alten Garten, er war von Unkraut überwuchert, und überall lagen abgebrochene Zweige herum. Dass ich am Abend vorher trotzdem problemlos zum Haus gelangt war, lag daran, dass die Eltern in ihrem letzten Sommer auf der Vorderseite hatten Steinplatten verlegen lassen, schließlich waren sie davon überzeugt, sie würden den Garten noch viele Jahre lang genießen können. Damals hatte Mutter auch die Rosenstöcke entlang der Mauer gepflanzt.

Mir kam es so vor, als sei unser Garten, als sei einfach alles kleiner geworden.

Nebenan sind sie am Bauen und vorne heraus, ganz in der Nähe des Chalets der Roviras, plustert sich zur Straße hin ein zweistöckiges rotes Ziegelsteinhaus auf. Als das Gelände noch nicht bebaut war, haben wir im Juni dort immer Ginstersträuße gepflückt und so mit gelbleuchtendem Duft die glückliche Zeit begrüßt, die vor uns lag, die der großen Ferien.

Ich ging wieder ins Haus. Aus der Abstellkammer, wo auch der Kühlschrank steht, holte ich einen Liegestuhl und aus dem Schlafzimmer eine Decke. Darin eingehüllt legte ich mich vor die Tür, mittlerweile war es hell geworden. Ich brauchte nur die Augen zu öffnen, um mich zu vergewissern, dass vom Verandadach keine Bedrohung ausging, und genügend frische Luft gab es um mich herum auch.

Lärmende Männerstimmen rissen mich aus dem Schlaf, ich war nicht allein, und kurz darauf hörte ich das schleifende Geräusch einer Betonmischmaschine. Ich ging zurück ins Haus und öffnete alle Fenster und Türen. Die Decke hatte nicht verhindern können, dass die feuchte Kälte in meinen Körper gekrochen war, in der Küche ließ ich das Wasser laufen und zündete den Gaskocher an. Beim Anblick dieses kleinen Haushaltsgeräts musste ich wieder an meine Mutter denken, sah vor mir, wie sie mit einem Kochlöffel in Töpfen und Pfannen herumrührte. Ich fand noch einen Rest Kakaopulver, das sich zu einer festen Masse verklumpt hatte, im kochenden Wasser löste es sich krümelnd auf. Während mein Körper die Nahrung dankbar aufnahm, überzeugte ich mich davon, dass praktisch das gesamte Haus von Gestrüpp umgeben war. Ich fing an, mir einen Plan zurechtzulegen.

Ich war spät dran, als ich endlich das Krankenhaus erreichte. Ich hatte angefangen, das Unkraut im hinteren Teil des Gartens auszureißen und darüber ganz die Zeit vergessen, und als ich gerade gehen wollte, hatte Alexandre angerufen.

– Wo bist du?

– Ich werde dir nicht in die Quere kommen, da kannst du ganz unbesorgt sein …

– Ich bin im Park gewesen, gegenüber vom Hochhaus der Telefónica.

– Ich hab jetzt ein Dach über'm Kopf.
– Emma …
– Ich muss unbedingt meine Tochter sehen.
– Sie ist auch meine Tochter!
– Du hast kein Recht, sie mir vorzuenthalten.
– Sie will nichts von dir wissen!

Ich beendete abrupt das Gespräch, und im selben Augenblick bereute ich es.

Auf der Suche nach der psychiatrischen Station verlief ich mich.

Gleich umfing mich wieder diese Atmosphäre geschäftiger Betriebsamkeit, Ärzte, Krankenschwestern, Patienten und Familienangehörige, für mich ist das Krankenhaus so etwas wie ein erster Vorgeschmack von Freiheit gewesen. Ich war mit Tere verabredet, der Schwester, deren Telefonnummer Martí mir gegeben hatte, für den Fall, dass ich Hilfe brauche.

Sie bewegte sich vom Tisch auf das kleine hohe Fenster zu, dann näherte sie sich dem Stuhl, auf dem ich saß und ihr alles erklärte, doch plötzlich machte sie kehrt, um wieder vom Tisch zum Fenster zu gehen. Ich entnahm ihrem Schweigen, was ich heute Morgen schon aus den Worten meines Alexandres geschlossen hatte. Mein Verhalten war unverantwortlich, und auf diese Weise machte ich den anderen nur das Leben schwer.

Aber letztendlich bekam ich nicht einen Vorwurf von ihr zu hören. Sie ging zu einem Wasserspender und füllte ein kleines Glas. Dann reichte sie mir das

Medikament, das Mònica mir am Tag zuvor mit dem Abendessen gegeben hätte.

– Sie dürfen nicht vergessen, jeden Tag Ihre Tabletten zu nehmen; ob Sie wieder ganz gesund werden, hängt nämlich zum großen Teil davon ab. Die Rezepte kann ich Ihnen ausstellen. Martí hat mir ja Ihr Krankenblatt dagelassen.

Ihr Haar war kurz geschnitten, sie trug Arbeitskleidung, weiße Hosen und ein passendes Oberteil, wirkte gelassen, doch auch ein wenig traurig, und nur, als sie einmal lächelte, hellte sich ihr Gesichtsausdruck kurz auf.

In der Unfallchirurgie musste ich ewig warten, aber inmitten der Patienten mit all ihren Schmerzen und den redseligen Begleitpersonen fühlte ich mich geborgen. Der Unfallchirurg war erstaunt, mich zu sehen.

– Ich hab mir meine Freiheit zurückerobert und bin etwas leichtsinnig gewesen.

Die Wunde hatte sich geöffnet, und er versorgte sie. Es sei wichtig, sagte er, dass ich nicht viel herumlaufe, mich nicht anstrenge und das Bein sollte ich möglichst oft hochlegen und dabei ausstrecken. Wenn ich mich in einer sauberen Umgebung aufhalten würde, könnte ich den Verband ruhig abnehmen, das sei sogar gut, und wenn Sonne und frische Luft drankämen, nur nicht übertreiben, verstanden? – hinter seinen Brillengläsern warf er mir einen Blick aus seinen kleinen, kastanienfarbenen Augen zu –, um so besser.

Obwohl ich große Lust hatte, sofort ins Sommerhaus zurückzufahren, wollte ich mir zuerst einen Überblick über das ganze Ausmaß meines Elends verschaffen. Ich ging bei der Bank vorbei, mir blieb nicht mehr viel Geld; wenn ich nur das Nötigste ausgab, würde es vielleicht bis Weihnachten reichen. Ich musste sofort eine Arbeit finden.

Der Mercat del Ninot zog mich an wie ein Magnet. Ganz versunken in die Schönheit dieser alltäglichen Dinge humpelte ich zwischen den Verkaufsständen umher. Aber ich ging nicht zu den Bäuerinnen, bei denen ich immer gesessen hatte, um an Àngels zu denken, und um dann alles, was mir durch den Kopf ging oder passiert war, meinem Collegeblock anzuvertrauen. Die Markthalle lag auf halbem Weg zu unserer Wohnung und ganz in der Nähe vom Park, wo ich ein paar Wochen, ein paar Monate gelebt hatte, die mir jetzt wie ein ganzes Leben vorkamen. Ich dachte an den Hund, daran, wie viel Würde in seiner Trauer gelegen hatte. Ich begann am ganzen Körper zu zittern und blieb einfach stehen, mitten im Hauptgang, zwischen den Fleisch- und Geflügelständen, und ich versuchte mich zu erinnern, bis mir eine alte Frau, die genauso wie ich am Hinken war, mit ihrem Einkaufskarren einen Stoß versetzte. Als hätte mich ein magischer Zauberstab berührt, kehrte ich in die Gegenwart zurück. Die kreisrunde Uhr vor den Büros der Marktleitung zeigte ein paar Minuten nach eins.

Ich hatte mich in ein Zugabteil gesetzt und die Tüte mit den gerösteten Mandeln geöffnet, wie lange ich schon keine mehr gegessen hatte! Mir gegenüber unterhielten sich zwei philippinische Frauen, es sprudelte nur so aus ihnen heraus, ab und zu allerdings, als sei das eine notwendige Pause in ihrem Gespräch, und vielleicht war es das ja auch, lachten sie. Ansonsten ergoss sich ein Redeschwall zwischen den beiden, ich verstand kein Wort. Sie waren klein und zierlich, dunkelhaarig und hatten eine platte Nase, die eine dürfte so um die zwanzig Jahre älter gewesen sein als die andere. Ich dachte, vielleicht arbeiten sie ja zusammen in einer der großen Villen, vielleicht sind sie ja auch Mutter und Tochter. Ich schloss die Augen, doch noch immer sah ich die zwei kleinen Frauen vor mir und ließ mich sofort wieder von ihren Stimmen einhüllen.

Eines Tages würde Àngels verstehen, weshalb ich auf diesen Irrweg geraten war. Ich öffnete die Augen, und der Zug rollte sacht über die Gleise. Die beiden puppenhaften Frauen legten gerade eine ihrer Verschnaufpausen ein. Ich ließ mich einfach davontragen von den sanften Bewegungen, den gedämpften Geräuschen und dem hellen, perlenden Lachen meiner beiden Mitreisenden, es war nicht mehr schmerzhaft für mich, an Àngels zu denken. Es brachte doch nichts, sich Sorgen zu machen, alles würde gut werden.

Der Lärm der Betonmischmaschine kam mir schon von Weitem entgegen, ich drückte das Gittertor auf und ging über die Steinplatten zum Haus.

Als ich mich auf das alte Sofa fallen ließ, war ein neuer Gedanke in mir gereift. Ich selbst musste auf Àngels zugehen und nicht auf die Vermittlung von Alexandre oder Júlia warten. Ich überlegte hin und her, und darüber bin ich wohl eingeschlafen.

Ich schwitzte. Ich fühlte mich ausgeruht, aber irgendwie durcheinander. Ich hatte geträumt, ich würde an verschlossenen Ferienhäusern vorbeilaufen und mich dabei ständig umdrehen, der Weg, den ich eingeschlagen hatte, wurde immer schmaler, bis mit einem Mal ein Haus vor mir auftauchte. Es war das Haus meiner Eltern, aber nicht einstöckig, sondern hoch und schmal, und statt mit Tonziegeln war es mit Schieferplatten gedeckt, aus denen schwarze Tropfen sickerten.

Als ich in den verwilderten Garten hinausschaute, war es schon dunkel. Im Haus der Roviras brannte Licht. Plötzlich erdrückte mich die Stille um mich herum.

Ganz langsam wächst das Unkraut im Winter, so wie das Getreide, wenn es erst nur ein zartes Grün ist, das von den hohen wogenden Ähren des Sommers noch nichts erahnen lässt. Ich bin im Elternschlafzimmer, sitze an dem kleinen Tisch vor dem Fenster, das zur

Rückseite des Hauses hinausgeht. Von hier aus sehe ich nur die beiden Pinien ganz hinten im Garten und die wenigen Pflanzen, die meiner gärtnerischen Arbeitswut nicht zum Opfer gefallen sind. Ich bin ganz begierig darauf gewesen, überall Farbtupfer für deinen Besuch zu setzen, für deinen Besuch, den ich mir schon so oft ausgemalt habe. Aber zuerst einmal muss ich mir die Worte zurechtlegen, mit denen ich dir sagen werde, was mit mir geschehen ist. Ich habe damit begonnen, Meritxell auf ihren Brief zu antworten.

Die Nacht über und am frühen Morgen ist es kalt; danach, wenn die Sonne scheint, erwärmt sich alles, sogar mein Körper. Ich verkrieche mich in das ehemalige Schlafzimmer meiner Eltern, zünde den Gasofen an, und in dem winzigen Kamin im Wohnzimmer verbrenne ich alte Holzstücke und kleine Pinienäste. Ich habe sie in den wenigen Waldstücken aufgesammelt, die von den Baggern bislang verschont geblieben sind.

Häufig treffe ich auf den Sohn der Roviras. Als wir beide noch Kinder waren, ist er mir immer sehr viel älter vorgekommen. Er hat nie mit den anderen aus der Straße gespielt. Seine Eltern hielten sich für etwas Besseres, aber er machte einen schüchternen, etwas traurigen Eindruck. Und in gewisser Weise ist das heute noch genauso. Er führt immer so einen mickrigen Hund spazieren, mit gesprenkeltem Fell, Fransen, die ihm in die Augen fallen, und Pfoten, die wie Stöckchen aussehen. Man hat bei diesem kleinen Kläffer ständig das Gefühl, dass er jeden Augenblick losrennen will. Einmal, als ihnen ein alter Mann mit einem großen, kräftigen Hund entgegengekommen ist, hat ihn der Sohn der Roviras einfach hochgenommen, ohne ihn zu streicheln, und das kleine Tier versank dabei fast in seinen Armen. An einem anderen Morgen, wir wären beinahe zusammengestoßen, grüßte ich ihn, und er schaute mich aufmerksam an. Kaum hatte er meinen Gruß erwidert, wandte er sich aber gleich wieder dem kleinen Kerlchen zu.

Auf meinen Spaziergängen habe ich den Eindruck gewonnen, als hätten sich in Mira-sol vor allem ein paar ziemlich reiche Familien niedergelassen, samt ihren Dienstmädchen und Gärtnern, Familien, die ihre Chalets mit allen möglichen Sicherheitsvorkehrungen ausgestattet haben. Dann sind da noch Leute wie dieser Rovira und ich, die wir von dem leben, was unsere Eltern uns hinterlassen haben. Aber ich rede, ohne genau zu wissen, was ich eigentlich sage. Er scheint schließlich in der Lage zu sein, selbst für sich und seinen Hund sorgen zu können. Und vielleicht gibt es ja auch sonst noch jemanden, für den er da ist, was weiß ich denn schon, allerdings macht er eher den Eindruck, ein Einzelgänger zu sein. Hin und wieder stößt man dann noch auf einige alte und zumeist unbewohnte Ferienhäuser, solche wie das meiner Eltern.

Und ganz normale Leute mit einem durchschnittlichen Einkommen dürfte es hier auch geben, einmal abgesehen von all denjenigen, die nur sonntags, an den Feiertagen oder in den Ferien herkommen.

Der Collegeblock füllt sich langsam mit Worten, mit denen ich auszudrücken versuche, was ich fühle, was ich denke. Mein Alexandre würde nur mit dem Kopf schütteln. Sich ans Schreiben klammern wie eine Intellektuelle, und das jeden Tag. Und auch von meiner Doppelgängerin würde er überhaupt nichts halten, von Desirée, dieser attraktiven und sympathischen Fremdenführerin, die für jeden in der Gruppe immer die richtigen Worte findet. Nicht nur die einsamen Herzen entflammen für sie, auch diejenigen, die sich einer Reisegruppe anschließen, um mit jemandem anzubändeln. Nein, in Emma Desirée verlieben sich alle möglichen Typen, bis hin zu dem einen oder anderen braven Ehemann, der neben der Reiseleiterin einen tiefen Seufzer von sich gibt und vielleicht sogar eine zweideutige Bemerkung fallen lässt, während seine Frau ihren Blick nicht von den Schaufenstern lösen kann. Er würde sich ganz schön wundern, mein Alexandre, grundsolide und tüchtig, wie er nun mal ist. Mit solch geistigen Klimmzügen kann er rein gar nichts anfangen, der untadelige Alexandre. Von ihm wird schließlich Großes erwartet.

Ich habe Folgendes beschlossen: Ich werde die Haustür im Auge behalten, mit Víctor reden, zu Júlias Wohnung gehen. Ach, Àngels, ich vermisse dich so sehr! Es kann durchaus sein, dass jetzt alle bei meiner Schwiegermutter wohnen. Und bei Unterrichtsschluss werde ich auch das Schultor überwachen. Ich muss mir unbedingt über meine Vorgehensweise klar werden und natürlich über die richtige Reihenfolge.

Ich sehe das Amselpärchen, wie es zwischen den Grashalmen herumpickt, die langsam zu wachsen beginnen. Allem Anschein nach unterliegen diese beiden keinerlei Zwängen, aber wahrscheinlich lasse ich mich auch da nur einmal mehr täuschen.

Ich glaube, ich habe geträumt, ich würde mit Denis nach Marseille fahren: Ich bin dort so glücklich gewesen und gleich darauf völlig verzweifelt.

Hier folgt ein Tag auf den anderen, ruhig und gleichmäßig vergeht die Zeit. Ich weiß nicht, wie lange ich jetzt schon in dem kleinen Haus in Mira-sol bin. Die Wildnis im hinteren Teil des Gartens habe ich regelrecht gerodet und dort Rasen ausgesät, die Büsche ringsherum, all das, was man von der Straße aus sehen kann, habe ich stehen lassen.

Ich glaube, die Arbeiter beobachten mich. Zwei der Männer sind noch ziemlich jung, dunkelhäutig, ihre glänzenden Blicke folgen mir unverhohlen, der dritte, ein älterer Mann mit heller Haut, vielleicht der Vorarbeiter, sieht mich verstohlen von der Seite an. Seitdem sie entdeckt haben, dass ich mich oft hinterm

Haus sonne, die Kruste auf der Wunde an meinem Bein löst sich allmählich ab, rufen sie mir lauthals immer wieder schlüpfrige Bemerkungen zu. Und dann lachen sie. Manchmal werde ich von ihren Stimmen geweckt, noch bevor sich die Betonmischmaschine in Gang setzt. Die kleine Glocke neben dem Gittertor habe ich abgenommen, weil sie andauernd daran gezogen haben und dann schnell weggelaufen sind, so als hätten sie nichts Besseres zu tun. Jetzt schlagen sie im Vorbeigehen ständig gegen die alten Gitterstäbe, machen einen Höllenlärm.

Wir haben Oktober, doch schon die ganzen letzten Tage ist es so warm wie im Sommer, schönes ruhiges Wetter. Ich arbeite im Garten nur mit kurzen Hosen und einem T-Shirt bekleidet und auf dem Kopf trage ich eine Kappe. Einmal, ich war gerade in der Nähe des provisorischen Bauzauns, der das Haus meiner Eltern von dem Rohbau nebenan trennt, hat sich einer der beiden jungen Kerle von oben runtergebeugt. Seine großen, dunklen Augen waren weit geöffnet und mit seiner rosafarbenen Zunge fuhr er sich immer wieder über die Lippen, wobei er die ganze Zeit so tat, als wollte er sich jeden Augenblick von dort oben auf mich herabstürzen. Die Stimmen der Bauarbeiter jagen mir oft einen Schrecken ein, vor allem, wenn sie mir ihre Obszönitäten hinterherrufen und sich darüber amüsieren, als sei das Ganze ein Heidenspaß. An diesem Tag bin ich schnell rein ins Haus.

Oft gehe ich eine Kleinigkeit einkaufen, nur um ihre Stimmen nicht mehr hören zu müssen, aber bei meiner Rückkehr habe ich jedes Mal das ungute Gefühl, sie würden mir auflauern. Ich glaube, sie wissen, dass ich alleine lebe, und können sich denken, dass mir dabei nicht ganz wohl ist.

Ich mag gern einfach so herumlaufen, mal bleibe ich vor einem Baum stehen, mal vor einem Begonienstrauch, dann wieder ist es eine Veranda oder irgendein noch nicht zubetonierter Ort, der mich anzieht. Einfach ziellos zwischen den Häusern umherstreifen.

Und es sind ja auch vor allem Häuser, die jetzt die Landschaft hier prägen. Einige finde ich ziemlich beeindruckend, groß und modern. Zu manchen gehört ein Obstgarten, der allerdings auf dem Reißbrett entstanden zu sein scheint. Er kommt genauso makellos daher wie der Ziergarten gleich nebenan, nirgends auch nur ein einziges vertrocknetes Blatt auf dem Boden, nicht eine verfaulte Frucht. Die neuen Häuser haben eine Garage und die meisten auch einen Swimmingpool. Manche sehen richtig fröhlich aus, weiße Wände, die von roten Sichtziegeln durchbrochen werden, und das Dach ist in derselben Farbe gedeckt. Auf anderen liegen Dachplatten aus tiefschwarzem Kunststoff. Und wieder andere haben etwas von einer Festung an sich oder einem Bunker, grau und metallisch.

In dem kleinen Wald, den es gleich neben unserem Sommerhäuschen einmal gegeben hat und wo jetzt die drei Männer am Bauen sind, hat mein Vater gerne Pinienkerne gesammelt. Er liebte es, lange Spaziergänge mit mir zu machen, doch der Trampelpfad, auf dem wir damals in die wundersame Tiefe des Pinienwaldes mit all seinen Schätzen gelangt waren, ist heute eine asphaltierte Straße. Die Leute haben von der Stadt die Nase voll, von lauten Wohnungen und stinkenden Abgasen. Ja, die Leute haben genug davon, aber hier wird die Vegetation schon bald zur bloßen Gartendekoration verkommen. Das Haus mit den drei Pinien, mit dem wilden Ölbaum, den zwei Palmen, den vier Magnolienbäumen.

Die beiden einzigen Geschäfte, in denen man früher alles bekommen hat, haben sich in so etwas wie Delikatessläden verwandelt. Erlesene Weine, ausgewählte Konserven, Wurstwaren vom Feinsten, Schinken von Schweinen, die mit Eicheln gemästet wurden. Seitdem ich die Supermärkte für mich entdeckt habe, bin ich schnell mit meinen Einkäufen fertig, und außerdem reichen sie gleich für ein paar Tage. Ich gehe immer zu dem, der am weitesten weg liegt, einer von denen, wo die Kassiererin noch nicht einmal den Kopf hebt, um zu sehen, wem sie da das Wechselgeld herausgibt. Ich muss an meine Mutter mit ihrem Einkaufskarren denken. »Emma, kommst du?«, und den ganzen Weg über war ich quengelig.

Heute habe ich meine Rückkehr so lange hinausgezögert, bis ich mir sicher sein konnte, dass die Arbeiter Feierabend hatten. An der Haustür hat ein Schilfrohr gelehnt, auf das meine Schlüpfer aufgespießt waren, die ich zwischen Bettlaken und Trainingsanzug verborgen zum Trocknen rausgehängt hatte. Jedes Teil ließ unten im Schritt ein Loch erkennen. Im Betttuch waren es drei Löcher, genau in der Mitte. Ich habe sofort die Polizei angerufen; sie wollten meine Personalien wissen, und ich habe ihnen die meiner Mutter gegeben. Die Stimme des Mannes am anderen Ende der Leitung hat gemeint, wenn es mir lieber sei, könnten sie auch gleich jetzt bei mir vorbeischauen. »Besser, wenn die Arbeiter hier sind«. Die Wäsche habe ich einfach so liegen lassen, mitten vor der Tür.

Die kommen ja eh nicht, habe ich gedacht und dann, während ich mir noch einmal alles durch den Kopf gehen ließ, bin ich zu dem Schluss gelangt, das sei bestimmt auch besser so. Wenn sie nämlich hier auftauchen würden und die Sprache käme auf eine Anzeige, könnte sie das womöglich noch auf meine Spur führen. Also werde ich meine Angst so gut es geht runterschlucken. Ich werde Tere anrufen, die Krankenschwester, um in Erfahrung zu bringen, ob der Doktor schon zurück ist.

Ich hole wieder den Collegeblock hervor, um die Ereignisse von heute früh aufzuschreiben. Kein Auge habe ich die ganze Nacht zugetan. Um halb neun hielt ein Polizeiwagen vor dem Gittertor. Ich bin gleich rausgegangen. Der Polizist nannte fragend den Namen meiner Mutter. Ich habe mit dem Kopf genickt und ihn reingelassen, um ihm die durchlöcherte Wäsche vor der Haustür zu zeigen. Er hat sie sich angeschaut und nichts gesagt, und dabei hatte ich mir so sehr gewünscht, er würde mir beteuern, das alles sei doch ganz harmlos, weiter nichts als männliches Imponiergehabe. Gleich darauf kamen dann auch schon die Arbeiter. Ich bin auf der Veranda geblieben, und der Polizist ist zu ihnen rübergegangen. Ich habe mitbekommen, wie er sie um ihre Ausweise gebeten hat und um die Baugenehmigung. Scheinbar hatte der Jüngste von ihnen keine gültige Aufenthaltserlaubnis, seine Papiere waren nicht in Ordnung. Ich scharrte mit dem Fuß über den Verandaboden, und zu beiden Seiten stoben die Blätter auseinander. Emma, damit handelst du dir bestimmt wieder neuen Ärger ein, habe ich gedacht. Dann eröffnete der von der Polizei den Bauarbeitern, dass man sie angezeigt hätte, und mit einem Mal schwiegen alle. Schließlich behauptete der ältere Mann, der wohl von hier ist und das Sagen hat, ich hätte sie provoziert. Ich habe mich auf den Verandaboden gesetzt und den Kopf auf meine Knie gelegt. Ich spürte, wie sich die Feuchtigkeit, die von unten aufstieg, mit ihren Worten vermischte, aber ich bekam nicht mehr alles mit, was dort drüben gesprochen wurde. Der Polizist ist dann wieder zu mir. Ich wollte nicht in ihre Gesichter sehen, ich hatte Angst davor, aber er hat gemeint, ich solle mit ihm kommen, er wolle versuchen, zwischen uns zu vermitteln. Als er sah, dass ich keine Anstalten machte aufzustehen, hat er mich gefragt:

– Fühlen Sie sich stark genug, den Männern gegenüberzutreten?

Ich habe mit den Achseln gezuckt.

– Besser wär's schon – und er hat mir seinen braungebrannten, starken Arm entgegengestreckt, um mir aufzuhelfen.

Wir sind dann beide rübergegangen. Die, die sonst immer so viel Krach und Lärm machen, gaben jetzt keinen Mucks von sich. In ihrer Gegenwart wiederholte ich dann noch einmal die Drohungen, mit denen sie mir gekommen waren, und zeigte dabei auf die vom Schilfrohr durchlöcherte Wäsche. Daraufhin wandte sich der ältere Mann an den Polizisten und meinte, er habe wohl etwas die Kontrolle über den kleinen Spaß verloren, den sich diese beiden Heißsporne (genau so hat er sie genannt) mit mir erlaubt hätten. Er versprach, ab jetzt ein Auge auf die zwei Burschen zu werfen, nur dürfte ich sie auch nicht provozieren, schließlich hätte er noch was anderes zu tun, müsste sich um die Arbeit kümmern, darum dass die Fristen eingehalten werden. Als er von mir sprach, habe ich zum ersten Mal hochgeschaut, aber meinen Blick gleich wieder abgewandt. Dann habe ich den Jungen genauer betrachtet, zwischen Nase und Lippe hatte er eine dunkle Sommersprosse und ganz außen auf der rechten Wange ein paar Narben, auch am Hals. Ich weiß nicht, ob er wirklich verstanden hat, worum es ging, denn seine Augen glichen zwei riesigen Fragezeichen. War es mit dem Spaß jetzt vorbei?

Das ist ja noch ein halbes Kind, entfuhr es mir. Wer hat noch vor Kurzem gesagt, ich würde alles kaputt machen? Aber vielleicht habe ich diese Worte ja auch nur geträumt.

Der Mittlere, mit starkem Akzent, warf plötzlich ein, dass das ja auch jemand anderes gewesen sein könnte, das mit der Wäsche und dem Schilfrohr, »hier laufen schließlich viele Leute rum«. Dann hat keiner mehr was gesagt, wahrscheinlich, um nicht alles noch schlimmer zu machen. Der Polizist klappte sein Notizbuch wieder zu, in das er sich den Namen meiner Mutter und die Adresse notiert hatte. Er schaute uns an und meinte:

– Ich werde die Tage noch mal vorbeischauen, um zu sehen, wie alles so läuft. Was die Aufenthaltserlaubnis anbelangt, so bin ich verpflichtet, das zu melden.

Fast hätte ich ihn gebeten, es nicht zu tun, ich verspürte ein Kribbeln in den Fußsohlen, da war wieder dieser Drang, einfach davonzulaufen, aber ich habe nichts gesagt. Stattdessen bin ich zur Haustür, habe die zerlöcherte Wäsche runtergerissen und sie in eine Abfalltüte gestopft. Das Schilfrohr habe ich unten neben das Treppengeländer gelegt, flach auf den Boden. Ich habe mir vorgenommen: Wenn die erst mal weg sind, mach ich Kleinholz aus der Stange.

Ich wollte gerade in meine Schuhe schlüpfen, gekämmt hatte ich mich schon und auch den Lidstrich am oberen Augenrand aufgetragen, als es schellte. Ich hatte vergessen, das Gittertor abzuschließen und fühlte, wie es in meinem Bauch zu rumoren begann. Es schellte wieder. Ich bin zur Tür, habe sie geöffnet, und Alexandre stand vor mir.

»Lass uns doch reingehen«, hat er gemeint, als er sah, dass ich wie angewurzelt stehen blieb und kein Wort herausbrachte. Er lächelte mich an, und ich warf mich an seinen Hals, doch kaum merklich löste er sich aus meiner Umarmung. Da habe ich mir die Tränen aus dem Gesicht gewischt und mich langsam wieder beruhigt. Seine Haare, vollkommen weiß, während sein entspannt wirkendes Gesicht leicht gebräunt war, versetzten mich auch dieses Mal wieder in Erstaunen, ich fand ihn attraktiv. Er lächelte mich noch immer an.

– Emma, wir müssen reden.

Das war Alexandre, wie ich ihn kannte! Also erst mal abwarten, was er eigentlich wollte.

– Wie geht's der Kleinen?

– Gut, sehr gut!

– Wann kann ich sie sehen?

– Wenn sie erst mal wieder hier ist, wann du willst.

– Aber deine Mutter hat gemeint, dass sie sie nicht noch mehr aus dem Gleichgewicht bringen will mit …

– Mach dir deswegen keine Sorgen; du wirst sie sehen, das verspreche ich dir.

Einen Augenblick lang habe ich mich blenden lassen.

– Du verzeihst mir also?

– Da haben wir doch schon drüber gesprochen, oder nicht? Ich bin hier, um dir zu sagen …

– Woher hast du eigentlich gewusst, dass ich im Sommerhaus bin?

– Ich war in Sant Cugat und hatte plötzlich so eine Eingebung … – er schmunzelte.

Bitte sag Júlia nicht, dass ich hier bin. Ich nehme brav meine Tabletten, meinem Bein geht es gut, und ich brauche keine Krankenschwester. Ich will dir wirklich in keinster Weise schaden …

Da hat er mich ganz ernst angeschaut, mein Alexandre, mit diesen Augen, in die ich mich einmal verliebt hatte.

– Du nicht, Emma, aber da ist jemand, der will mich mit deiner Geschichte politisch unter Druck setzen.

Er hat das auf so eine Art gesagt, die mir nur noch einmal zu bestätigen schien, dass er und ich niemals eine gehabt hatten, eine gemeinsame Geschichte, so als würde ich ihm schon seit einer Ewigkeit nichts mehr bedeuten, »aber Liebste …«, fünfzehn Jahre meines Lebens, in denen ich nur gewartet hatte. Wie eine Sprungfeder schnellte Wut in mir hoch.

– Und deine ist es etwa nicht? Du bist auch ein Teil dieser Geschichte, du warst es schließlich, der mich immer allein gelassen hat.

Er brauste auf. Und vor mir schien sich ein riesiger Ozean auszubreiten, und dabei hatte ich doch nichts außer einem winzigen Ruderboot zur Verfügung, mit dem man höchstens einen kleinen Fluss überqueren konnte.

– Ich seh schon, das bringt alles nichts!

– Doch, das bringt sehr wohl was, aber sag bitte nicht, die ganze … Geschichte sei weiter nichts als eine Laune von mir gewesen, nur ein Fehltritt …

Alle beide haben wir dann nichts mehr gesagt, ein paar Augenblicke lang, die sich endlos auszudehnen schienen. Dann brachte Alexandre seine schmeichelnde Stimme zum Einsatz, sein Lächeln, zeigte sich wieder von seiner liebenswürdigen Seite, eben das ganze Repertoire, das er garantiert auch dann abspult, wenn er sich von seinen politischen Gegnern in die Enge getrieben fühlt.

– Schau Emma, ich will doch nur, dass du dich nicht in der Nähe der Wohnung sehen lässt, auch nicht in der Nähe der Kanzlei, nirgends, wo man dich mit mir in Verbindung bringen könnte. Mein stärkster Gegenspieler versucht, mir etwas anzuhängen, er will mir Steine in den Weg legen, um meinen Wahlsieg zu gefährden, ich weiß, dass sie alles dransetzen werden, um dich ausfindig zu machen.

– Ich muss es jetzt wissen: Hast du mich eigentlich jemals geliebt?

– Mach dich doch nicht lächerlich, natürlich! Wenn …

– Aber wie kannst du mich jemals geliebt haben und mir jetzt verweigern, unsere Tochter zu sehen, wo ich mir doch nichts sehnlicher wünsche?

– Merkst du eigentlich nicht, dass du gar nicht mehr du selbst bist, Emma, merkst du das wirklich nicht?

Es war, als ob ich neben mir stehen würde, eine ganze Weile, und ich weiß nicht, wie lange ich so stumm dagestanden bin.

– Aber dir geht's gut, ja? Wo dir doch Macht wichtiger gewesen ist, Reichtum, Ruhm und Anerkennung, was auch immer … wichtiger als die Liebe deiner Frau, deiner Tochter, so ist es doch, unterbrich mich nicht! Du hast uns einfach in eine Ecke gestellt, aber es gab ja auch einen guten Grund, uns zu vernachlässigen …, alle Welt versteht und respektiert dich, bedauert dich sogar. Für mich dagegen hat kein Mensch was übrig, dabei habe ich dich nur verlassen, weil es endlich jemanden in meinem Leben gab, der mir Verständnis und Liebe entgegengebracht hat …

– Vorwürfe bringen uns keinen Schritt weiter, Emma.

– Dann sag du mir doch, welcher Schritt uns weiterbringt, wenn du mich Àngels nicht sehen lässt.

– Aber wenn sie es doch nicht will, wann begreifst du das endlich?

Dieser zweite Schlag hatte meine Stimme verändert, jedenfalls ist mir das so vorgekommen, auch wenn es ja heißt, man selbst würde die eigene Stimme eh ganz anders wahrnehmen, als sie tatsächlich klingt.

– Aber du kannst es ihr doch erklären, ich muss sie einfach um Verzeihung bitten, sie in meine Arme nehmen.

– Nein, das kann ich nicht. Sie hat doch alles hautnah miterlebt. Sie ist schließlich schon fast dreizehn, kein Kind mehr, und im Augenblick kann sie dir eben nicht verzeihen.

– Aber ich denke, sie geht auf eine katholische Schule? Und du bist schließlich auch noch da, um ihr zu sagen, was richtig ist und was falsch, oder? Ich will doch weiter nichts, als dass sie mir verzeiht.

– Du kannst mir glauben, ich hab es versucht!

– Und deine Mutter, was hat die getan?

– Halt meine Mutter da raus, Emma, sie leidet schon genug! Es ist nicht fair, dass du sie da auch noch mit reinziehst!

– Was ist denn schon fair, sag's mir? Das Leben etwa? Oder die, die sich eine Religion der Liebe und des Friedens auf ihre Fahnen schreiben und dann noch unbarmherziger mit ihren Mitmenschen ins Gericht gehen als das Leben selbst?

– Reg dich bitte nicht so auf. Wenn du willst, dass sie dir verzeiht, schreib ihr doch, was weiß ich! – Einen Augenblick lang hielt er inne und schlug dann wieder seinen besänftigenden Ton an. Das hat dir doch immer so gut gefallen. Du schreibst ihr und erklärst ihr alles, was du magst, und ich geb ihr den Brief, und dann schauen wir einfach, wie sie darauf reagiert.

– Aber ich kann ja verstehen, dass sie mir nicht verzeihen will!

– Siehst du, jetzt bist du vernünftig!

– Und du? Verzeihst du mir?

– Ich schon, aber ich könnte nicht …

– Nein, nein, ist schon gut, mehr wollte ich ja nicht von dir wissen. Ich könnte es auch nicht.

Er hat gelacht, mein Alexandre, der das ja gar nicht mehr ist, auf so eine vornehme Art gelacht, fast geräuschlos, wie man das wahrscheinlich tut in dieser Welt, zu der er nun bereits seit einiger Zeit gehört. Ich habe auf den Boden geschaut, die Fliesen angestarrt. »Meine liebste Àngels«, nein, »mein Liebstes, denn für dich braucht es im Grunde nur diese beiden Worte.«

Als ich wieder hochgeschaut habe, war er nicht mehr im Zimmer, stand er nicht mehr vor dem Sofa, auf dem ich noch immer saß, so wie er die ganze Zeit dagestanden hatte, während wir miteinander stritten. Ich bin zur Tür gerannt. Der Garten lag einsam und verlassen da. Ich bin vor zum Gittertor. Niemand.

Und als ich mich umgedreht habe, um zurück ins Haus zu gehen, war da nur der Wind, der sich in den leise raschelnden Blättern des Granatapfelbaums verfangen hatte.

Wie eine Filmsequenz spulte sich mit einem Mal unser letzter Sommer in Caldetes in meinem Kopf ab. In jenem Sommer hatte ich mich gefragt, ob er vielleicht eine andere liebt, wo ich versagt oder ihn enttäuscht haben könnte, denn da lief nichts mehr zwischen uns. Mein Alexandre, nur noch ein Gast im eigenen Haus. Als Emma Desirée konnte ich versuchen, ihn zurückzuerobern. Und ich hatte es in allen Varianten ausprobiert, doch er schien nur noch für seine Arbeit zu leben, zu Hause tat er nichts anderes, als sich auszuruhen, zu essen und zu schlafen.

Langsam schleppte ich mich zur Treppe, sie Stufe für Stufe in der Angst hochzusteigen, dein Vertrauen vielleicht ein für alle Mal verloren zu haben, hat mir unglaublich viel Kraft abverlangt.

Ab und zu rufen die Arbeiter den Namen meiner Mutter, bestimmt haben sie mitbekommen, dass der Polizist mich so genannt hat, es hört sich an wie eine Trommel mitten in der Wüste, ein ferner, doch beständiger Klang. Dann halte ich mir die Ohren zu.

Das tue ich eine ganze Weile, denn immer wenn ich diese drei Trommelwirbel höre, Ma-ri-a, kann ich nicht anders und muss mir eine Zigarette anzünden. Ich schließe die Tür, und manchmal führt diese erzwungene Stille dazu, dass ich mich tief in meine Gedanken verkrieche und schließlich einschlafe. Zu Gesicht bekommen habe ich sie nicht mehr, die drei Männer. Manchmal, ganz plötzlich, fangen sie an zu hämmern und machen dabei einen fürchterlichen Lärm. Aber niemand wird sie anzeigen, weil sie tagsüber rumschreien oder hämmern. Völlig außer mir verlasse ich dann das Haus. Oft habe ich nur den Schlüsselbund bei mir, der um meinen Hals hängt. Wenn ich rausgehe und nichts einzukaufen habe, streife ich zwischen den Häusern umher, die meisten von ihnen liegen verlassen da, die Straße versuche ich zu meiden. Ansonsten bereite ich Àngels Besuch vor. Es gibt viele Arten, dies zu tun, von oben bis unten das Haus zu putzen, ist eine davon. Vielleicht möchte sie ja doch ein paar Tage hier mit mir verbringen, diese Vorstellung spukt mir nach wie vor im Kopf herum, sie lässt sich einfach nicht vertreiben. Ich rufe im Krankenhaus an, und sie sagen mir, dass Martí noch in Amerika ist.

Seit einer Woche ist die Betonmischmaschine verschwunden, der Kleintransporter ebenfalls, und es gibt auch keine Hammerschläge mehr. Keine Stimmen. Im Augenblick steht das neu gebaute Nachbarhaus leer. Ab und zu meine ich noch immer, diesen zudringlichen jungen Kerl zu hören, seine unverschämten Worte, ich stelle mir dann vor, wie sie mich von seiner rosafarbenen Zunge aus anspringen. Ich könnte schwören, dass es seine Stimme ist, die mich häufig am Morgen aus dem Schlaf schrecken lässt. Gestern hat jemand am Tor gerüttelt, die kleine Glocke habe ich noch nicht wieder aufgehängt. Als ich aus dem Wohnzimmerfenster schaute, stand da ein Polizeiauto. Ich bin rausgegangen und habe den Polizisten erkannt, der meine Anzeige aufgenommen hat. Ohne das Tor zu öffnen, sagte ich ihm, die Arbeiter seien weg.

– Und bei Ihnen ist alles in Ordnung?

Ich schaute ihn aufmerksam an, er erinnerte mich irgendwie an Denis. Ich sagte ihm, meine Tochter sei im Ausland, doch sobald sie zurückkäme, würde ich mit ihr wieder nach Barcelona fahren. Dies hier sei nur unser altes Sommerhaus. Er schien überrascht.

– Na dann!

Für mich klang es so, als wollte er sagen, »du bleibst also hier«, aber mir ging bereits etwas ganz anderes durch den Kopf. Ich hatte zwar meinen sehnlichsten Wunsch ausgesprochen, Àngels sollte hierher zu mir kommen, doch dabei war mir auch klar geworden, dass ich eigentlich nicht daran glaubte. In diesem Moment fasste ich den Entschluss, sie zu suchen und zu mir zu holen, ich wollte mir nicht länger etwas vormachen.

Gestern bin ich in ein hellgraues Jackenkleid meiner Mutter geschlüpft, das in ihrem Kleiderschrank hing. Es passt mir ganz gut, denn ich habe etwas zugenommen, es ist vielleicht nur ein klein wenig aus der Mode gekommen. In dem Friseursalon neben dem Supermarkt habe ich mir dann meine Haare richten lassen, die ein ganz schönes Stück gewachsen sind; die kahl rasierte Stelle um die Kopfverletzung herum haben sie mir auf eine Länge gekürzt. Wenn ich ehrlich bin, fand ich mich ziemlich hübsch, als ich mich in dem großen Spiegel betrachtete. Und Víctors Verhalten mir gegenüber hat meinen Eindruck nur bestätigt. Sein Gesicht war zwar ein einziges Fragezeichen, als er mir aus seiner Pförtnerloge entgegenkam, doch seine Begrüßung tadellos, so als sei ich eben eine verheiratete Frau mit Tochter, eine von denen, die noch nie aus der Rolle gefallen sind.

Ich hatte die Eingangstür zu allen infrage kommenden Zeiten beobachtet. Aber weder Àngels noch Alexandre oder Júlia waren herausgekommen oder hineingegangen. Er fragte mich, wie es denn allen so ginge, Víctor meine ich, doch die Antwort wartete er erst gar nicht ab, denn er war darauf erpicht, mir zu erklären, dass die Wohnungen heutzutage ja so teuer seien, dass sich auch unsere bislang noch niemand angesehen hätte. Dabei schaute er hoch zu dem Schild, auf das ich bislang gar nicht geachtet hatte, und auf dem zu lesen stand, dass die Wohnung im vierten

Stock links zu verkaufen war. Er schien also zu glauben, ich sei in den Schoß der Familie zurückgekehrt. Júlia verstand sich meisterhaft auf die Kunst der Diskretion, und in diesem Augenblick war ich ihr sogar dankbar dafür. Als Víctor mit seinen Erklärungen zu Ende war, sagte ich ihm, gerade deshalb sei ich ja gekommen, um einen Blick in die Wohnung zu werfen, vielleicht wäre es ja nicht schlecht, alles noch einmal gründlich durchzuputzen. Nein, es sei nicht nötig, dass er mich begleitet. Er händigte mir die Schlüssel aus, war vielleicht ein wenig verblüfft.

Oben in der Wohnung spürte ich ein Sausen in den Ohren, so als ob der Föhn noch immer meine Haare aufplustern würde. Das Licht eines heiteren, fast fröhlichen Nachmittags durchströmte den Raum. Die dunklen Stellen auf den Tapeten zeugten von all den Möbelstücken und Gegenständen, die wir im Laufe unseres gemeinsamen Lebens angeschafft hatten, und so, als ob sie sich noch an Ort und Stelle befinden würden, konnte ich mir jedes einzelne Teil ins Gedächtnis zurückrufen. Plötzlich ließen sich all die Jahre meiner Gefangenschaft, die ich freiwillig auf mich genommen hatte, wie zu einem Paket zusammenschnüren. Bevor ich aber jetzt noch anfing, Trübsal zu blasen, sollte ich mich wohl besser daran erinnern, was ich doch für eine dumme Gans gewesen bin! Und wieso flehte ich eigentlich noch immer gerade denjenigen um ein Almosen an, der mich um die schönste

Zeit meines Lebens betrogen hatte? Ich ging durch jedes Zimmer, und in meinen Gedanken türmten sich all die vielen Stunden aufeinander, die ich dort verbracht hatte. Ich stieß mit dem Fuß gegen eine der Plastikleisten, die sich an einer Ecke gelöst hatte, und meine Schuhsohle hinterließ einen schwarzen Abdruck auf der Wand. In unserem Schlafzimmer musste ich laut auflachen und im Kinderzimmer der Kleinen, dem mit der blauen Blümchentapete, setzte ich mich auf den Boden und fing an zu weinen. Jahrelang hatte oben auf dem Regal mit den Puppen ein quietschblaues Stehaufmännchen gestanden. Als ich im Badezimmer war, schellte es.

Der Portier kam in Begleitung eines jungen Mannes, Jackett mit passender Hose, Hemd und Krawatte, ein Lächeln auf den Lippen. Ein Pärchen folgte ihm.

– Was für ein Zufall, ausgerechnet jetzt, wo Sie da sind, kommen diese Herrschaften, um sich die Wohnung anzuschauen.

Ich ließ sie eintreten, und der junge Mann vom Maklerbüro verbeugte sich leicht vor mir. Mein Blick kreuzte sich mit dem der Frau, dann sahen der Mann und ich uns an. Ohne es zu wollen, haben meine Augen dem Paar zu verstehen gegeben, sie sollten so schnell wie möglich von hier fliehen.

Ich schlug den Weg zum Krankenhaus ein, ich wollte unbedingt über die Erfahrung reden, die ich gerade gemacht hatte, der Doktor sollte sehen, wie gut ich aussah; gemeinsam mit ihm wollte ich noch einmal meine Pläne durchgehen. Ich hatte mir vorgenommen, nach meiner Tochter zu suchen, und mein Gefühl sagte mir, dass sie sich schon längst wieder in Barcelona aufhielt. Alexandres Nominierung war nun offiziell, und der Vorwahlkampf sehr wichtig für ihn. Auf der psychiatrischen Station traf ich niemanden an. In der Regel fanden die Sprechstunden ja auch morgens statt; die Einweisungen erfolgten in der Notaufnahme. Also machte ich mich auf den Weg zu Júlias Wohnung, und die ganze Zeit über hoffte ich, meine Tochter dort alleine vorzufinden. Ich klingelte an der Tür, ich wusste nicht, was ich sagen würde, sollte sich Júlias Stimme melden. Ich schellte einmal. Ich wartete. Ich schellte noch einmal. Nichts. Nichts.

Auf der Straße überkam mich mit einem Mal das Gefühl, in einem ganz anderen Leben gelandet zu sein. Da stand ich also, ich, Emma, mit beiden Füßen auf dem Bürgersteig, in dem schönen Kleid der Mutter und mit der schicken Frisur, eine Emma, von der sich die Menschen nicht abwandten, sich nicht zurückzogen, da war jetzt niemand, der einen Bogen um mich machte, um in sicherer Entfernung an mir vorbeizugehen. Ich dachte an den Hund, diesen gefühlsduseligen Einfaltspinsel! Ich betrat eine Bar und bestellte mir einen Cognac. Das Mädchen ließ mich meine Bestellung wiederholen und nannte mir dann die verschiedenen Marken. Mein Geld ging zur Neige.

Es schmolz dahin, obwohl ich mich doch so sehr vorsah. Dort an der Theke, während mir der angenehme Duft von Kaffee in die Nase stieg, überdachte ich noch einmal meine Pläne. Sollte es mir nicht gelingen, meine Tochter ausfindig zu machen und mich mit ihr zu treffen, werde ich nach Weihnachten die Einladung nach Galicien annehmen. Ich würde Meritxell wiedersehen und ihre Lebensgefährtin kennenlernen. In meinem Brief hatte ich von ihr wissen wollen, wie es mit den Arbeitsmöglichkeiten aussah, und sie hatte mich angerufen. Es gebe Arbeit, eine Wohnung zu finden, sei auch kein Problem, und solange ich noch keine Stelle und kein Dach über dem Kopf hätte, könne ich bei ihr wohnen. Sie sagte mir, ich würde mich dort bestimmt wohlfühlen, das Leben sei nicht so aufreibend wie in Barcelona. Ja, und sobald ich wieder ganz gesund bin, werde ich um meine Tochter kämpfen, mit allen mir zur Verfügung stehenden juristischen Mitteln.

Ich hatte mir das Ganze reiflich überlegt und Ordnung in meine Gedanken gebracht. Die wohlige Wärme, die sich in meiner Brust ausbreitete, ließ den Misserfolg meiner heutigen Unternehmungen in einem etwas milderen Licht erscheinen. Plötzlich spürte ich, wie mir jemand einen Blick zuwarf und mich verschwörerisch anlächelte, so als würde er mich kennen, mich und das ganze Labyrinth meiner Pläne, als würde er wissen, wie ich ticke. Hocherhobenen Hauptes verließ ich die Bar und verwandelte mich in Emma Desirée, in jene attraktive Frau, die es sich zur Aufgabe gemacht hatte, verirrten Reisenden den Weg zu weisen. Wie eine Fahne schwenkte sie ihr Wissen um Straßen, Denkmäler und Selbstbedienungsrestaurants, die sich für eine schnelle Kaffee- oder Toilettenpause eigneten. Sie wusste, wie man die Touristen wieder in Schwung brachte. Und sich selbst auch. Die vielsprachige und vieltalentierte Emma Desirée, von der sich niemand das Wechselgeld herausgeben ließ und die, bezaubernd wie sie nun einmal war, nicht nur Blumen geschenkt bekam.

Wenn mich dieser Mann nicht so angeschaut hätte, als wollte er mir sagen, du kannst mir nichts vormachen, solche wie dich kenne ich zur Genüge, wäre ich gleich zum Zug und zurück nach Mira-sol gefahren. So aber machte ich mich entschlossen auf den Weg in die Altstadt, und die Fremdenführerin fühlte sich ganz in ihrem Element. Es war fast ein Ding der Unmöglichkeit, unter den Scharen von Touristen, die über die Rambla strömten und durch all die Straßen flanierten, die dort einmündeten und immer noch mehr Passanten anspülten, einen Einheimischen ausfindig zu machen. Mit der Stadt, in der Alexandre und ich einmal studiert hatten, schien das Barcelona von heute nichts mehr gemein zu haben. Desirée fragte sich, ob ihm das überhaupt aufgefallen war, aber vielleicht erinnerte sich ihr Alexandre ja noch nicht einmal mehr an das Barcelona von vor fünfzehn Jahren, an dieses andere Barcelona, das es schon längst nicht mehr gab. Sie war müde und setzte sich auf eine der Bänke an der Plaça de Catalunya.

Da kam Emma ein wenig zur Besinnung und ließ Desirée einfach alleine weiterspazieren. Neben ihr auf der Bank gab ein Mann einem kleinen Jungen, wahrscheinlich sein Sohn, ein Butterbrot zu essen. Sie musste an eins der Gespräche denken, in dem es um Alexandres Vater gegangen war. Ihr Freund und Klassenkamerad hatte ihr damals erzählt, sein Vater sei seiner Aufgabe nicht gewachsen. Und Emma hatte daraus geschlossen, dass die beiden Väter, seiner und ihrer, ein liebevoller Mensch, dem das Wohl seiner Familie sehr am Herzen lag, grundverschieden waren. Sie hatte auch daraus geschlossen, dass Alexandres Vater nicht gerade an seiner Familie hing, er sich auch nicht besonders um sie kümmerte. Eigentlich überhaupt nicht. Sie hatte ihrem Freund keine Fragen gestellt, wusste auch nicht viel über seine familiäre Situation, und wenn es um seinen Vater ging, hielt Alexandre sich sehr bedeckt. Nur eins war mir jetzt klar, er hatte darunter gelitten und er tat es noch immer. Seine Mutter war ein Opfer, und er ihr Schutzschild, sie kam an erster Stelle, und dann kam für lange Zeit erst einmal gar nichts.

Ich zündete mir noch eine Zigarette an, und langsam war mir auch wieder nach einem kleinen Schluck.

Der Junge hatte das Butterbrot auf den Boden geworfen, und der Vater war schimpfend von der Bank aufgesprungen. Ich mischte mich wieder unter die Menschen. Ich ließ mich einfach treiben und wiederholte unaufhörlich Àngelsàngelsàngelsàngels …, bis ich mich mit einem Mal im Abteil eines Zuges wiederfand, der Richtung Terrassa fuhr. Als ich im Sommerhaus ankam, brannte bloß noch gegenüber Licht. Das neu gebaute Haus nebenan war nach wie vor unbewohnt, und bei dem auf der anderen Seite, das im Vergleich zum Haus meiner Eltern wie eine Festung wirkte, wusste man nie, ob sich dort gerade jemand aufhielt oder nicht. Während ich das Gittertor öffnete, verspürte ich wieder diesen ungeheuren Drang, einfach loszulaufen. Ich wollte zurück zur Bahnstation, in den Zug nach Barcelona steigen und in meinen Park gehen, wo mich die Nacht beschützen würde. Aber der Hund wäre nicht dort. Trotzdem hätte ich umkehren sollen: Àngelsàngelsàngels … Ich fuhr mit der Hand über den Stamm des Magnolienbaumes. Ich ging ums Haus herum bis zur hinteren Küchentür, deren Schlüssel immer noch nicht aufgetaucht war, um dort über die Blüten der Bougainvillea zu streichen. Ich konnte sie nicht sehen, aber ich wusste, sie hatten diese rosaviolette Farbe. Vorsichtig tastete ich über die spröden Blütenblätter, die sich wie feines Pergament anfühlten, bis ich mit einem Mal einen Flügelschlag verspürte. Ich weiß nicht, wann es mir gelungen war, Emma Desirée abzuschütteln, aber ich glaube, es war, als ich auf der Bank gesessen hatte, auf dem Bahnsteig, in dem Augenblick, in dem ich der Versuchung widerstanden hatte, noch einmal in den Zug zu steigen und in meinen Park zurückzukehren.

Ich schloss die Haustür auf, machte überall Licht und schaltete den Fernseher ein, bevor ich mich auszog und unter die Dusche ging. Später, auf dem Bildschirm, war da ein Mann, der seine Freundin um Verzeihung bat. Man hatte die beiden in einem Fernsehstudio zusammengebracht, die Frau wirkte verschreckt, während er beteuerte, er würde sie niemals wieder vernachlässigen. Dann applaudierte das Publikum gerührt, und das Paar umarmte sich. Ich dachte, was wäre eigentlich, wenn ich dort anrufe und sage, dass ich zu meiner Tochter Kontakt aufnehmen möchte; der Gedanke, mir einen Anwalt zu suchen, behagte mir nämlich noch weniger. Mit einem Mal erinnerte ich mich daran, dass Denis mir einmal gesagt hatte, Àngels würde mich immer lieben. Wie unendlich sanft dieses »toujours« doch aus seinem Mund geklungen hatte, ich glaubte förmlich, es noch zu hören. Sein »toujours« wiegte mich in den Schlaf, und erst in der Kälte des Morgengrauens wachte ich wieder auf.

»Alles Gute zu deinem 13. Geburtstag! Wir haben uns so lange nicht mehr gesehen, ich kann gar nicht glauben, dass du jetzt schon so groß bist.

Ich habe deinem Vater gesagt, ich hätte nur einen einzigen Wunsch, nämlich den, dass du mir verzeihst. Aber das stimmt nicht so ganz. Ich sehne mich so sehr danach, dich in meine Arme zu nehmen, dich wenigstens einen Augenblick lang festzuhalten, nur unsere Herztöne sprechen zu lassen. Und dann, ja, dann will ich dich gleich um Verzeihung bitten. Nicht einmal, nein, tausende Male. Àngels, nur dein Name beschützt mich manchmal vor meiner Angst.«

Jetzt, wo niemand mehr da war, der mich störte, nahm ich mir vor, in aller Ruhe den Garten umzugraben und ihn so herzurichten, dass er im Frühling blühen würde, in den leuchtendsten Farben, und er würde wunderschön anzuschauen sein. Die Idee, beim Sender anzurufen, spukte mir immer noch im Kopf herum. Ich nahm meine Tabletten, trank einen Kakao und zog mir warme Sachen an. Langsam wurde es kalt. Kaum eine Viertelstunde war ich mit der Hacke zugange, und schon konnte ich nicht mehr, ich nahm mir vor, mich gleich hinzulegen und so lange zu schlafen, bis ich von selbst wieder wach wurde. Zum Glück war die Emma Desirée vom Abend zuvor in der Versenkung verschwunden und bislang nicht wieder aufgetaucht. Sie brachte mich stets dazu, den Weg des geringsten Widerstandes einzuschlagen, und das hatte verheerende Folgen. Trotz aller guten Vorsätze verfügte Emma aber leider nicht über die entschlossene

Willenskraft dieser versierten und fröhlichen Fremdenführerin. Ich stand ganz allein auf weiter Flur, um mich herum, da war nichts und niemand.

Ich hatte mich gerade unter der Bettdecke ausgestreckt, als die kleine Glocke bimmelte, die ich erst am Tag zuvor wieder an ihren Platz gehängt hatte. Denn was wäre, wenn die Kleine doch käme, und ich würde sie nicht hören?

Am Tor versuchte ein Mann, auf sich aufmerksam zu machen, er winkte zu dem Fenster hoch, hinter dem ich stand und ihn beobachtete. Ich müsste nur in meine Turnschuhe schlüpfen, aber ich hatte keine Lust dazu. Bestimmt war das irgend so ein Vertreter, der einem Gartenartikel zum halben Preis andrehen wollte. Ich legte mich wieder hin. Ich schloß die Augen, und Àngels lief auf mich zu und fiel mir um den Hals. Ich sprang aus dem Bett. Vielleicht war es ja ein Anwalt, jemand, der eine Nachricht für mich hatte. Darf man fragen, was du eigentlich im Bett zu suchen hast?, schimpfte ich mit mir, als die kleine Glocke zum Glück wieder bimmelte. Ich keuchte ganz schön, als ich am Tor ankam.

– Ach! Ich wusste ja gar nicht, dass Sie noch so jung sind … und so hübsch. Ich bin Bauunternehmer, aber eigentlich handle ich ja mit Immobilien, und ich würde mich gerne mal mit Ihnen unterhalten.

Er trug erdfarbene Cordhosen, ein Hemd mit Karomuster in Beige und Weinrot, eine ziemlich abgewetzte schwarze Lederjacke und Sportschuhe mit Schnürsenkeln. Ein kleiner, stämmiger Mann mit stechenden Augen. Aber sein Lächeln, das hatte durchaus etwas Einnehmendes.

– Ich schlage vor, wir trinken hier irgendwo in der Nähe einen Kaffee – er machte eine ausladende Geste mit dem Arm und drehte sich dabei – so haben wir's etwas gemütlicher.

Ich ging meine Schlüssel holen und fuhr mir kurz mit dem Kamm durch die Haare, ich konnte beobachten, wie er sich eine Zigarette anzündete. Ein Kaffee, das kam mir jetzt gerade recht, danach würde ich mich wieder hinlegen und darüber nachdenken, welchen Schritt ich als Nächstes tun müsste, um dich wiederzusehen.

Er bestellte belegte Brote und Milchkaffee, ohne mich vorher zu fragen; anstatt mich zu ärgern, schwieg ich. Ich war mir bewusst, dass ich seit Tagen mit niemandem geredet hatte. Dieser Mann mit seinem penetranten Blick strotzte nur so vor Unternehmungsgeist. Ich lehnte ab, als er mir das Paket Winston hinhielt, aber ich glaube, er bekam mit, dass ich einen Moment lang zögerte. Erst gegen Ende des Frühstücks rückte er mit der Sprache heraus. Er würde traumhafte Ferienhäuser bauen, wenn ich es nicht eilig hätte, könne er mir gleich jetzt eins zeigen, sobald wir hier fertig seien. Eine wahre Pracht, ich würde schon sehen! Swimmingpool, Zentralheizung, Terrasse, Barbecue; alles, was das Herz begehrt. Ich muss gestehen, dass ich erst überhaupt nicht verstand, warum er mir das alles erzählte, doch dann erwähnte er wie beiläufig, er würde auch Häuser sanieren. Das Haus, zum Beispiel, in dem ich lebte, man müsse es nur gescheit renovieren, und schon würde sein Wert um ein Vielfaches steigen. Er stieß einen Pfiff aus, starrte mich an und grinste.

– Jawohl. Jünger und schöner, als es von Weitem den Anschein hatte.

– Ich lebe ganz woanders, ich bin nur für ein paar Tage hier, bis meine Tochter zurückkommt.

Diese Begründung war mir vor Kurzem schon vor dem Polizisten herausgerutscht.

– Umso besser.

Erneut bot er mir eine Zigarette an, und ohne groß zu überlegen, nahm ich sie an. Auch einen *carajillo*. Ich hatte mich schon lange nicht mehr so wohlgefühlt. Er schien es kein bisschen eilig zu haben. Er sprach von jeder Menge Geld, die da zu machen sei, ich hörte ihm aufmerksam zu und war mit meinen Gedanken doch ganz woanders. »Man lebt schließlich nur einmal, glauben Sie mir«, sagte er und schaute mir dabei tief in die Augen. »Nein wirklich, ich hätte nicht gedacht, dass Sie so …« Nachdem er abermals wiederholte, was er zu Anfang unseres Gesprächs in seinen Bart genuschelt hatte, ließ er sich anschließend darüber aus, was es heutzutage bedeuten würde, in der Baubranche tätig zu sein. Wenn er jemanden an seiner Seite gehabt hätte, der mit ihm an einem Strang gezogen hätte … wow! So als ob er gleich vom Boden abheben wollte, machte er mit der Zigarette in der Hand eine ausholende Bewegung nach oben. Er lächelte, und als hätte er sich plötzlich in einen schüchterner Teenager verwandelt, senkte er seinen Kopf und zog gierig den Rauch ein. Die beiden Finger, mit denen er die Zigarette hielt, waren ganz schön gelb.

Ich sagte ihm: Ich muss hier raus, und er schaute mich etwas befremdet an. Wir hätten doch noch gar nicht richtig geredet. Eigentlich, er lächelte wieder, hätte er mir das Wichtigste noch gar nicht gesagt. Doch ich stand auf, und er gleich hinterher. »Ganz ruhig!« Wir könnten gerne draußen weiterreden, wenn mir das lieber sei, oder in dem Haus, das er mir unbedingt zeigen müsse. Es gibt so viel Erbärmliches auf der Welt, aber für mich kaum etwas Schlimmeres als diese beiden Worte, »ganz ruhig!« Ich flüchtete auf die Toilette, und der Spiegel überraschte mich mit meinem guten Aussehen, und das, obwohl ich geraucht und getrunken hatte. Ich machte mir Vorwürfe und schaute mir dabei direkt in die Augen. Ich hatte vergessen, deinen Namen zu beschwören, Àngels. Doch heute war ich nachsichtig mit mir, denn im Spiegel konnte ich weit und breit keine Spur von Emma Desirée entdecken.

Als wir die Bar verließen, klingelte mein Handy. Es war Júlia, sie wollte wissen, wie es mir ging, dann sagte sie gleich, sie müsse mich unbedingt sehen, und schon war sie wieder am Schnaufen. Ich fragte sie nach Àngels, und sie gab mir zur Antwort, über die Weihnachtsfeiertage käme sie nach Hause. Welches Zuhause?, fragte ich sie. Ich drehte dem Bauunternehmer, der mich vom Auto aus beobachtete, den Rücken zu …

Wenn ich darüber schreibe, ist es, als würde ich alles noch einmal durchleben. Ich warf Júlia vor, sie seien bloß umgezogen, weil sie mich loswerden wollten, aber das würde ihnen nicht gelingen. Ich hätte schließlich ein Recht darauf, meine Tochter zu sehen, und das würde ich geltend machen. Sogar ans Fernsehen würde ich mich wenden, damit auch ja alle ihr wahres Gesicht kennenlernen. Sie versuchte mich zu beschwichtigen, du bist nur etwas überreizt, Emma, lass uns doch in aller Ruhe darüber reden. Ich beendete das Gespräch, und im selben Augenblick bereute ich es schon wieder, genauso wie das, was ich zu ihr gesagt hatte, all diese Lügen, wie ich versuchen würde, meine Drohungen in die Tat umzusetzen. Ich brauche nur Júlias Stimme zu hören und schon verliere ich die Beherrschung. Dann fühle ich mich wie eine im Grunde harmlose *okupa*, die von der Polizei aus einem besetzten Haus vertrieben wird.

Àngels schien sich entschieden zu haben, bei wem sie leben wollte, oder hatte zumindest zugelassen, dass andere ihr diese Entscheidung abnahmen. Ich kann sie ja verstehen und genau deshalb bin ich außerstande, um sie zu kämpfen. Ich sehe dein kleines liebes Gesicht vor mir, Àngels, aber ich weiß auch, niemand verachtet mich so sehr wie du, und doch ließe ich mir mein Herz von dir durchstoßen, ließe dich sogar die Waffe auswählen. Das alles geschieht mir ja nur recht, meine Kleine!

Der Bauunternehmer öffnete mir die Wagentür von innen, ich sollte auf dem Beifahrersitz Platz nehmen. Der Sitz war ein wenig ausgeleiert. Dort dürfte normalerweise eine dieser Frauen sitzen, die Geld dafür nehmen, dachte ich. Ich hatte aber keine Lust, zu Fuß zurückzugehen. »Ich seh schon! Es läuft gerade nicht so gut, was?«, tönte er. Noch so ein Schlauberger, der glaubt, im Leben der anderen Bescheid zu wissen. Dann hat er gemeint, Kopf hoch, und das landet auf der Rangliste all der Worte, die bei mir Erbrechen auslösen, gleich auf Platz zwei. Platz eins war ihm vor noch gar nicht langer Zeit über die Lippen gekommen. »Ganz ruhig!« Ich sollte mir mal bloß keine Sorgen machen, hat er schließlich noch gesagt und mich dabei forschend angeschaut, kein Übel würde schließlich ewig währen. Er stellte meine eh schon arg strapazierte Geduld auf eine harte Probe, aber mit diesem Ausspruch brachte er mich auch zum

Lachen. Und dann hat er immer weitergeredet, zumal er jetzt davon überzeugt war, ich fände ihn sympathisch und er würde alles von mir bekommen, was er nur wollte. Oder sogar noch mehr.

Er hat sich selbst als Beispiel genommen. Noch vor ein paar Jahren sei es bei ihm nicht besonders gut gelaufen. Auf einmal aber wären die Immobilienpreise gestiegen. Wie verrückt; die Wohnungen wurden immer teurer. Und dann dachte man, der Bauboom hätte seinen Höhepunkt erreicht, aber von wegen, es werde hemmungslos weitergebaut, ohne Rücksicht auf die Umwelt, auf den Ozon und so.

Vom Ozonloch wird ja heutzutage viel geredet, überhaupt vom Klimawandel, aber dass es sogar bis zu ihm durchgedrungen ist? Ob sich wohl auch jemand wie er schuldig fühlt, und sei es nur irgendwo im Unterbewusstsein? Mit dem Klima habe ich ja nicht viel am Hut, aber als er den Himmel erwähnt hat, da habe ich mit einem Mal unsere Weihnachtskrippe vor mir gesehen, Àngels, das blaue Stück Papier mit den aufgemalten Sternen. Dieser Papierhimmel, erst jetzt wird mir das klar, ist für mich das Schönste am ganzen Weihnachtsfest gewesen. Du hast ihn ausgesucht, als du noch ganz klein warst, an einem der Stände auf dem Santa Llúcia-Markt. Mit deinem rechten Zeigefinger, der in einem Handschuh steckte, hast du darauf gezeigt, und ich habe ihn gekauft. Der Blauton ging leicht ins Violette, so wie bei einem dieser grandiosen Abendhimmel, die uns manchmal am Ende eines Tages noch ganz unverhofft beschert werden.

Aber ich konnte meinen Erinnerungen nicht weiter nachhängen, denn der Immobilienmensch hatte etwas von einem Bulldozer an sich. Er redete mich förmlich in Grund und Boden. Eine Wohnung, für die er vor fünf Jahren noch so richtig viel Geld hätte hinblättern müssen, wäre drei Jahre später zu einem Schnäppchenpreis zu haben gewesen, und jetzt bekäme man sie fast geschenkt. Mir sind gleich die schön eingepackten Geschenke in den Sinn gekommen, die immer vor den Krippenfiguren gelegen haben. Wie ein Bagger wühlte sich der Bauunternehmer durch das Terrain, verlor sein Ziel keinen Augenblick aus den Augen. Ich solle auf ihn hören. Er würde sich immer sagen, »man lebt schließlich nur einmal, und da muss man sehen, dass man nicht zu kurz kommt«. So oder so ähnlich hat er dahergeredet, und dann hat er noch gemeint: Bei ihm würde jetzt alles wie am Schnürchen laufen, weil er keine Angst gehabt hätte vor Veränderungen, er sei eben ein aufgeschlossener Mensch. Und genauso habe ich ihn mir schließlich vorgestellt, aufgeschlitzt vom Kopf bis zu den Füßen und dabei wie ein Schwein blutend. Und er fand immer noch kein Ende. Seit ein paar Jahren liefe bei ihm alles nach Wunsch, und nicht mehr lange, dann würde er selbst in einem dieser Traumhäuser leben, die er bis vor Kurzem nur für die Reichen gebaut hätte, auch wenn heutzutage, das dürfe ich ihm ruhig glauben, die Leute mit Knete auch nicht mehr das sind, was sie einmal waren. Er könnte mir da Sachen erzählen … Ich machte eine ungeduldige Geste. Und endlich kam er zum Schluss, doch musste er mir vorher noch unbedingt auseinandersetzen, wie er sich sein Glück so vorstellte. Hier vor Ort die Luxusvilla, und dann würde er natürlich reisen, rund um den Globus, denn der Mensch brauche ja auch mal Abstand von der Arbeit und ein wenig Abwechslung. Während ich an meiner Zigarette zog, ging mir durch den Kopf, ich könnte ihm ja sagen, dass ich Reiseleiterin bin, doch ich war lieber still, Rauchen, Trinken, das reichte wohl an Verfehlungen für einen Tag. Als ich schließlich die Kippe im Autoaschenbecher ausdrückte, lachte ich auf, so wie ich immer lache, wenn da jemand ist, der mich nicht die Spur versteht. Und er schien ganz eindeutig dieser Spezies zuzugehören. Wahrscheinlich sagte er deshalb auch kein Wort mehr, bis er den Wagen vor einem hohen Gebäude zum Stehen brachte. Und das sollte ein Sommerhaus sein, nie im Leben. Ich sagte ihm, ich müsse jetzt nach Hause, und er meinte: »Nur noch einen Augenblick«. Aber mir reichte schon, was ich von außen gesehen hatte, und ich weigerte mich hineinzugehen, um den Wintergarten zu bewundern, die Sauna und den Whirlpool im Badezimmer. Alles, seinem Bekunden nach, »wie im Film«.

Er brachte mich zurück, und unterwegs fragte er mich, ob ich mein Haus nicht umbauen lassen wollte, ich könnte es ihm aber auch verkaufen, zig Millionen seien da für mich drin. Er schien noch immer in Peseten zu rechnen. Für ein Viertel vom Verkaufspreis würde er mich außerdem zur Eigentümerin einer neuen Wohnung machen, ein wahres Schmuckstück und obendrein leicht sauber zu halten. Und dann könnte ich so richtig anfangen zu leben.

Es war spät geworden.

Er lächelte mich an, wobei er gelbliche Zähne entblößte, und sagte mir, in den nächsten Tagen würden wir noch mal zusammen frühstücken. Ich dachte nur daran, wieder mit dem Rauchen aufzuhören und im Krankenhaus anzurufen, ob der Doktor mittlerweile zurück sei.

Er deutete eine Verbeugung an, als ich das Gittertor öffnete.

– Hier könnte man so ein richtiges Prachttor einbauen, und keiner hätte mehr von außen Einsicht in den Garten, natürlich mit Sicherheitsvorkehrung und allem Pipapo. Das hier – er trat auf Höhe des Schlosses gegen das Tor – ist ja mit einem Fußtritt zum Teufel.

Und er strahlte mich wieder an.

Da war ein lautes schepperndes Geräusch. Jemand schien mit aller Macht an der Glocke zu ziehen. Dann zwei Männerstimmen. Ich erkannte die des Bauunternehmers, und plötzlich, bestimmt weil er laut wurde, drang sein großspuriges Gerede bis zu mir.

– Ich hab was mit ihr zu besprechen, und das geht Sie gar nichts an.

Die andere, irgendwie gedämpftere Stimme machte es mir unmöglich, einzelne Worte zu unterscheiden, aber sie schien diesem Individuum, das mir mein Haus abkaufen wollte, Paroli zu bieten. Mir kam es so vor, als sei es der Sohn der Roviras, der sich trotz der Unterstellungen, mit denen der andere ihn traktierte, nicht den Mund verbieten ließ.

– Was woll'n Sie überhaupt, Sie warten doch nur darauf, dass sie wie eine reife Frucht vom Baum fällt. Vernaschen woll'n Sie sie, auch wenn sie schon ganz schön angedetscht ist, stimmt doch, oder?

Mir war nicht so ganz klar, worum es eigentlich ging. Ich setzte mich aufrecht ins Bett. Ich hatte gerade noch geträumt, meine Haare wären völlig weiß, doch als ich mich jetzt gegenüber im Spiegel vom Frisiertisch sah, war mein Gesicht von dem üblichen schwarzen Gestrüpp umrahmt. An dem Morgen, an dem ich zu Denis ins Auto gestiegen bin, um mit ihm nach Marseille zu fahren, hätte mich der Schlag treffen sollen, Àngels, vielleicht wäre mir ja dann bewusst geworden, dass ich gerade dabei war, dich zu verlassen.

Schließlich habe ich die Worte meines Nachbarn doch verstehen können, die des Rovirajungen, der gar kein Junge mehr ist.

– Wenn Sie sie weiter belästigen, ruf ich die Polizei.

Die umherschwirrenden Beschimpfungen und das Bellen eines Hundes sorgten dafür, dass ich mir die Ohren zuhielt und mich wieder im Bett ausstreckte. Als ich nach einer Weile meine Hände von den Ohren nahm, war nichts mehr zu hören. Dem Licht nach zu urteilen, herrschte draußen ein wolkenloser Himmel. Es musste früher Nachmittag sein.

Ich habe bei den Roviras geschellt und dabei auf dem Schild am Briefkasten gelesen, dass er Oriol heißt. Ich konnte mich nicht erinnern, dass irgendjemand mal diesen Namen gerufen hätte, aber an seine Mutter und an das Dienstmädchen mit den zerzausten Haaren und den dunklen Augen, das bei ihnen angestellt war, als ich mit meinen Eltern die Sommer in Mira-sol verbrachte, an die konnte ich mich noch gut erinnern. Er öffnete mir die Tür, und gleich kam der Hund angelaufen, um mich zu beschnuppern. Ducati! Er hielt ihn zurück und, ohne eine Miene zu verziehen, blieb er im Türrahmen stehen. Er ist vielleicht ein bisschen größer als ich, aber nicht viel, irgendwie erinnert er mich an jemanden. Abgesehen von einer großen Hornbrille, fällt einem vor allem seine Haarmähne auf. Er trägt sie auf der linken Seite gescheitelt und glatt nach hinten gekämmt, seine Haare sind grau und reichen ihm bis in den Nacken.

– Ich bin hier, um mich zu bedanken.

Er hat nichts gesagt. Plötzlich kam mir der Gedanke, dies sei vielleicht die einmalige Gelegenheit, um von hier einen Blick auf unser Sommerhäuschen zu werfen.

– Darf ich reinkommen?

Er hat nicht gewusst, wie er reagieren soll, und ich wollte schon auf dem Absatz kehrtmachen, aber da habe ich in seine Augen geschaut und mich in seinem Blick wiedererkannt.

– Ich musste gerade an das Dienstmädchen denken, das vor Jahren mal hier gearbeitet hat.

– Encarna.

– Ihren Namen kannte ich nicht, aber ich habe sie oft bei der Arbeit gesehen, im Garten, oder wenn sie vom Einkaufen zurückgekommen ist.

– Sie hat sehr an meiner Mutter gehangen, auch als sie schon längst nicht mehr hier gearbeitet hat und zu ihrer Schwester gezogen ist. Eigentlich bis zu ihrem Tod, Encarna ist nämlich vor meiner Mutter gestorben.

Er führte mich in ein großes, mit verblasstem Glanz eingerichtetes Zimmer. Zwischen einem ovalen Tisch und dem Fenster, ein Computer und ein Bildschirm, auf dem Zeichnungen zu sehen waren. Auf den Sesseln Bücher, aufgestapelte Zeitungen und Zeitschriften; auf dem Sofa, steifes Leder mit abgewetzten Stellen, lag in einer Ecke ein Kopfkissen. Ich war zum ersten Mal hier; das Haus der Roviras und das meiner

Eltern hatten aber auch rein gar nichts miteinander gemein. Die moderne Villa eines wohlhabenden Industriellen und das kleine einstöckige Sommerhäuschen, um einmal im Jahr für einen Monat frische Luft zu atmen, um Blumen und den ein oder anderen Obstbaum zu pflanzen. Ein scharfer Rüffel seines Herrn, Ducati!, und schon streckte der Hund alle viere von sich und lehnte seinen kleinen Kopf an eins der Beine des niedrigen Couchtischs vor dem Sofa. Wir sind schweigend dagestanden.

– Diese Zeichnungen …

– Ich bin Illustrator.

– Bist du etwa Rovirol?

Er nickte. Ich erzählte ihm von meiner Tochter, dass ich ihr immer Geschichten vorgelesen habe, und wie sehr ihr seine Zeichnungen gefallen hatten. Mir war, als läge das schon so lange zurück, als hätte ich mir alles bloß ausgedacht.

– Kann ich mich hinsetzen?

Er hat sich entschuldigt.

– Danke für das Verscheuchen von diesem Blödmann!

– Zu mir ist er auch gekommen, er wollte das Haus kaufen, es mir gegen eine Wohnung eintauschen und aus mir einen glücklichen Menschen machen.

So als hätte er mal eben die Versprechungen, mit denen der Immobilienmensch auch mich ködern wollte, auf einen Nenner gebracht. Auf der Straße hatte ich bisher gar nicht bemerkt, wie ungewöhnlich blass Oriols Haut war. Beide waren wir wieder verstummt, und ich betrachtete aufmerksam die kreisrunden Abdrücke auf dem Holztisch, die ineinander übergingen und sich mit den verschiedenen Staubschichten vermischten.

– Ich hoffe, ich stör dich nicht – etwas von Emma Desirée blitzte in mir auf und ließ mich ihn duzen.

– Ich hab nie Besuch. – Er sah sich verstohlen um, unschlüssig, ob er sich für die Unordnung und den Schmutz entschuldigen sollte.

Ich musste lachen.

– Bei mir sieht's auch nicht viel anders aus.

Ich sagte ihm, dass ich gerne von einem seiner Fenster einen Blick auf das Haus meiner Eltern werfen würde.

Wir sind die Treppe hochgestiegen, und auf den breiten Stufen haben wir ziemlich viele Staubflocken aufgewirbelt. Ein Handtuch, das über dem herrlichen Geländer aus glattem, lackierten Holz hing, hat er schnell weggenommen. Im oberen Stockwerk öffnete er dann eine Tür, machte das Licht an, und ich konnte in ein Schlafzimmer sehen, in dem zwei gleich aussehende Betten standen. Auf beiden lagen schwere Tagesdecken, solche mit einer dicken Wattierung, und zwischen ihnen stand ein kleiner Nachttisch. Er zog die Rollläden hoch und schob die Gardinen beiseite, sodass ich auf das Fenster meines Jugendzimmers schauen konnte. Und so bin ich mit auf dem Fensterbrett der Roviras aufgestützten Armen für ein paar Momente zu den lichtdurchfluteten Sommertagen zurückgekehrt, zu meinen Eltern, die gut gelaunt herumwerkelten, während ich irgendwo vor mich hinträumte und noch das ganze Leben vor mir hatte.

– Als ich jung war, bin ich immer hier hoch gegangen, um ein Auge zu riskieren, vielleicht war das aber auch aus einem der Schlafzimmer nebenan – hat er gemeint.

So als wären wir beide schon verwelkte Blätter.

Das Haus meiner Eltern ist niedrig und schmal; das Grundstück drumherum aber wirkt ziemlich groß. Es gibt nur noch wenige dieser alten Sommerhäuser, mit Ziegeldach und Klinkersteinen, weiß verputzt und gestrichen, aus einer Zeit, als die Eigentümer noch Mandelbäume im Garten gepflanzt haben und auch die ein oder andere Pinie. Und Rosen, viele Rosen.

– Ich schlaf jetzt in dem Zimmer, das früher meinen Eltern gehört hat – ist mir so herausgerutscht, als wollte ich ihm in nichts nachstehen.

Beide hatten wir etwas von uns preisgegeben, nicht unbedingt üblich bei zwei Menschen, die sich noch gar nicht so richtig kennen.

Dann sind wir wieder nach unten gegangen, und ganz plötzlich ist mir schwarz vor Augen geworden, und als der Schwindelanfall vorbei war, fand ich mich auf einer der Treppenstufen sitzend wieder.

Ich verspürte einen unangenehmen Druck und merkte, dass Oriol Roviras Hand meinen rechten Arm umklammert hielt, so als hätte er Angst, ich könnte wieder fallen.

Ehrlich gesagt tat er mir weh, und ich stand auf.

Ich fragte ihn, ob ich sein Bad benutzen dürfe. Eine Art Rumpelkammer, in der Handtücher herumhingen, außerdem gab es eine schmale Waschmaschine und eine Dusche mit Stockflecken. Bestimmt ist das früher mal das Badezimmer für das Dienstmädchen gewesen.

Er hatte eine Tafel *turrón* ausgepackt und meinte, wir müssten unbedingt von dem weißen Nougat probieren, denn sonst würde er ihn bestimmt an den Hund verfüttern, wenn er einmal nichts für ihn im Haus hätte. Ab und zu steckte er ihm ein Stück zu. Wir haben gelacht.

Der süße Geschmack brachte mir ebenso süße Erinnerungen.

Wir saßen auf dem Sofa, vor uns eine Tasse löslichen Kaffees. Er hat mir einen Schnaps angeboten, aber als ich zögerte, hat er mir gestanden, dass es für ihn eigentlich besser sei, keinen zu trinken. Hinter den dicken Brillengläsern sind mir seine kleinen Augen aufgefallen, klein und leicht schräg stehend, und zugleich habe ich einen gewissen altmodischen Charme an ihm entdeckt.

Er hat mir das Wesentliche aus seinem Leben erzählt. Oriol spricht langsam, und genauso wie ich kann er über sich selbst lachen. Auch er ist ein Einzelkind und von seinen Eltern ziemlich verwöhnt worden. Während ich ihm zuhörte, haben sich meine Gedanken immer wieder auf den Weg zu Àngels gemacht, bald ist Weihnachten. Er hat Wirtschaftswissenschaften studiert, zehn Semester lang, seinen Eltern war dieser Abschluss wichtig, aber er wollte von klein an eigentlich immer nur zeichnen.

– Warte mal! Ich würde dir gerne ein paar von meinen Bildern zeigen!

Während er nach oben ging und Ducati mir, ohne sich groß zu bewegen, einen Blick zuwarf, habe ich die ganze Zeit an Denis denken müssen. Sicher, ganz sicher sogar hatte er Frau und Kinder; für ihn ist das alles weiter nichts als ein kleines Abenteuer gewesen, schade nur, dass ich es nicht auch so gesehen habe.

Während mir Oriol seine Aquarelle und Kohlezeichnungen zeigte, hörte ich in meiner Erinnerung noch immer die betörende Stimme von Denis. Eine Zeichnung legte Oriol vor mich hin: Ich erkannte sie sofort, vor allem wegen der mandelförmigen Augen! Dann schaute ich mir das ganze Porträt eingehend an.

– Na? Erkennst du sie?

– Klar doch! Einfach großartig, du hast einen ganz bestimmten Ausdruck haargenau getroffen.

Ich glaube, exakt diese Worte habe ich zu ihm gesagt, denn vor mir lag das genaue Abbild meiner Mutter, so hat sie ausgesehen, wenn sie sich überlegt hat, was sie als Nächstes in Angriff nehmen sollte. Sie ist einfach nicht zu bremsen gewesen, außer sie war krank, was aber eigentlich so gut wie nie vorgekommen ist. Doch irgendwann hat ihr Herz sie einfach im Stich gelassen, und mir ist nichts Besseres eingefallen, als sofort den Mann zu heiraten, in den ich mich verliebt hatte.

Oriol gestand mir, dass er in »die Frau von gegenüber«, so hätte man sie bei ihm zu Hause immer genannt, ein wenig verknallt gewesen sei. Mich hat diese Bemerkung verletzt, denn schließlich ist meine Mutter hingebungsvoll von meinem Vater geliebt worden, aber allem Anschein nach nicht nur von ihm. An die sieben verschiedene Skizzen von diesem einen Porträt hat mir Oriol gezeigt, und ich wusste nicht, was ich sagen sollte. Sie waren einfach großartig.

– Möchtest du die Zeichnungen behalten?

– Gerne, aber nur eine, die erste, die du mir gezeigt hast.

Ich bat ihn darum, sie mir zu signieren.

– Ich zeichne schon seit Jahren keine Porträts mehr …

Der Hund schlief jetzt, wobei sein Kopf noch immer am Tischbein lehnte. Oriol machte sich über ihn lustig. Ich dachte, lach du nur, aber pass auf, dass er dir nicht wegstirbt, und diese Vorstellung hatte etwas Beunruhigendes für mich, so, wie wenn ich nachts im Garten Geräusche zu hören glaube. Seit Tagen geht mir das schon so, und ich habe häufig an Martís Worte denken müssen. Sperr deine Angst aus, lass auch ja nicht zu, dass sie sich auf die Türschwelle hockt; du musst dich einfach darauf konzentrieren, wie stark du bist, und tief durchatmen, die Tabletten werden dir dabei helfen.

Wie dem auch sei, der Gedanke, der Hund könne ihm wegsterben, war einfach zu viel für mich. Ich sprang auf, und mit einer jähen Bewegung seiner linken Hand warf Oriol die Kaffeetasse um. Ducati machte einen Satz und stieß sich dabei seinen Kopf an dem kleinen Couchtisch. Dann haben Oriol und ich angefangen zu lachen und konnten gar nicht mehr aufhören.

Den ganzen Tag über habe ich das Kommen und Gehen in der Schule der Kleinen beobachtet. Nichts. Gegen sechs Uhr nachmittags rief ich dann bei Ilda an, und sie war sofort einverstanden, sich mit mir zu treffen.

Wir haben uns in einem ruhigen Café in Sant Cugat verabredet.

Sie ist jetzt die meiste Zeit über in Barcelona, sie lächelt mich an, bevor sie mir erklärt, dass sie es leid sei, kreuz und quer durch die Weltgeschichte zu fliegen. Noch verschweigt sie, was sie mir später anvertrauen wird: Sie hat einen Freund und erwartet ein Kind. Mir fällt auf, dass sie sich anfangs schwertut, mit mir zu reden. Sie ist so ein fröhlicher Mensch, allerdings verläuft jetzt mitten auf ihrer Stirn eine schmale Falte. Schließlich sprechen wir über den Schiffbruch, den ich erlitten habe, über ihren Bruder, ihre Mutter und meine Schwiegermutter, Júlia. Du, Àngels, bleibst erst einmal außen vor. Wir sind auf der Hut, wir trauen uns nicht, deinen Namen auszusprechen, so als stünde es unter Strafe. Seitdem sie mir erzählt hat, dass sie schwanger ist, möchte ich am liebsten nur noch weinen. Ich weiß ganz genau, dass sie um nichts in der Welt ihr Kind verlassen würde, so wie ich es getan habe.

Schließlich hat sie mir auch von Àlex erzählt, sie nennt ihn so, und vielleicht muss man ihn ja auch so nennen, wenn man ihn verstehen will. Ich habe ihn von Anfang an mit dem Namen angesprochen, der ihm am liebsten war. Ilda hat noch einmal wiederholt, dass sie zu dem Teil der Familie gehört, der den Vater, nur um ein Beispiel zu nennen, nicht in Grund und Boden verdammt. Sie lächelt mir zu. Dann schaut sie mich aufmerksam an und sagt, dass ich ihrem Bruder sehr wehgetan hätte.

– Ja, ich weiß!

– Nein, ich glaube nicht, dass du das wirklich weißt.

Allerdings hat sie eingeräumt, er hätte mich schon arg vernachlässigt. »Uns hat er vernachlässigt«, habe ich ziemlich heftig klargestellt. Aber Ilda hat mir gleich wieder den Wind aus den Segeln genommen. Sie schien mir sogar zu glauben, dass Alexandre nicht einen Finger gerührt hat, um mich zum Bleiben zu bewegen.

– Er hat mich einfach gehen lassen. So als sei ich ihm völlig gleichgültig.

Mit ihren klaren Augen hat sie mich angeschaut, meine Schwägerin, und ich habe meinen Blick nicht abgewandt, ich hatte keine Angst. Sie auch nicht.

Wir haben eine ganze Weile lang nichts mehr gesagt, und dann hat sie mir erzählt, dass Àlex, dieses fremde Wesen, gleich nachdem ich mit Denis fortgegangen war, sehr krank geworden ist. In einer einzigen Nacht sei sein Haar weiß geworden. Morgens hatte er in der Kanzlei Bescheid gegeben, er müsse sich ein paar Tage freinehmen, und sich dann wieder ins Bett gelegt. Júlia war den ganzen Tag nicht von seiner Seite gewichen, hatte immer wieder versucht, mit ihm zu reden, ohne auch nur eine einzige Antwort zu bekommen, sie sei völlig verzweifelt gewesen. Da hatte Àngels Ilda angerufen und ihr von der ganzen Sache erzählt, und die hatte dann alles in die Wege geleitet, was ihr in diesem Augenblick am Sinnvollsten erschienen war. Es sei nicht leicht gewesen. Aber sowohl Àlex als auch Júlia hätten eingewilligt, psychotherapeutische Hilfe in Anspruch zu nehmen, schließlich wollten sie diese Situation so schnell wie möglich in den Griff bekommen.

– Vor allem wegen der Kleinen.

Nach wie vor ist Ilda der Meinung, ihr Bruder und ich würden uns nicht wirklich kennen. Sie bezweifelt nicht, dass wir aus Liebe geheiratet haben, aber Àlex sei nun mal sehr verschlossen. Und wenn er mich nicht hat bitten können, bei ihm zu bleiben, dann, weil er schon immer ein Mensch gewesen ist, der die Entscheidungen der anderen akzeptiert. Wenn ich gehen wollte, nun, dann würde er sich mir nicht in den Weg stellen. Vielleicht spielte aber auch sein Stolz eine Rolle. Um etwas zu bitten oder sich bitten zu lassen, sei seinem Wesen völlig fremd.

– Von klein an waren ihm solche Beziehungen verhasst, Beziehungen wie die unserer Eltern.

Letztendlich sei es wohl die Arbeit gewesen, die Àlex da wieder herausgeholfen hat, die Tatsache, dass die ganze Kanzlei hinter ihm stand, und dann hätte ihn seine Partei ja auch offiziell zu ihrem Spitzenkandidaten erklärt. Und ihre Mutter sei aufgelebt, als sie sah, dass es dem Sohn langsam wieder besser ging. In der allerschlimmsten Zeit hat Àngels bei Ilda gewohnt, doch insgesamt nicht mehr als drei Wochen.

Von Marseille aus hatte ich immer wieder versucht anzurufen und Àngels nie erreicht. Dann hörte ich Ilda nur noch zu, tauchte ganz in das ein, was sie mir erzählte.

Sie erzählte mir von Alexandre und seinem Vater, von der tiefen Kluft zwischen den beiden, über die er mit mir eigentlich nie hatte reden wollen. Die zwei waren einfach nicht miteinander klargekommen. Der Vater, ein liebenswerter Schwadroneur, wusste mit Kindern nichts Rechtes anzufangen; aber er und Ilda verstanden sich gut. Nur mit Alexandres schüchterner und förmlicher Art hatte der Vater Schwierigkeiten, für ihn war das so etwas wie eine Macke, die er dem Sohn mit ironischen Bemerkungen auszutreiben versuchte. Er stellte ihn bloß.

Àlex hatte eindeutig der liebevollen Fürsorge seiner Mutter den Vorzug gegeben und dadurch, ohne es zu wollen, Ilda war sich dessen sicher, die Trennung der Eltern beschleunigt. Die beiden waren von ihrem Temperament und von ihren Interessen her einfach zu verschieden. Júlia hatte immer für den Sohn Partei ergriffen, und Ilda war der Meinung, zwischen Àlex und seiner Mutter herrsche eine stärkere Bindung als zwischen den meisten Ehepaaren.

Ihre Sicht der Dinge war für mich sehr aufschlussreich, fasste sie im Wesentlichen doch das zusammen, was ich mir nach langem Nachdenken selbst zusammengereimt hatte. Vielleicht würde dieses Bild irgendwann einmal nicht mehr durch meinen Kopf spuken, im Augenblick aber sah ich unaufhörlich Àngels zum Telefonhörer greifen, um ihre Tante anzurufen und ihr zu sagen, wie schlecht es ihrem Vater und ihrer Großmutter ging. Seitdem Ilda deinen Namen ausgesprochen hatte, fühlte ich mich, als würde ich langsam zerbröckeln. Ich könnte niemals wieder »mein Mäuschen« zu dir sagen, und dieser Gedanke ließ mich vollends zusammenbrechen.

– Aber das ist doch jetzt alles vorbei – Ilda hat ihre Hand ausgestreckt und meine Wange berührt. Ich wollte den Kopf von meinen Armen heben, um sie zu fragen ... oder weil ich ihr erklären wollte ..., ich weiß es nicht mehr, aber ich begriff, dass es keine Worte gab, die mir hätten helfen können.

Alles vorbei, habe ich in meinem Inneren wiederholt, als sei es ein Stoßgebet. Allesvorbeiallesvorbeiallesvorbei. Als ich von der Toilette kam, dachte ich, Ilda wird bestimmt gezahlt haben und gegangen sein, so wie der Arbeitskollege von Denis, damals in Marseille. Sie hatte auch gezahlt, doch sie wartete auf mich, ihr beiger Mantel lag über ihrem rechten Arm. Eine gute Schwester, eine gute Tochter, eine gute Schwägerin. Da stand sie, und von ihrer Schwangerschaft war noch nichts zu sehen. Wie gerne wäre ich in ihre Haut geschlüpft oder hätte mich vor ihr auf die Knie geworfen, damit sie mir beisteht, so wie sie meiner Kleinen beigestanden ist, als Àngels sie gebraucht hat, aber mir ist klar gewesen, was es allein schon bedeutete, dass sie hier neben der Tür stand und auf mich gewartet hatte. Sie hat mich dann noch gefragt, ob ich wieder arbeiten gehen will. Und um ihr eine Freude zu machen, habe ich ihr gesagt, dass ich schon bald anfangen würde. Plötzlich ist es mir eingefallen:

– Sie sind umgezogen, stimmt's?

Sie hat genickt und dabei ihr wunderschönes aschblondes Haar nach vorne geworfen und dann wieder zurück, es ist ihr wie ein Visier über die Stirn gefallen, auf der sich eine erste Furche des Alters abzeichnet.

Ich bin mir ganz sicher: Ilda wird ihr Kind bekommen und niemals wegen eines Mannes wie Denis den Verstand verlieren, wegen nichts und niemandem.

Ein ungewöhnlicher Herbst, es ist gar nicht kalt. Ich liege ausgestreckt auf dem Bett im Sommerhaus, die Nacht über, im Morgengrauen und den ganzen Tag, und wenn ich nicht schlafe, lausche ich auf die Geräusche von draußen. Im Liegen kommt einem die Welt so anders vor. Ich sage Àngelsàngelsàngels vor mich hin, und die Bäume versprechen mir, du wirst mir verzeihen. Der Magnolienbaum verspricht es, die Pinien und der Granatapfelbaum. Die Rosen versprechen es mir auch, aber etwas später.

Ich liege einfach so da und schaue in die Wipfel der Pinien. Meine Arme strecke ich weit nach oben und stelle mir vor, wie sie sich in Äste verwandeln und meine Finger in junge Triebe. Ich höre den Wind in den Pinienzweigen, höre, wie er die Blätter der Bougainvillea rascheln lässt, die sich draußen an der Küchenwand reiben und die mich immer an dieses zarte japanische Papier erinnern. Die Spatzen, Amseln, Elstern … wie ein Hilferuf kommen mir die Schreie vor, die sie von sich geben und die dann ganz plötzlich wieder verstummen, jetzt kann ich noch besser hören, wie sie mit ihren Flügeln schlagen. Ich war in die Stille eingedrungen, die sie all die Jahre gewöhnt waren, und hatte sie vertrieben, aber jetzt, wo alles wieder ruhig ist, werden sie bestimmt zurückkehren. So wie das Unkraut, das stur darauf beharrt, wachsen zu dürfen, zu leben, was mir in diesem Moment reichlich dumm vorkommt.

Frühmorgens gelangen von der anderen Seite des Hauses die Bremsgeräusche der Autos an der nahen Kreuzung zu mir, ich höre Ducati bellen, den Hund meines Freundes Rovira, der im Gegensatz zu seinem Herrchen ein richtig kleiner Gockel ist, der sich immer lautstark bemerkbar machen muss. Zwei- oder dreimal hat das Telefon geläutet, dann nur noch einmal. Ich bin wieder eingeschlafen, und das Bimmeln der kleinen Glocke am Gittertor hat mich aufgeweckt. Manchmal dehnt sich die Zeit aus, manchmal zieht sie sich zusammen. Ich fühle mich wohl, wie ich so daliege, gleichsam abgeschottet von der Welt um mich herum. Körper und Kopf liegen auf einer Höhe, ohne Rangordnung, sie haben ihren Frieden miteinander gemacht. Nur wenn ich Durst habe, stehe ich auf. Ich bin ganz mild gestimmt, sobald meine Gedanken um den fremden Alexandre kreisen oder sollte ich ihn Àlex nennen? Vierundzwanzig Stunden in völligem Schweigen, und danach war sein Kopf wie mit Schnee bedeckt. Und ich dachte, die Politik, die Arbeit hätten ihn so weiß werden lassen! Warum hat er nicht zu mir gesagt, »bleib doch, bitte, bleib, ich kann ohne dich nicht leben; und Àngels auch nicht, siehst du denn nicht, dass ich vor der Zeit alt werde?«

Immer wieder drehen sich meine Gedanken um eine Äußerung von Ilda, auf die ich während unseres Gesprächs nichts weiter gegeben hatte. Àlex sei jedes Mal regelrecht krank geworden, hatte sie mir erzählt, wenn der Vater der beiden meinte, zu seiner Familie zurückkehren zu müssen, meist dann, wenn die Mutter sich gerade mit seiner Abwesenheit abgefunden zu haben schien. Auf einmal stand er wieder in der Tür, und mit seinem Gesülze und seiner Schöntuerei brachte er es fertig, dass Júlia ihm ein weiteres Mal verzieh. Ilda hatte gemeint, sie könne sich noch ganz genau an diesen Ausdruck von Triumph auf seinem Gesicht erinnern, wenn er ihre Mutter um die Taille fasste und mit ihr im Schlafzimmer verschwand. Kamen sie dann wieder heraus, ließ er sich von ihr vor den beiden Geschwistern bedienen, wie ein König inmitten seines Hofstaates. Aber schon kurze Zeit später machte er sich wieder davon, verschwand ohne ein Wort und ließ nichts von sich hören, kein Anruf, nichts. Doch für Ilda war das, was dann folgte, viel schlimmer: Àlex wurde jedes Mal krank, und die Mutter wich nicht von seiner Seite, weinte in einem fort und war zu nichts mehr zu gebrauchen. Und einmal, so hatte Ilda es mir erzählt, als ihr Bruder erneut krank im Bett lag, hätte sie mitbekommen, wie Júlia das Türschloss auswechseln ließ. Als mein Alexandre dann wieder aufstehen konnte, war er wie immer in die Höhe geschossen, dieses Mal aber noch mehr als sonst. Und danach hätte nur sie noch ab und zu den Vater getroffen oder von ihm gehört.

Vor dem Spiegel habe ich meine dunkle Mähne betrachtet. Die Zinken des Kamms, mit dem ich mir durch die Haare fahre, nehmen die Träume mit sich fort, die wie späte Früchte an einigen Strähnen zu hängen scheinen. Ich stelle mir eine tiefglänzende Kaki vor, die an einem blattlosen Ast baumelt und darauf wartet, dass der Wind durch die Zweige fährt und sie hinunterfallen lässt. Nach diesem Traum, in dem ich mich mit weißen Haaren gesehen habe, bin ich vom Anblick meiner schwarzen Locken völlig überrascht, und wieder rührt mich der Gedanke an meinen Alexandre, so ein junges Gesicht und schon schneeweiße Haare. Sind sie meinetwegen innerhalb einer einzigen Nacht weiß geworden? Meinetwegen oder wegen des möglichen Skandals oder wegen allem zusammen?

Also habe ich mich zusammengerissen und wie jeden Morgen meine Tablette genommen. Und dann habe ich im Krankenhaus angerufen, um mit dieser Tere zu sprechen, die mir gesagt hat, dass Martí noch länger wegbleiben würde, und einen Kaffee habe ich mir auch noch gemacht. Jetzt bin ich hier oben, und die leere Tasse steht neben mir. Im Garten habe ich wieder das Amselpärchen gesehen. Jeden Tag frage ich mich, ob es ein und dasselbe ist.

In den Collegeblock zu schreiben, ist die einzige Aufgabe, mit der ich mich beschäftige, das Gras hinterm Haus ist mittlerweile schon ein ganzes Stück gewachsen. Einen großen Teil des Vormittags verbringe ich mit Schreiben, eigentlich so lange, bis mir der Rücken wehtut. Und wenn ich nach draußen in den Garten schaue, sehe ich nicht das Grün vor mir, sondern stelle mir all die vielen bunten Blumen vor, die ich dort für dich gepflanzt habe. Wenn Oriol mit Ducati rausgeht, schellt er oft bei mir an.

Auch heute haben wir alle drei einen Spaziergang gemacht, wir, die Familie der Gestrauchelten. Der Hund ist ein richtiger kleiner Kläffer, aber ansonsten lieb und folgsam. Er rennt vor und gleich wieder zurück, Oriol braucht nur zu pfeifen, und schon geht er bei Fuß. Er nimmt ihn nicht an die Leine, obwohl er weiß, dass er damit eine Strafe riskiert. Wie von selbst sind wir auf die Einbruchserie in den hochherrschaftlichen Villen zu sprechen gekommen, das Thema, das im Augenblick in aller Munde ist, erst vor Kurzem ist in Sant Cugat ein reicher Unternehmer sogar ermordet worden. Ich habe Oriol erzählt, dass ich schon seit ein paar Nächten Geräusche im Garten hören würde.

Er hat sich nicht darüber lustig gemacht und mich auch nicht auf so eine Art angeschaut, bei der ich mich immer gleich wie ein komischer Vogel fühle.

Wie jeden Tag holt er sich am Kiosk die Zeitung, sie legen immer *El País* für ihn zurück, und kauft sich anschließend sein Brot. Danach hat er mich zum Mittagessen eingeladen, zu einer seiner berühmten Suppen. Ich habe zu ihm gemeint, ich müsste aber zuerst einen Blick in meine Agenda werfen, wer weiß, ob ich heute überhaupt noch einen Termin frei hätte, dann habe ich angefangen zu lachen, und er hat gleich gefragt:

– Und was gibt's zum Hauptgang?

Die Leute werfen uns verstohlene Blicke zu, und ich glaube nicht, dass das nur damit zu tun hat, weil er eher klein geraten ist, seine grauen Haare lang trägt und eine unglaublich blasse Haut hat, während ich mit meiner schwarzen Krisselmähne größer wirke und wegen der wettergebräunten Haut regelrecht dunkelhäutig. Unter der Woche ist hier so gut wie nichts los, höchstens im Supermarkt oder am Kiosk gleich neben der Schule. Am späten Vormittag ähneln die Sommerhäuser Mausoleen, Kirchen, Ausstellungsräumen an einem Ruhetag. Alte Leute, junge Ausländerinnen, die als Putzfrauen arbeiten oder als Kindermädchen, dann die eine oder andere junge Mutter, die im Kinderwagen, auf einer Wolke pastellfarbener Decken gebettet, ihr pausbäckiges Engelchen spazieren fährt. Auf diesem täglichen Rundgang nehme ich mir jedes Mal vor, mir entweder hier eine Arbeit zu suchen oder Meritxells Einladung nach Galicien anzunehmen, einfach um mal ein wenig auf andere Gedanken zu kommen. Und wer weiß. Aber wenn ich nach Galicien fahre, Kleines, dann würde das bedeuten, dass wir uns vor Weihnachten nicht mehr sehen. Seitdem ich mit Ilda gesprochen habe, ist es ungemein wichtig für mich, dass Martí noch einmal versucht, die Schuld aufzuteilen.

»Ich würde so gerne wissen, woran du denkst, wovon du träumst. Was ihr gerade in der Schule durchnehmt, wo du bist, wer deine Freundinnen sind … Dich jetzt nicht bei mir haben zu können, meine Kleine, tut genauso weh, wie dich damals verlassen zu haben, auch wenn letztlich kein Schmerz dem anderen gleicht. Auch du wirst diese Erfahrung noch machen, im Leben kann es keine klare Trennlinie geben zwischen dem, was richtig ist und was nicht.«

Von seinem Humor einmal abgesehen, hat Oriol noch eine weitere Eigenschaft, die ich sehr an ihm schätze, er stellt mir keine persönlichen Fragen. Er ist schlagfertig und bringt mich oft zum Lachen, aber nie ist er aufdringlich, stets hält er sich zurück, und dieses Lebensprinzip hält er hoch, wie ein Ritter seinen Schild. Jetzt, wo ich darüber nachdenke, fällt mir allerdings ein, dass er bei unserem ersten Gespräch nach meinen Eltern gefragt hat. Ich habe ihm damals aber nur erzählt, dass beide tot sind, und er hat sie dann auch nie mehr erwähnt. Dann weiß er noch, dass ich allein lebe und Mutter einer Tochter bin, der ich immer Geschichten vorgelesen habe. Ich dagegen weiß fast alles von ihm, was er studiert hat und so, eigentlich seine ganze Lebensgeschichte. Die Frau, die er geliebt hat, hat ihm ein anderer abspenstig gemacht, er hat nie geheiratet und auch nie mit jemandem zusammengelebt. Seit meinem Gespräch mit Ilda sehe ich seine Haare in einem völlig anderen Licht. Sie sind im Laufe der Jahre grau geworden, von Weitem erinnert ihr Farbton an schmutzigen Schnee. Alexandres Haupt dagegen ziert eine weiße und akkurat gekämmte Haartracht, sie wirkt wie gemeißelt und ist das Ergebnis einer einzigen Nacht.

Es wehte ein strenger Wind, frostig, im Vorbeigehen wirbelten wir das dürre Laub auf, das sich aus den Gärten und von den Maulbeerbäumen am Straßenrand davongemacht hatte. Wir sind die Kälte nicht gewohnt, schon gar nicht einen solch rauen Winterwind. Ich brauche unbedingt einen warmen Mantel. Über den blauen Trainingsanzug ziehe ich jetzt zwar eine Wolljacke, die ich an meiner Mutter nie gesehen habe, jedenfalls kann ich mich nicht daran erinnern, aber kalt ist mir trotzdem. Rovirol trägt wie immer seine karierte Jacke und alte Jeans, damit sieht er aus wie ein recycelter Hippie, zumindest bezeichnet er sich als solchen.

Ich hatte keine Lust, mit ihm über meine Eltern zu reden, aber von mir erzählen, von dem, was mit mir los ist, das würde ich schon gerne. Allerdings wäre das ein ziemliches Risiko. Wenn er erst einmal wüsste, wozu ich fähig gewesen bin, was würde dann wohl aus unserer Freundschaft?

Beim Mittagessen hat er mir erzählt, seit wann er schon nicht mehr als Betriebswirt arbeitet, und von mir hat er erfahren, woran meine Eltern so früh gestorben sind. Mutters Herzinfarkt hatte meinen Vater völlig aus der Bahn geworfen, sechs Monate später bekam er eine Lungenentzündung und ist ihr gefolgt, so wie er es auch im Leben immer getan hat. Damals ging ich schon mit meinem Alexandre, aber das habe ich Oriol nicht erzählt. Eine Weile haben wir nichts mehr gesagt, und dann hat er wissen wollen, wie ich mit all dem klargekommen bin.

– Ich habe einfach die Familie gewechselt.

Dieses trostlose Gefühl von Freiheit, ganz plötzlich habe ich mich wieder daran erinnert, und wie fassungslos ich damals gewesen bin, aber schon bald hatten mir die fürsorgliche Júlia und der verliebte Alexandre mein Gleichgewicht zurückgegeben und auch meine verloren geglaubte Jugend. Er schien damals wirklich in mich verliebt gewesen zu sein, so wie ich in ihn. Nicht, dass er irgendetwas Verrücktes gesagt oder getan hätte, aber die Zeit, die wir für uns alleine hatten, flog nur so dahin! Und ich weiß noch nicht einmal mehr, worüber wir eigentlich gesprochen haben. Ich weiß nur noch, dass wir uns dabei immer an den Händen hielten und uns tief in die Augen schauten, das ist das Einzige, an das ich mich noch erinnern kann, und das Wichtigste.

Plötzlich fragte ich Oriol, ob er sich für mich bei einer ganz bestimmten Adresse nach meiner Tochter erkundigen würde.

– Ja sicher, Emma! Wann denn?

– Morgen Abend um sieben!

Er lachte, mein Freund, er lachte, mich selbst hätte es ja auch amüsiert, wenn ich nicht schon so viel Zeit damit verbracht hätte, Pläne zu schmieden, mir alle Möglichkeiten immer wieder reiflich zu überlegen.

– Du müsstest dich allerdings für jemand anderen ausgeben!

– Und warum so geheimnisvoll?

Es war das erste Mal, dass er mir eine ganz konkrete Frage stellte, und man sah gleich, wie unwohl er sich dabei fühlte. Das war einfach nicht seine Art, und ich würde ihm auch keine Antwort geben. Mit einer dieser jungenhaften Gesten, die seinen ganz eigenen Charme ausmachen, warf er seine Haare zurück.

Ich hatte schon lange nicht mehr von Denis geträumt, von seinen magnetisierenden Küssen, seinen honigsüßen Worten, und mich dabei in ein Insekt verwandelt, in eins mit einem schönen Körper, mit gleichmäßigen Streifen und ungewöhnlichen Farben. In meinem Traum lag Denis mit nacktem Oberkörper auf dem Bett, ich lag nicht an seiner Seite. Er kam mir irgendwie mickrig vor, wer weiß, dachte ich, vielleicht sah er ja auch in Wirklichkeit gar nicht so gut aus. Ich will mit dem Doktor unbedingt noch einmal über die Frage der Schuld reden, eigentlich müsste er schon längst wieder zurück sein. Wahrscheinlich hat Martí das alles aber nur gesagt, weil er mir Mut machen wollte, oder stimmt es tatsächlich, dass auch meinen Alexandre ein Teil der Schuld trifft? Wenn ich doch nur in der Lage wäre, das ganz allein herauszufinden.

Ich habe mich geduscht und meine besten Sachen angezogen. Als ich am Haus der Roviras vorbeiging, hat mich Ducati mit einem fröhlichen Bellen begrüßt, in hoffnungsvoller Erwartung. Aber es würde leicht noch ein paar Stunden dauern, bis Rovirol, Haare wie ein Besen, aufstehen und mit ihm rausgehen würde. Etwas von Oriol steckt in seinen Comic-Helden, habe ich gedacht, auch wenn er sich mit keinem wirklich identifiziert, auf dem Weg zum Bahnhof ist mir das ganz plötzlich bewusst geworden. In seinen Zeichnungen geht es um Kinder und Jugendliche, und er selbst ist ja ein großes Kind, eins, das gleichwohl einen liebevollen Lebensgefährten abgeben würde. In den Augen der Welt dagegen ist er nichts weiter als ein armer Teufel, weil er alleine lebt und allem Anschein nach noch nicht einmal Arbeit hat. Während der Zug langsam wieder Fahrt aufnahm und den Bahnhof von Les Planes hinter sich ließ, habe ich daran denken müssen, dass Oriol mit seinen Fehlern niemandem etwas zuleide getan hat, er ist frei von Schuld. Nein, er ist wahrlich kein armer Teufel, eher ein großherziger, selbstloser Engel.

Auf dem Platz neben dem Fenster ließ es sich aushalten. Um diese Uhrzeit füllen sich die Abteile mit Studenten, mit Frauen auf dem Weg zu ihrer Putzstelle, leitenden Angestellten und Lehrern. Sobald ich die Augen schloß, sah ich wieder Denis vor mir, wie er seine etwas schmächtigen Arme auf das perlfarbene Satinlaken legt. Perlgrau und aus Seide. So wie die Laken in dem Hotel in Marseille. Die Baumwipfel bewegten sich, es war noch immer windig, ganz eigenartig.

Ein Sommerabend in dem Appartement, das wir für die Ferien gemietet hatten, den ganzen lieben langen Tag nur mit Júlia und der Kleinen, ich war genervt. Doch Alexandre und ich könnten ja einen Spaziergang machen, hatte ich mir überlegt, nur wir beide, und das wollte ich ihm vorschlagen, sobald er nach Hause kam. Aber er war völlig erledigt und das ganze Abendessen über nur am Gähnen. Nachdem wir die Kleine zu Bett gebracht hatten, gingen wir raus auf die Terrasse. Júlia saß wieder über ihre Häkelarbeit gebeugt und beklagte sich die ganze Zeit über den Wind. Alexandre und ich, in zwei Liegestühlen, nah beieinander, wir hatten uns an die Hand genommen. Ich hörte, wie die Piniennadeln auf den Boden rieselten, während mein Mann schlief und sich seine Hand in eine Last verwandelte, die von meiner getragen werden musste. Und ich hörte Júlia, die hinter uns saß, nur auf uns fixiert war, ist sie sich dessen eigentlich bewusst gewesen?

– Der Wind ist ganz schön tückisch, geht besser rein, Àlex!

Vielleicht trügen mich ja meine Erinnerungen, und vieles von dem, was mir damals zu schaffen gemacht hat, habe ich auch ganz einfach vergessen. Doch kann es sein, dass ich mich an solchen Kleinigkeiten gerieben habe? Die Baumwipfel schaukelten hin und her, und unsere Gespräche über seinen abwesenden Vater lagen schon so weit zurück. Den Namen des Mannes, der sich mit seiner Mutter nicht verstand und sich über die beiden lustig gemacht hatte, nahm er längst nicht mehr in den Mund. Ganz zu Anfang, da sind wir noch zur Schule gegangen, hat er schon mal über seinen Vater gesprochen, doch immer, wenn die Rede auf die Zukunft kam, das war damals wie eine Obsession für ihn, hat mein Alexandre unmissverständlich klargemacht, dass er das genaue Gegenteil dieses Mannes sein würde. Ja, aus meinem Alexandre sollte einmal ein arbeitsamer und verantwortungsvoller Mensch werden.

Die trockenen Piniennadeln ließen sich von dem starken Wind einfach davontragen.

Es war während dieser Ferien, vielleicht auch in einem der Sommer davor oder danach, insgesamt sind es ja einige Sommer gewesen, immer Juli und August, auch bei dieser Herausforderung ohne jegliche Bedeutung lässt mich meine Erinnerung im Stich. Es war jedenfalls an einem dieser unzähligen Abende, die sich in nichts voneinander unterschieden, als ich ihn fragte, ob er mich eigentlich noch lieben würde.

– Aber, Schatz, was redest du denn da?

Ich erinnere mich noch, wie er unter dem Bettlaken ganz fest meine Hand gedrückt hatte, und dann einfach eingeschlafen war, ohne meine Antwort abgewartet zu haben. Statt meiner Finger, die sich nach einer Weile aus seiner Hand gelöst hatten, schien er jetzt mein Herz zu umklammern. Ich hatte mich zur Seite gedreht. Noch immer rieselte es aus den Baumkronen, fiel eine Piniennadel nach der anderen auf den Boden. So sehr ich auch sein Schatz sein mochte, ich glich doch wohl eher diesen von der Sonne ausgedörrten Nadeln.

Ich schloß meine Augen nicht mehr, bis der Zug in den Bahnhof im Carrer Provença einfuhr.

Der Vormittag im Krankenhaus verging mir wie im Flug, auch wenn er damit ausgefüllt war, auf Martí zu warten. Ich wollte ihn zu den üblichen Sprechzeiten vor seinem Behandlungszimmer abpassen, doch weit und breit keine Spur vom Doktor, irgendwann tauchte allerdings die Krankenschwester auf, Tere. Sie hat traurig ausgeschaut. Ich habe sie gefragt, ob sie sich noch an mich erinnert. Warum musst du dich eigentlich immer noch anbiedern, Emma? Und da hat sie gleich freundlich gelächelt und mit einem »Ja, natürlich« geantwortet. An einem Ort, wo die Menschen in Massen abgefertigt werden, und jeder sich wünscht, dass Unmögliches möglich gemacht wird, oder jedenfalls so etwas Ähnliches, wo man sich schon mit einem freundlichen Wort begnügt und unglaublich glücklich ist über ein Lächeln, war eine solche Antwort etwas ganz Kostbares. Sie hob mich aus der Masse hervor. Ich habe Tere nach dem Doktor gefragt, und sie hat mir geantwortet: »Ach, dann wissen Sie es noch gar nicht?« Meine Gedanken, erschöpft vor Müdigkeit und der Stumpfheit des Neonlichts, haben sich mit einem Mal überschlagen. Er ist tot, er hat eine unheilbare Krankheit. Ich weiß nicht, ob sich diese Schreckensszenarien auf meinem Gesicht widerspiegelten, jedenfalls hat sie mich in ein kleines Zimmer geführt und mir auf einem Resopalstuhl aus vorsintflutlichen Zeiten Platz angeboten.

– Der Doktor ist doch nach Amerika geflogen, weil er sich dort in ein paar Krankenhäusern umsehen wollte, und in einem haben sie ihm dann vorgeschlagen, ein paar Monate zu arbeiten. Also hat er unbezahlten Urlaub genommen, seine Stelle hier will er ja schließlich nicht verlieren.

Als sie sah, dass ich nicht reagierte, hat sie weitergeredet:

– Aber es gibt eine sehr gute Ärztin, die ihn vertritt. Sie können sich einen Termin bei ihr holen, und sie wird Sie dann weiterbehandeln. Kommen Sie!

Sie hat mich zu einer kleinen Empfangstheke geführt und mir einen Zettel in die Hand gedrückt, auf dem Doktor Orozco stand. Ich bin mir nicht sicher, ob ich mich bei ihr bedankt habe.

– Es tut mir leid, aber ich werde gebraucht.

Dann ist sie fortgegangen und hat wieder genauso bekümmert ausgeschaut wie zu Beginn unseres Gesprächs.

Diese beiden letzten Worte spukten mir noch lange im Kopf herum, sie waren wie Peilantennen, mit denen man sich in einer Höhle zurechtfinden kann oder wie eine von diesen Lampen, die man an einer Art Stirnband am Kopf befestigt. Ich glaube, ich habe sie sogar laut vor mich hingesprochen, einfach um zu hören, wie sie klingen, so wie jemand bei einer Glühbirne überprüft, ob sie für den Fall, dass man sie später einmal braucht, auch funktionieren würde. Mir waren noch nie zwei so alltägliche Wörter untergekommen, die so gut zusammenpassten. Gebraucht werden. Ich werde gebraucht. Vor der Empfangstheke, wo man sich einen Termin holen konnte, hatte ich gerade noch am Ende der Schlange gestanden, doch jetzt warteten schon wieder vier oder fünf Leute hinter mir. Verzagt oder in unser Schicksal ergeben, irgendwie hatten wir alle den gleichen Gesichtsausdruck, und ohne groß zu überlegen, habe ich mich weggeschlichen. Ich bin doch schließlich kein Schaf, ich nicht. Ich habe eine Lücke hinterlassen, so, wie wenn eine Masche aus dem Gestrickten läuft. Flupps, weg war ich! Und die Nadeln verstricken den Faden zu neuen Maschen, auf jeden Fall läuft alles weiter wie gehabt. Den Zettel habe ich mir in die Hosentasche gesteckt.

»Ich habe dich immer geliebt, meine Kleine, aber ich war so wahnsinnig verliebt in Denis. Er hat mir etwas gegeben, was ich in dem Augenblick einfach gebraucht habe. Du wirst einmal eine Frau sein, und vielleicht wirst du dich dann auch in jemanden verlieben und seinetwegen den Verstand verlieren. Damals war mir, als würde ich träumen, und so habe ich mich auch verhalten. Wirklich verstehen kann ich das bis heute nicht. Und was am Schlimmsten ist: Ich habe dem Menschen wehgetan, den ich am meisten liebe, wahrhaftig und vorbehaltlos liebe.«

Im Nachhinein kommt mir mein Herumirren durch Marseille wie ein Film vor, den ich mir im Kino angeschaut haben könnte, zurückgelehnt in einen bequemen Sessel, neben Menschen, deren Gesichter ich nicht sehe. Paare, die die Gelegenheit nutzen, um einander nah zu sein, müde Körper, die vor sich hin dösen, einsame Seelen, die sich in ihren Gedanken verlieren und darauf hoffen, dass die Bilder dort oben auf der Leinwand ihnen so etwas wie eine Atempause vergönnen, ihnen eine Geschichte erzählen, die sie weit weg von ihrem eigenen Leben führt. Eine Abendvorstellung, denn um sechs, und manchmal auch schon früher, ist es ja bereits stockfinster.

Doch Weihnachten, Àngels, bringt wieder Licht in dieses Dunkel, und ist die Weihnacht hell und klar, hofft man auf ein fruchtbar Jahr.

Bauernregeln, in denen es ums Licht geht, haben es dir schon immer angetan, ständig musste ich sie dir wiederholen. Ist Dreikönig hell und klar, gibt's viel Wein in diesem Jahr. Deine Augen haben dann immer geglänzt und nach meinen gesucht. Wie viel von deiner Kindheit habe ich dir gestohlen mit dem, was ich dir angetan habe?

Rovirol wollte mich fahren. Er wartete in einem dunklen Sakko und einer Schurwollhose auf mich. Ausnahmsweise hatte er seine Jeans und die karierte Jacke im Schrank gelassen. Seine Haare trug er im Nacken zu einem Pferdeschwanz zusammengebunden. So wie er da vor mir stand, wirkte er älter als sonst, doch ich wusste seine Rücksicht zu schätzen.

Ganz bestimmt kam er so leichter am Portier vorbei als in seinem üblichen Aufzug. Oriol trifft seine Entscheidungen ganz intuitiv, er ist ein kreativer Geist, eben ein echter Künstler. Und wenn man ihn ein wenig besser kennt, merkt man gleich, was für ein liebenswerter Mensch er ist, einer, mit dem man jede Menge Spaß haben kann. Immer wieder stelle ich mir die Frage, weshalb er eigentlich niemanden hat. Er ist in seinem alten, dunkelblauen Golf bei mir vorgefahren, dasselbe Auto, das in der Nacht meiner Ankunft die Straße ausgeleuchtet hatte und dann in der Garage verschwunden war. Er hat mir beteuert, es sei genug Benzin im Tank und mit dem Wagen alles in Ordnung, das hätte er noch einmal überprüft, weil er ihn ja nicht allzu häufig benutzen würde. Ducati hat er ins Haus gesperrt, obwohl das Tier in einem fort am Jaulen war. Ich habe es nicht ertragen können.

– Vielleicht wäre er im Garten besser aufgehoben?

– Nein.

Seine unmissverständliche Antwort hat mich für ihn eingenommen. Wenn Oriol weiß, was er will, fühle ich mich bei ihm geborgen. Bevor er den Motor angelassen hat, wollte er noch von mir wissen:

– Also, jetzt erklär mir noch mal ganz genau, was ich machen soll.

Ich habe ihm nicht gleich geantwortet, sondern gedacht, sag ihm doch einfach, du willst ihn zum Abendessen einladen, nach Sant Cugat, in eins dieser schicken Restaurants, die mit dem Wirtschaftsboom wie Pilze aus dem Boden geschossen sind, frag ihn ganz einfach und vergiss den Rest. Fast hätte ich es getan, aber vielleicht war dies ja die letzte Gelegenheit, dich irgendwie zu erreichen. Ich glaube, dass du längst wieder in Barcelona bist, so wie Ilda von dir gesprochen hat, habe ich deine Nähe herausgehört. Ich möchte unbedingt, dass du dich an unser gemeinsames Leben erinnerst, an deine Kindheit.

– Wir fahren in den Carrer Provença, und dort kannst du dann irgendwo in der Nähe von ihrem Haus parken. Ich bleib im Wagen, und du erkundigst dich beim Portier, ob meine Tochter dort wohnt. Du sagst einfach, sie hätte ein Stipendium bekommen und du wärst sozusagen der Überbringer der guten Nachricht. Dann gibst du meiner Tochter diese Formulare und den Brief hier, aber du musst ihn ihr heimlich zustecken, wenn du dich wieder verabschiedest oder wann auch immer, und du musst versuchen, die Frau abzulenken, die ihr bestimmt nicht von der Seite weichen wird. Den Rest erklär ich dir dann dort.

Er hat mich hingebungsvoll angeschaut. In seinen Augen habe ich gelesen: Bitte mich, um was du willst, du Wunderschöne, ich will alles für dich tun. Ja, er war zu allem entschlossen und erfüllt von dem Wunsch, mir zu helfen. Und dann ist es mir vorgekommen, als hätte ich noch Bewunderung in seinen Augen entdeckt und so etwas wie Abenteuerlust.

– Du tust da jemandem einen Gefallen, der es nicht verdient hat, ich möchte, dass du das weißt, ich habe meiner Familie viel Leid zugefügt.

– Emma, das tut doch jetzt nichts zur Sache, ich mache das, worum mich eine Freundin bittet. Ich möchte im Augenblick gar nicht mehr wissen. – Also habe ich geschwiegen, und dann hat auch er nichts mehr gesagt.

Wir saßen mit laufendem Motor und eingeschalteten Scheinwerfern im Auto, es war gerade mal fünf nach sechs, doch schon völlig dunkel. Ich hatte ihm nicht erklärt, wie er fahren sollte, nachdem wir uns ausgesprochen hatten, schienen wir beide mit uns und der Welt in Einklang zu sein. Er hatte sich in Richtung Vallvidrera eingeordnet, Richtung Tunnel. Auf der Straße herrschte nur wenig Verkehr.

In vielen Firmen wurde um diese Uhrzeit noch gearbeitet, während das Programm der Fitnesscenter oder Volkshochschulen gerade begonnen hatte. Sollten wir vor sieben Uhr ankommen, würde ich Rovirol bitten, noch etwas im Wagen zu warten, ich wollte auf keinen Fall riskieren, niemanden in Júlias Wohnung anzutreffen. Bestimmt wohnten sie nicht bei meiner Schwiegermutter, aber ich ging davon aus, dass Alexandre sie abends dort immer abholen kam.

Oriol sollte hochgehen, mit Àngels sprechen, ihr sagen, dass ich sie unbedingt sehen muss, und ihr meinen Brief geben. Doch mit einem Mal wurde mir klar, eigentlich war das Ganze von vorneherein zum Scheitern verurteilt, deine Großmutter würde ihn nämlich alleine empfangen, und der Vorwand mit dem Stipendium taugte eh nichts. Es wäre besser gewesen, er hätte sich als Zeichner zu erkennen gegeben und irgendeinen anderen Grund vorgeschoben. Nein, das Ganze war von vorne bis hinten ein ausgemachter Blödsinn … Ein starker Druck auf meiner Brust ließ mich zur Tablettendose greifen. Ich hatte an alles gedacht. Ich durfte nur nicht die Nerven verlieren, die Zweifel behielt ich für mich. Ich musste es einfach versuchen. Für mich und für Rovirol. Irgendwie saßen wir beide doch jetzt im selben Boot. Und hinterher würde ich ihn zum Abendessen einladen.

Dann befanden wir uns auch schon auf der Via Augusta, und plötzlich senkte sich ein glänzender Lichterhimmel auf unser Schweigen. Darauf war ich nicht vorbereitet gewesen, auch wenn mir allein aufgrund des Datums hätte klar sein müssen, dass die Weihnachtsstimmung uns einhüllen würde wie glitzerndes Geschenkpapier. Ich versuchte, meine Erinnerungen abzuschütteln, damit sie sich ja nicht bei mir einnisten konnten, aber es gelang mir einfach nicht, sie zu vertreiben. Unter einem Lichterschlitten mit Weihnachtsmann drückte ich eine Tablette aus der Verpackung. Da meinte Oriol, der die ganze Prozedur stillschweigend beobachtet hatte:

– Jeder Anwalt wäre in der Lage, dafür zu sorgen, dass du deine Tochter sehen kannst. Ein Freund von mir arbeitet in einer Kanzlei.

Jeder Anwalt, ja, so ist es. Jetzt waren wir also schon beim Gesetz und womöglich noch bei den Gerichten, nur dass mir keiner mit Anwälten zu kommen brauchte, die kannte ich nämlich zur Genüge.

Das wäre eine einzige Katastrophe. Er hatte ja nicht die geringste Ahnung. Wie denn auch, und ich durfte ihn da nicht mit reinziehen, wo er die ganze Sache doch gar nicht richtig durchschaute.

Als er merkte, dass ich keine Antwort gab, fing Rovirol wieder an zu reden. Er wollte wissen, was Martí mir in den Therapiesitzungen gesagt hätte. Aber anstatt ihm zu verstehen zu geben, dass mir das jetzt nicht der geeignetste Moment dafür schien, erklärte ich ihm, alles sei in bester Ordnung, Martí habe mich lediglich darin bestärkt, mir eine Arbeit zu suchen, das sei wichtig für mich, genauso wie ein Hobby, oder was auch immer, und wieder mehr unter Leute zu gehen. Ich war erstaunt, wie leicht mir das, was ich mir doch gerade erst ausgedacht hatte, über die Lippen kam.

Die Ampel zeigte Rot, und er drehte sich zu mir. Mit zwei Fingern strich er über meine rechte Wange, so als sei er ein Bischof oder der Papst höchstpersönlich, zwei Finger, die so wertvoll für ihn waren, unentbehrlich für seine Arbeit als anerkannter Illustrator, der er schließlich war. Er sagte mir, er würde gerne einmal in Ruhe mit mir reden, mir eine Frage stellen und mir ein Angebot machen. Ich fand es schon immer unsinnig, etwas auf die lange Bank zu schieben, für das hier und jetzt doch eigentlich genug Zeit ist. Als er nichts mehr sagte, wollte ich von ihm wissen, ob er denn die Einladung zum Abendessen nachher bekommen hätte. Er lachte, bevor er den ersten Gang einlegte und wieder losfuhr. Wir gaben schon ein seltsam verrücktes Paar ab, wie wir da unter dem Zauber festlichen Lichterglanzes dahinrollten. Eine höhere Macht hätte uns ruhig einen Gefallen tun können, uns einen Sternenregen vom Himmel schicken oder sonst irgendwas Schönes, und wir wären ganz einfach entschwunden, vielleicht ja sogar auf einem dieser weihnachtlich geschmückten Schlitten. Mal abgesehen von Ducati würde uns eh niemand vermissen.

Ich musste mich allerdings gleich berichtigen. Mir waren nämlich Rovirols Comic-Helden wieder eingefallen, für ihn gab es sehr wohl einen gewichtigen Grund weiterzumachen. Er hatte seinen Platz im Leben gefunden, auch wenn das kaum jemandem bewusst war. Er hatte ein Haus, einen Hund und eine Aufgabe, nur dass er selbst, wie sollte es bei ihm auch anders sein, nicht so ganz davon überzeugt war und im

Übrigen auch keine allzu hohe Meinung von seiner Arbeit hatte. Von daher also hinweg mit dem funkelnden Sternenregen.

Ich halte große Stücke auf Oriol Rovira, gerade und vor allem, weil er sein Können immer wieder infrage stellt. Er hat zu mir gemeint, es gebe ja so viele Zeichner, jünger als er und wirklich hervorragend … Und obendrein würden sie sich mit den technischen Möglichkeiten, die einem heutzutage zur Verfügung stehen, viel besser auskennen. So als ob außer ihm irgend ein anderer diesen kleinen Rovirols mit ihren eckigen Gesichtern und verwuschelten Haaren Leben einhauchen könnte. Aber er ließ sich nicht davon abbringen, die jungen Künstler von heute seien eben einfach besser. Waren wir an diesem Punkt der Diskussion angelangt, schaltete ich meist ab. Und überhaupt, ich käme ja auch nicht auf die Idee, mich mit den gerade mal zwanzigjährigen Reiseleiterinnen zu vergleichen, die mit einer Haut wie Samt und Seide und sich prachtvoll unter der Bluse abzeichnenden Brustknospen, mal ganz abgesehen von den sieben Fremdsprachen, die sie beherrschen. Als Reiseleiterin wäre es ganz einfach meine Aufgabe, eine Gruppe zu führen, die Regenbogenfarben hin und her zu schwenken und aus meinem Körper eine Projektionsfläche männlicher Fantasien zu machen. Noch immer trug ich, in einem zusammenklappbaren Format, Emma Desirée in mir, die sympathische Fremdenführerin mit dem bunten Schirm. Auch ich hatte, ohne es zu wollen, meinen Alexandre getäuscht, so wie er mich, denn im Grunde war er einfach nur Àlex. Alle beide hatten wir uns etwas vorgemacht.

Bei so viel erbaulichen Gedanken bin ich für ein paar Augenblicke abgelenkt gewesen. Wir fuhren schon Villarroel runter, und nach dem nächsten Häuserblock rechts schien das Glück uns hold zu sein.

Vor ein paar Tagen, ja noch gestern Abend hätte ich mir nichts weiter dabei gedacht, vielleicht hätte ich sogar so etwas wie Erleichterung verspürt, doch jetzt scheute ich davor zurück, Oriol mein Herz auszuschütten. Was sollte es auch bringen, über Martí zu reden, wo ich doch das Spiel beendet und alle meine Karten auf den Tisch gelegt hatte. Ich wartete nur noch, welche Trümpfe die anderen nun ausspielen würden, wartete auf den Joker oder was auch immer. Ich war überrascht, fast zuversichtlich, weil ich eine Entscheidung getroffen hatte, weil ich kurz davor stand, den ersten Schritt zu gehen, auch wenn das Gelände uneben war, schlammig oder von unzähligen Löchern übersät.

Es war kaum zu glauben, aber Rovirol fand tatsächlich eine Parklücke. Bevor er ausstieg, klappte er die Sonnenschutzblende über dem Steuer herunter, als wäre er eine eitle Frau, und fuhr sich vor dem kleinen Spiegel mit den Händen über seine Künstlermähne, die er zu einem Pferdeschwanz zusammengebunden hatte. Ich nannte ihm die genaue Adresse und sagte, ich würde ihn bis dorthin begleiten. Du bleibst hier, meinte er nur und warf mir einen verheißungsvollen Blick zu. Ich befürchtete, gleich könnte er mir wieder seine päpstliche Hand auf die Wange legen, ich rührte mich nicht, sah ihn bloß an. Er küsste mich, und sein Kuss war ziemlich feucht.

Als er außer Sichtweite war, stieg ich aus dem Wagen. Júlia hatte ihre Wohnung bestimmt nicht aufgegeben, Àlex holte die beiden garantiert jeden Abend dort ab, und dann fuhren sie alle drei gemeinsam in ihr neues Zuhause, wo immer das auch sein mochte. Wenn ich mich nicht irrte, müsste sich Àngels um diese Uhrzeit eigentlich bei Júlia aufhalten.

Ich steuerte auf das Geschäft für Damendessous an der Ecke des Häuserblocks zu. Früher einmal hatte ich dort meine Wäsche gekauft. Am Anfang solche, wie ich sie schon immer getragen hatte, dann gewagtere Teile, aber mein Alexandre hatte ja keine Zeit gehabt, sie zu bewundern. Nur ganz selten war es mal vorgekommen, dass er mir das Kleid ausgezogen hatte, das ich über diesen exquisiten Teilen aus Seidenspitze und Lycra trug; gleich nach dem Abendessen fielen ihm ja schon die Augen zu. Es war dieselbe Verkäuferin wie früher. Ihre Art, mich zu bedienen, hatte immer etwas Verschwörerisches an sich gehabt, sie verstand etwas von ihrem Beruf, kein Zweifel; wir sind mehr oder weniger gleichaltrig. Aber ganz egal, sie ist jedenfalls genau die richtige Verkäuferin für mich gewesen. Wenn ich einkaufen ging, war ich nicht allein, in ihr hatte ich eine Verbündete, sie beriet mich und bewunderte, wie sich die Teile an meinen Körper schmiegten. Einzukaufen bedeutete, der Einsamkeit zu entfliehen, und diese Illusion dauerte an, bis die Ladentür hinter mir ins Schloß fiel.

Als ich zum Auto zurückkehrte, saß Oriol bereits hinter dem Steuer.

Ein Mann hatte ihm gesagt, die Frau aus dem zweiten Stock rechts sei schon vor einiger Zeit ausgezogen, sie würde jetzt bei ihrem Sohn leben, aber die Adresse hätte er nicht.

»Das Leben geht nachsichtig mit einem um, mein Mädchen, wenn man nur in der Lage ist, lange genug im Dunkeln auszuharren. Ich habe dir so viel Leid zugefügt, doch es gibt da jemanden, Oriol Rovira, er hilft mir. Er ist bereit, meinen Schmerz mit mir zu teilen.«

Ich habe das Haus aufgeräumt und mit Oriol einen Kaffee getrunken, wir haben von Meritxell geredet. Eine Luftveränderung würde mir sicherlich guttun, Ferien, und wenn ich nur die Feiertage dort verbringen würde, mal sehen. Er hat mir gesagt, dass er mich liebt, er schlägt mir vor, gemeinsam ein neues Leben zu beginnen.

– Wenn es dir in Mira-sol nicht gefällt, können wir auch woanders leben, wo du willst.

Am Meer …

Und was immer damals auch geschehen sein mochte, wenn ich erst einmal wieder etwas zur Ruhe gekommen sei, würde er mir einen guten Anwalt besorgen.

– Vielleicht ist dir ein Freund von mir ja nicht recht, aber das macht gar nichts – hat er gemeint –, dann suchen wir dir eben einen anderen.

Ja, das wäre schön. Am Meer leben und dich sehen können, sogar einen Anwalt würde ich dafür in Kauf nehmen.

Ich müsste ihm keine Antwort geben, nur zuhören. Er ging auf und ab in seinen Jeans und der karierten Jacke, in diesem schwarzen Rollkragenpullover, der ihm ausgesprochen gut steht.

Ducati hat auf die Rückbank des Golfs springen dürfen, dieses Mal musste er nicht zu Hause bleiben, Rovirol selbst hat auf dem Fahrersitz Platz genommen. Wir hatten vor, nach Sant Cugat zu fahren, um dort einen kleinen Spaziergang zu machen. Ich war gerade dabei, das Gittertor abzusperren, als mit einem Mal der Bauunternehmer neben mir auftauchte. Er meinte, er müsse mich dringend sprechen.

– Ich verreise, ich bin spät dran.

– Hör mal – hat er gesagt, während er noch einen Schritt näher gekommen ist –, ich muss diese Bruchbude kaufen, unbedingt.

Ich glaube, er torkelte leicht, und seine Stimme klang belegt. Oriol hat den Kopf durchs Wagenfenster gesteckt und gefragt, ob alles in Ordnung sei. Ich habe ihn beruhigt, der Herr hier sei in Eile und ich auch. Und gelacht habe ich, während er herummanövrierte, um den Wagen so nah wie möglich an mich heranzufahren.

– Du hältst dich wohl für ganz besonders witzig, was? Und meinst, du kannst dir alles rausnehmen, weil dein Romeo auf dich wartet – sein spöttischer Blick traf Roviras altes Auto –, ich weiß genau, dass Ihr zusammen pennt, du und diese Vogelscheuche!

Er schien uns also nachzuspionieren, sogar nachts.

– Wenn ich irgendwann einmal das Haus meiner Eltern verkaufen muss, dann wird das an jemanden sein, der den Leuten nicht so unverschämt daherkommt.

– Mächtig viel feine Dame und mächtig viel Theater, aber man sieht dir trotzdem an, dass du weiter nichts bist als …

Die letzten Worte hat er ganz leise gesprochen, in die Länge hat er sie gezogen, ich habe sie nicht verstanden, wirklich nicht, aber im Wagen habe ich lachen müssen. »Was ist los, Emma?«

Es war nur ein Augenblick, nur ein einziger Augenblick. Ich habe mich umgedreht, und Ducati, dessen Vorderpfoten auf der Rücklehne des Beifahrersitzes lagen, hat mit seiner Zunge über meine linke Wange geleckt. Eine Stimme, die mir völlig fremd war, tief aus meinem Inneren brach sie hervor und schien mir die Brust zu zerreißen. Hund!

Ich saß regungslos im Wagen, doch meine Gedanken überschlugen sich. Die Worte des Bauunternehmers waren der Auslöser gewesen, hatten alles ins Rollen gebracht, die Halbstarken mit ihren Stöcken und Ketten hatten sich ganz ähnlich ausgedrückt, auch bei ihnen waren zugleich Ekel und Begierde spürbar gewesen, Feigheit; bei dem Mädchen Grausamkeit. Sie würden mir nicht glauben, dass ich ihnen dankbar war für den erlittenen Schmerz, denn auf diese Weise tat ich Buße für das Leid, das ich meiner Tochter zugefügt hatte, und auch meinem Alexandre, aber das hatte ich damals noch nicht wissen können. Klaglos und ohne ein Wort hatte er mich ziehen lassen; nicht eine einzige Geste, nicht ein Versuch, mich zurückzuhalten, sodass ich schließlich davon überzeugt war, er sei ein gefühlloser Mensch. Der Hund hat den Kopf gehoben, als ich ihm helfen wollte, und mich angeschaut, nur einen Moment lang, dann hat er noch einmal geröchelt und dann nicht mehr. Mit einem Mal nahm ich diesen Geruch wahr, aber erst später im Krankenhaus ist mir klar geworden, dass es nach Benzin gerochen hatte.

– Na mach schon, du Schlampe, na los, verteidige doch deinen Köter! Mach schön das Maul auf, so wie er, und zeig uns deine Zähne!

Mit seltsamer Eindringlichkeit zogen diese Bilder an mir vorbei. Rovirol fing wieder an zu reden, aber ich musste noch etwas zu Ende bringen. Der Schlag auf den Kopf und die Flammen, nur ein einziger Augenblick. Der Nächste, das war dann schon auf der Unfallchirurgie im Krankenhaus.

Oriol hat wissen wollen, ob ich ernsthaft mit dem Gedanken spielen würde, gerade jetzt nach Galicien zu fahren, und ich habe ihm zur Antwort gegeben, ich müsse mir alles noch einmal in Ruhe überlegen.

An dem Abend, meine Kleine, an dem wir dich nicht hatten ausfindig machen können, sind wir schweigend zurückgefahren, zu ihm. Er hat gleich gesehen, dass mir nicht mehr nach einem Abendessen in einem Restaurant war. Wir haben viel getrunken an diesem Abend, alle beide. Oriol, weil er nicht wollte, dass ich mich allein betrank. Eine besondere, eine wichtige Nacht, so wie der Gedanke, der mir während der Rückfahrt von Barcelona unaufhörlich im Kopf herumspukte, keiner von uns sagte ein Wort. Rovirol respektierte mein Schweigen und konzentrierte sich ganz aufs Fahren. Was macht es schon, dass er nicht davon überzeugt ist, ein talentierter Zeichner zu sein? Und inmitten dieses Schweigens ist mir die Eingebung gekommen, eine ganz einfache Überlegung: Wenn Àngels in der Stadt war, würde sie bestimmt auch zum Schwimmen gehen, so wie immer, sie ist schließlich ganz versessen darauf.

Am nächsten Tag postierte ich mich um die Mittagszeit in einer Cafeteria im Carrer Rosselló, gegenüber von der Sporthalle, in der ich Àngels angemeldet hatte, nachdem ihr damals vom Kinderarzt mehr Bewegung verordnet worden war; für gewöhnlich ging sie immer am frühen Nachmittag ins Schwimmbad. Eigentlich schien mir das Ganze ja viel zu einfach, als dass es klappen könnte, aber ich musste es wenigstens versuchen. Die Schulbusse verdeckten mir die Sicht auf die Eingangstür. Also überquerte ich die Straße und stellte mich unter die Arkaden. Die Zeit war unerbittlich, sie schien förmlich still zu stehen. In der Wintersonne nahm ich mir die Wollmütze vom Kopf. Sollte mein Plan aufgehen, sollte ich wirklich Glück haben, dann durfte ich sie bloß nicht erschrecken. Ich wiederholte die Worte, die ich mir zurechtgelegt hatte, übte sogar den Tonfall ein.

Alles war so still an diesem Ort, ab und zu mal ein Auto, das an der Ampel zu stehen kam, aber nicht sehr viele. Fast schlagartig hatte der Verkehr seit zwei Uhr mittags nachgelassen. Ich schlief beinahe im Stehen ein, war erschöpft, hatte Kopfschmerzen.

Du warst fast schon an mir vorbei, als ich dich erkannt habe, keine kastanienfarbenen Zöpfe mehr, stattdessen ein kurzer Pagenkopf. Wie groß du doch geworden bist.

Erinnerst du dich daran, Àngels, wie ich hinter dir hergelaufen bin und deinen Namen gerufen habe?

Bis ich plötzlich ein Auto bemerkte, das vor dir hielt. Wie hatte ich bloß vergessen können, dass du ja immer abgeholt wirst? Im nächsten Augenblick warst du schon im Wagen verschwunden, aber als er losfuhr, hast du dich umgedreht und mich angeschaut. Verwunderung lag in deinen Augen. In meiner Brust loderte eine Fackel auf. Ich rannte hinter dem Auto her, das langsam im Carrer Rosselló verschwand. Hast du dich noch mal nach mir umgeschaut?

Gegenüber vom Hallenbad befindet sich eine Bushaltestelle, ich überquerte die Straße und setzte mich auf die gelbe Wartebank. Mir war, als ob man mich ausweiden würde, ein Schwall von Tränen quoll hervor, und dann wühlte sich eine Art Spindel durch die Wunde, von der Kehle bis runter zum Bauch.

Auf der gelben Bank wurde mir die ungeheure Dehnbarkeit der Zeit bewusst. Wie lange habe ich dort wohl gesessen? Ein paar Minuten? Eine Stunde? Die Tränen reinigten meine Wunde. Du hast so schön ausgesehen, ein kleines Fräulein, ein großes Mädchen. Busse kamen vor mir zum Stehen. Menschen stiegen ein oder aus, ein Vorbeimarsch von Farben und Stimmen, die um die Bank einen Bogen machten. Plötzlich bemerkte ich einen Jungen, der seine langen, krausen Haare zu einem Pferdeschwanz zusammengebunden hatte, er trug Ohrringe und in der Nase ein Piercing.

– Hallo! Kann ich dir vielleicht helfen?

Ich schaute in seine Augen und murmelte:

– Ein Taxi.

– Ist alles in Ordnung mit dir?

Als ich im Wagen saß, hob ich die Hand und winkte ihm zu. »Zum Bahnhof«. Ich sah, wie er dastand, inmitten all der Menschen, die mich anstarrten, zwei Mädchen hatten die gelbe Schlachtbank schon in Beschlag genommen.

»Mein Liebstes, ich traue mich nicht mehr, deinen Kosenamen in den Mund zu nehmen, du bist so groß geworden, und ich glaube, nach allem, was war, würdest du das auch gar nicht wollen. Aber in mir ist noch immer diese Sehnsucht, dich so zu nennen und dich in meine Arme zu schließen.«

Oriol hat den Motor angelassen, und der Bauunternehmer hat sich vor das Auto gestellt, das Scheinwerferlicht fiel auf seine abgewetzte Lederjacke. Ganz langsam ist Oriol angefahren und ihm vorsichtig ausgewichen. Ich habe mich seufzen hören. Ducati hat als Einziger von uns dreien einen Laut von sich gegeben. Wuff. Ich habe über seinen Kopf gestreichelt, während er mich unverwandt angeschaut hat. Er hat sich schwer in mich verliebt, ich weiß.

Ein neues Leben anfangen. Vielleicht zuerst einmal nach Galicien fahren und Meritxell besuchen und dort, mal sehen … Aber wenn ich jetzt gehe, wäre das, als würde ich vor Oriol fliehen und ein weiteres Mal die richtige Reihenfolge durcheinanderbringen, und damit ist es jetzt endgültig vorbei. Er hat den ersten Schritt getan, ich muss mir seinen Vorschlag durch den Kopf gehen lassen, aber ich will nichts überstürzen. Und auch über meine Angewohnheit, alles aufzuschreiben, muss ich nachdenken, denn manchmal kommt es mir so vor, als würde mich das Schreiben irgendwie davon abhalten zu handeln.

Ich habe folgende Möglichkeiten: Erstens, noch einmal mit Alexandre reden; jetzt, wo ich weiß, dass Àngels in der Stadt ist, soll er endlich sein Versprechen einlösen und mich sie sehen lassen; zweitens, mit Martí sprechen, denn er kann mir vielleicht einen Rat geben oder mir einfach nur zuhören. Oder zuerst zweitens und dann erstens. Drittens, mir eine Arbeit suchen. Und wenn ich keine finde, nach Galicien fahren oder ganz woanders ein neues Leben anfangen. Oder mit viertens-drittens beginnen und dann erst einmal abwarten. Während ich über all diese Möglichkeiten nachgrüble, stelle ich fest, dass mir bis gerade eben nicht wirklich klar war, welchen Platz Oriol eigentlich in dieser Reihenfolge einnimmt. Mit einem

Mal aber bin ich davon überzeugt, dass er ziemlich weit oben rangiert.

Bevor ich den nächsten Schritt tue, will ich festhalten, was mein Leben bislang ausgemacht hat, und wenn ich damit fertig bin, den Collegeblock endgültig zur Seite legen. Schreiben bedeutet, sich zu erinnern und Ruhe zu finden. Ich fange ganz vorne an: Ich bin die einzige Tochter von zwei Menschen, die sich sehr geliebt haben; so gut sie konnten, erfüllten sie mir all meine kindlichen Wünsche. Unschöne Erinnerungen, die sie mir hätten hinterlassen können, gab es nicht.

Da sind meine Eltern und die Wohnung, in der wir ganz in der Nähe der Markthalle von Sant Antoni gelebt haben. Meine Mutter, wie sie schwer bepackt die Straße überquert, und ich, wie ich sie vom Balkon aus beobachte. Wie in einem Traum sehe ich auch das Schlafzimmer meiner Eltern vor mir, mit dem Bett, das fast den ganzen Raum ausgefüllt hat. Ist das Zimmer kleiner geworden? Die Nachttischchen, der Kleiderschrank mit dem Spiegel in der Tür, der Teppich mit den Rosen auf dunkelblauem Grund, der mir als kleines Mädchen so gut gefallen hat. Lachen. Mir scheint, dass wir glücklich waren.

Als Jugendliche bin ich allerdings überzeugt gewesen, meine eigene Familie würde einmal noch viel glücklicher sein, ich brachte schließlich alle Voraussetzungen mit, ich müsste mich nur anstrengen, dann würde ich es schon hinkriegen. Damals war ich etwas eifersüchtig auf meine Eltern, auf ihr inniges Verhältnis, das ich fast ein wenig übertrieben fand, ich entzog mich ihnen. Die Schule, die Freundinnen, Musik, Jungen, stundenlang vor dem Spiegel hocken, ich weiß nicht, aber all das lenkte mich von einer Welt ab, in der ich mich irgendwie noch nicht zurechtfand. Einmal meinte meine Mutter zu mir: Pass nur auf, dass du dich nicht einem Mann hingibst, der dir erst den Verstand raubt und dich dann sitzenlässt.

Meine Beziehung zu Alexandre, wir gingen beide ja noch zur Schule, fanden sie übereilt, auch wenn es noch so gesittet zugehen mochte. Das ist einfach viel zu früh, ihr seid noch viel zu jung, seine Mutter viel zu sehr auf ihn fixiert, auf ihren Sohn. Ich war es leid, dieses »viel zu früh«, »viel zu jung«, »viel zu sehr« zu hören.

Damals dachte ich, sie sähen es einfach nicht gern, dass ich mit ihm gehe, obwohl er keiner von denen war, die dich mit feurigen Blicken erobern, und schon gar nicht einer, der dir in die Haare fasst und deinen Kopf nach hinten zieht, um dich dann beim Küssen in die Lippe zu beißen. Ich hatte sagen hören, dass man hinterher, allein vor dem Spiegel, dort dann eine blutunterlaufene Stelle entdecken würde. Heute denke ich, dass meine Mutter vielleicht vor Männern wie den Bauarbeitern Angst hatte, vor dem Gegröle und den Schlägen gegen das Gittertor, vor der nackten Begierde. Manchmal meine ich noch immer, ihre Stimmen zu hören.

Ich habe mir das Porträt angeschaut, das Rovirol von ihr gezeichnet hat: das zarte, fröhliche Gesicht meiner Mutter, ihr duftiges kurzes Haar, was wusste ich denn schon? Die Männer, die Männer …, hat sie immer gesagt. Ich brachte dieses Wort mit meinem Vater in Verbindung, der mir damals schrecklich alt vorkam, mich aber interessierten die Jungen mit den Waschbrettbäuchen, die immer leicht nach hinten gebeugt gingen, was hatten denn die mit den Männern zu tun? Im Grunde betete ich meine Mutter an, ich wäre gerne so gewesen wie sie. Zumindest hätte ich mir gewünscht, sie könnte sich für meinen Alexandre erwärmen, dafür, dass ich mit ihm zusammen war.

Heute Nacht ist es windig gewesen, und ich habe den Pinien im Garten gelauscht, dem Grün um mich herum, den Blättern der Bougainvillea, wie sie in winzigen rauen Bewegungen über die verwitterte, weiße Außenwand der Küche streifen. All diesem Leben gegenüber bin ich taub gewesen … über Jahre. Tief in mir spüre ich die Bäume und Sträucher wie eine leise dahinplätschernde Quelle, höre ich die Stimmen der Pflanzen, einer jeden einzelnen Blume. Ihr Raunen durchströmt meinen ganzen Körper. Aber so sehr ich auch horche, der Magnolienbaum gibt keinen Laut von sich, sein Stamm ist mächtig wie ein Pfeiler in einer Kirche. Und öffnen sich seine Blüten, schimmern sie wie pelziger Perlmutt, ich sehne mich nach ihrem betörenden Duft, dieser Verheißung des Frühlings.

Ich erinnere mich noch, wie sich mein Vater in den Kopf gesetzt hatte, bestimmt zwei Jahre oder noch länger, eine Gardenie zum Blühen zu bringen. Doch sie warf ihre Blüten, die einen angenehmen Duft verströmten, auch wenn sie kleiner waren als die des Magnolienbaums, fast sofort wieder ab. Die Pflanze ging ein. Er versuchte es wieder und immer wieder. Schließlich aber war er es leid und pflanzte an ihrer Stelle einen Margeritenbusch. Nur kurze Zeit später erzählte ihm jemand, Gardenien würden es schattig lieben, und mit einem Mal war ihm alles klar, er hatte die Gardenie zwar in gute Erde gepflanzt, doch an einen Ort, der ständig der Sonnenglut ausgesetzt war. Jetzt sei es allerdings zu spät, fand er, und überhaupt, Margeriten seien irgendwie fröhliche Blumen, sie würden einfach gedeihen.

– Nur dass sie eben nicht duften – sagten meine Eltern. Doch die Zeit, Gardenien zu pflanzen, die war vorbei.

»Es ist nicht leicht gewesen, mir einzugestehen, dass du vielleicht aufgehört hast, mich zu lieben. An allem

Kummer, der dir bis jetzt zuteil wurde, ist deine Mutter schuld. Schaufelweise habe ich feuchten Sand, Schlamm, Moder und dreckigen Schnee vor deiner Tür abgeladen.

Alles in mir drängt danach, dich um Verzeihung zu bitten, aber wenn es für dich im Augenblick besser ist, dass wir uns nicht sehen, respektiere ich das.

Ich will keine Anwälte zwischen uns.

Eines Tages, wann auch immer, wenn du es willst …, von jetzt an werde ich nur auf dich warten.«

Nachdem es die ganze Zeit schon recht warm gewesen ist, fast ein vorgezogener Frühling, ist nun mitten am Tag die Kälte zurückgekehrt. Also bleibe ich einfach liegen, mit noch größerem Behagen als sonst, in dem Zimmer, in dem während unserer Ferien immer meine Eltern geschlafen haben. Rovirol hätte sich in mich und nicht in die Frau von gegenüber verlieben sollen, in meine Mutter, damals, als er noch der kleine Rovira war. Aber das ist wohl der dümmste Vorwurf, den ich ihm machen kann. Jetzt setzt er jedenfalls alles daran, einen wichtigen Platz in meinem Leben einzunehmen.

Ab und zu überkommt mich noch die Erinnerung an Denis. Wenn er hier auftauchen und zu mir sagen würde: Ich bin gekommen, um dich zu holen, Emma, lass uns gehen!, was würde ich dann machen? Aber ich weiß ja, dass ich nur mit offenen Augen träume, denn schon längst ist Denis weiter nichts als ein Teil meiner Vergangenheit.

Spatzen und Amseln kann ich unterscheiden, aber es gibt Vögel, von denen kenne ich noch nicht einmal den Namen. Du hast schon genug getan, Àngels, als du dich im Auto umgedreht und mich angeschaut hast. Und noch immer sehe ich das Bild vor mir, wie du zum Telefonhörer greifst und Ilda um Hilfe bittest. Ich kann deine verängstigte Stimme hören.

Manchmal habe ich keine Lust, das zu tun, was ich mir vorgenommen habe. Eins zu eins jeden Punkt auf der Liste abzuarbeiten. Ich habe nur die erhobene Kette gesehen, und dann das Auflodern der Flammen. Sonst nichts. Jemand hat mir gesagt, bei einem solchen Feuer hätte es nicht lange gedauert, bis ich erstickt wäre.

Eines Tages, mein Mädchen, willst du vielleicht an einem Punkt deines früheren Lebens wieder anknüpfen.

Das Schreiben bringt Erinnerungen, lässt mich ruhiger werden. Aber wenn ich etwas ändern, nacheinander jeden einzelnen der Punkte, die ich mir vorgenommen habe, auch wirklich in Angriff nehmen will, dann muss ich den roten Collegeblock zur Seite legen. Ich werde mir eine Arbeit als Reiseleiterin suchen, aber zuvor muss ich erst noch Desirée umbringen. Ich will nicht mehr, dass dieses vollkommene Geschöpf einfach so in meine Haut schlüpft und mich aus meinem eigenen Leben verdrängt. Schluss damit, sie hat dort nichts zu suchen, und ich bin es auch leid, dass sie mir das Tageslicht mit knallbunten Farben übertüncht.

Ich habe Gardenien gepflanzt, so wie mein Vater, und sie sind mir eingegangen. Jetzt ist die Zeit gekommen, es mit Margeriten zu versuchen.

Ich bin auf der Suche nach Doktor Martí ... Mein Name ist Oriol Rovira.

– Er ist im Ausland, und wir wissen nicht genau, wann er zurückkommt.

– Entschuldigen Sie bitte, heißen Sie vielleicht Tere?

– ...

– Sehen Sie, ich bin ein Freund von Emma, einer Patientin des Doktors, und ich weiß, dass sie immer hierhergekommen ist und ...

– Ach! Wissen Sie was von Emma? Wir hatten eigentlich abgemacht, dass sie in den nächsten Tagen vorbeikommt, ich muss ihr ein paar Rezepte ausstellen, sagen Sie ihr bitte, dass sie unbedingt ihre Tabletten nehmen muss.

– Emma ist tot.

– Was? Was sagen Sie denn da? ... Kommen Sie bitte mit.

– Ich wohne ja gegenüber, und gestern bin ich durch die Feuerwehr wachgeworden, in ihrem Haus hat es gebrannt. Ich bin rausgelaufen, der Hund ..., ich habe einen Hund, also, wir sind rausgelaufen, und ich hab gesehen, wie sie eine Bahre mit einem abgedeckten Körper aus dem Haus getragen haben. Sie wollten mir nichts sagen, aber ich habe nicht lockergelassen, ich habe einfach behauptet, dass ich ihr Verlobter bin, das ist ein bisschen gelogen, aber sie hat mich gemocht …, und ich glaube, dass sie mich irgendwann auch geliebt hätte, ich denke, wir beide waren dabei, gemeinsam ein neues Leben zu beginnen …, aber sie wollte unbedingt ihre Tochter wiedersehen, davon war sie wie besessen, und ihr Mann hat das nicht zugelassen …

– Warten Sie, einen Augenblick, ich geb nur schnell einer Kollegin Bescheid, damit sie mich ablösen kommt. Ich bin gleich wieder da.

– So. Jetzt können wir in Ruhe reden. Wie fühlen Sie sich?

– …

– Möchten Sie vielleicht ein Glas Wasser?

– Aber da ist etwas … ich hab gehört, also es heißt, sie hätte sich umgebracht, und das glaub ich einfach nicht. Das war alles ziemlich verfahren, ihr Mann ist nämlich in der Politik und er wollte nicht, dass irgendetwas von ihrer Ehe an die Öffentlichkeit dringt, Emma hat ihn nämlich verlassen und dann hat sie auf der Straße gelebt …

– Mal sehen, ja, hier steht so was.

– Ich würde gerne mit dem Doktor sprechen, ich muss unbedingt wissen …, sie wollte sich wieder eine Arbeit suchen und darauf warten, dass ihr die Tochter vielleicht doch noch verzeihen kann, und plötzlich soll ihr das alles egal gewesen sein, und sie schmeißt einfach so ihr Leben weg, und dann noch auf diese Art, ich weiß nicht, ob Sie das wissen, aber sie wär ja bald mal erstickt oder verbrannt, in so einem Vorraum von einer Sparkasse …

– Ja. Wie fühlen Sie sich?

– Puuh … grauenvoll, aber es geht schon wieder …, ja, wirklich, es geht mir schon ein bisschen besser.

– Sie hatte wohl großes Vertrauen zu Ihnen.

– Ja, obwohl … und darum bin ich noch mehr …, erst vorgestern, da hat sie ihr Tagebuch bei mir liegen lassen, und ich hab einfach nicht anders gekonnt und ich hab es gelesen, ich weiß, dass ich kein Recht dazu hatte, aber ich liebe sie doch, ich habe sie doch geliebt … Der Doktor hat auch einen Teil davon gelesen, denk ich jedenfalls, und deshalb bin ich jetzt hier und weil ich ihn fragen will, was mit ihr los war … ich glaub einfach nicht, dass sie selbst ihr Haus angezündet hat, wirklich, das kann gar nicht sein … hier steht's doch. Sie will wieder von vorne anfangen. Sie hat eine Freundin in Galicien und die wollte sie besuchen, ich hab versucht, ihr das auszureden, denn ich hatte doch Angst, dass sie sich dort eine Arbeit sucht und dann nicht mehr zurückkommt.

– Oriol, Sie haben mir doch gesagt, dass Sie Oriol heißen, oder? Mal langsam, wer hat Ihnen denn gesagt, dass sich Emma umgebracht hat?

– Das hab ich gehört …, aber das wird man ja jetzt untersuchen, nehm ich jedenfalls an. Ich glaub ja, ihre Familie hatte ein viel größeres Interesse daran, dass sie von der Bildfläche verschwindet als Emma selbst, sie stand ihnen im Weg, ihr Mann kandidiert doch bei den Wahlen für diese neue Partei.

– Mal langsam, was Sie da sagen, leuchtet mir nicht so ganz ein. Der Skandal jetzt, der könnte doch ganz schön negative Folgen für ihn haben, man wird garantiert herausfinden, dass sie seine Frau war, und dann wird es heißen …

– Aber auf so einer Ebene …, so einer hohen Ebene, sagen Sie mir nicht, dass sich da nicht alles unter den Teppich kehren lässt.

– Keine Ahnung, aber mir scheint das zu …

– Dann sind da ja auch noch diese Arbeiter … Ich hab dem Ganzen gar keine Bedeutung beigemessen, wenn ich ehrlich bin, was bin ich bloß für ein verdammter Idiot.

– Nun mal langsam, jetzt geben Sie sich doch nicht die Schuld, erklären Sie mir lieber, was Sie damit sagen wollen.

– Sie hat mir erzählt, dass sie manchmal nachts Geräusche im Garten hört, und das hat sie auch in ihr Heft hier geschrieben. Ich hab da aber nichts weiter drauf gegeben …, ich wusste, dass ihr das mit ihrer Tochter sehr nah geht, na ja und alles zusammen, da hab ich eben gedacht, sie hätte das nur geträumt, da draußen ist es nämlich sehr ruhig, das sag ich Ihnen, schließlich leb ich schon viele Jahre dort, und noch nie ist was passiert, nichts, außer dass sie ständig am Bauen sind, und das ist ziemlich nervig, aber nachts … Ihr hat das gar nicht gefallen, dass die ganzen alten Sommerhäuser verschwinden, und mir auch nicht, ich glaube, wir haben uns gut verstanden, aber ich weiß, dass sie sich irgendwie bedroht gefühlt hat … entschuldigen Sie bitte, dass ich so abschweife.

– Hören Sie, Oriol, der Doktor wird bald wieder zurück sein. Das ist eine Frage von ein paar Tagen. Geben Sie mir Ihre Telefonnummer, und wenn er wieder hier ist, melden wir uns bei Ihnen.

– Ich hatte kein Recht, in ihrem Tagebuch zu lesen, aber … sie hat es im Auto gelassen, unter einem dicken Pullover, wir waren zum Einkaufen im Supermarkt … Glauben Sie etwa, jemand füllt seinen Schrank mit Milch und Gemüsekonserven und brennt dann sein Haus ab?

– … also …

– Warum? Hatte sie Depressionen? Ich meine, hat sie Antidepressiva genommen?

– Ich glaube nicht … einen Moment!

– Kann das denn einfach so über einen kommen, so urplötzlich, und dann sagt man: So, das war's jetzt, Schluss, aus, vorbei?

– Hat sie nie über Selbstmord mit Ihnen gesprochen?

– Nein, ich glaube nicht. Sie war so voller Leben, und ich hab's ja schon gesagt, bei ihr drehte sich einfach alles um ihre Tochter, sie wollte sie unbedingt wiedersehen, sie sollte ihr verzeihen, ich glaub einfach nicht, dass sie sich das Leben genommen hat, das kann nicht sein, aber wer hat sie dann …?

– Vielleicht ein Kurzschluss im Haus?

– Ich hab mit einem der Feuerwehrmänner gesprochen, ich hab ihm gesagt, dass ich sie gekannt habe, von ihm weiß ich, dass das Feuer im Garten ausgebrochen ist, es war Brandstiftung.

– Es fällt ganz schön schwer, sich vorzustellen, dass jemand absichtlich …

– Warten Sie! Ich wollte Ihnen doch noch das mit den Bauarbeitern erzählen. Sie hat das ja alles aufgeschrieben, aber teilweise hab ich auch mitgekriegt, was da los gewesen ist. So lange ist das noch gar nicht her, sie war gerade mal eingezogen, und bei ihr nebenan wurde gebaut, drei oder vier Arbeiter sind dort rumgelaufen und wohl dahintergekommen, dass da eine Frau ganz alleine lebt. Die müssen sich ziemlich stark gefühlt haben, keine Ahnung, ob sie sich einen Spaß machen wollten oder wer weiß, was sie sonst noch im Schilde führten, jedenfalls haben sie angefangen, Emma zu belästigen …

– Wie fühlen Sie sich?

– Etwas ruhiger, ja, danke … ich will Sie auch gar nicht stören, Sie haben bestimmt Arbeit …

– Ich habe eine Kollegin gebeten, für mich einzuspringen, das mach ich für sie genauso, und für andere hab ich das auch schon getan …

– Danke, wirklich, ich bin … Also, wie ich Ihnen ja schon gesagt habe, die Maurer haben sie belästigt und da hat sie bei der Polizei angerufen, und die ist dann auch gekommen, und einer von den Männern hatte keine Papiere. Ich frage mich, wenn sie dem gesagt haben, also los, raus mit dir, wir können dir keine Arbeit mehr geben, weil du illegal hier bist, dann …, Sie verstehen schon, was ich meine? Er könnte ja auf die Idee gekommen sein, Emma sei schuld daran und es ihr heimzahlen wollen …

– Ich weiß nicht, natürlich ist das möglich, aber das scheint mir doch etwas weit hergeholt …

– Ich habe in ihrem Heft gelesen, dass sie einmal, als Emma nicht zu Hause war, sogar ihre Bettlaken und ihre Unterwäsche mit einem Schilfrohr durchlöchert haben, und sie haben immer gegen das Gittertor gehauen, um sie zu erschrecken … Ich wohne gegenüber und ab und zu hab ich auch mal was mitgekriegt, wenn laut gesungen wurde oder rumgeschrien, aber da achtet man ja nicht unbedingt drauf, und außerdem, wenn ich arbeite, bin ich immer voll konzentriert, mach mir Musik an, und am Anfang, da hab ich Emma ja auch gar nicht mit den ehemaligen Besitzern in Verbindung gebracht.

– Sie arbeiten zu Hause?

– Ich bin so … Ja, ich arbeite als Illustrator, mein Wohnzimmer ist gleichzeitig mein Atelier, ich lebe allein, na ja, ich hab einen Hund, Ducati, den ich, ach ja … den hab ich ja zu Hause eingesperrt …

– Also …

– Dürfte ich wohl wiederkommen, um mit Ihnen zu reden? Ich will Ihnen nicht zur Last fallen, aber in ihrem Tagebuch redet Emma immer so gut über Tere, Sie scheinen ihr wirklich zugehört zu haben …

– Wann immer Sie wollen, ich bin jeden Vormittag hier, so bis um drei, außer samstags und sonntags.

– Und mit dem Doktor würde ich auch gerne sprechen.

– Natürlich, lassen Sie mir Ihre Telefonnummer hier, und wenn er zurück ist, ruf ich Sie an.

– Sie glauben doch auch nicht, dass sie ganz plötzlich einfach nicht mehr leben wollte und aus irgendeiner Kurzschlusshandlung heraus ihr Haus in Brand gesteckt hat …?

– Das klingt schon sehr … aber ich kann Ihnen das wirklich nicht sagen …

– Das macht nichts … Es ist nur, wenn das stimmen würde, dann wäre ich ihr ja noch nicht einmal ein guter Freund gewesen, überhaupt keine Hilfe, obwohl sie hier doch schreibt, wie wichtig ich für sie geworden bin. Also, dann …

– Der Mensch ist ein ganz schön kompliziertes Wesen.

– Sie wollte auch unbedingt nach Galicien fahren, ihre Freundin Meritxell besuchen, eine Frau …, was soll's, das ist ja jetzt unwichtig …, sich dort eine Arbeit suchen oder erst mal hier eine finden und dann … Das mit Galicien, davor hatte ich regelrecht Angst, denn wenn sie sich dort wohlgefühlt hätte, wer weiß, ob sie dann noch mal zurückgekommen wäre. Auf der anderen Seite denke ich, dass sie eigentlich lieber hierbleiben wollte, für den Fall, dass ihre Tochter es sich anders überlegen würde … Das mit Galicien hat sie nur diesem Immobilienmenschen gesagt …

– Was ist los? Ist Ihnen nicht gut? Setzen Sie sich besser wieder hin …

– Ja, natürlich, der Bauunternehmer …, von dem … von dem habe ich Ihnen noch gar nichts erzählt … So ein Typ, der sich immer in Mira-sol rumtreibt, und woanders auch, nehme ich zumindest an, so einer, der versucht, älteren oder alleinstehenden Leuten ihre Häuser abzuschwatzen, die alten Sommerhäuser von früher will er ihnen abkaufen, um an die Grundstücke zu kommen, und damit macht er dann seinen Profit.

– Aber, Emma …

– Der hat sie ganz schön bedrängt, und dabei hat sie ihm von Anfang an die kalte Schulter gezeigt, aber er hat einfach nicht lockergelassen, so als hätte er es auch auf sie abgesehen. Sie war ja allein … und sie war so …

– Was meinen Sie damit?

– Also, ich glaube, Emma hat einem das Gefühl gegeben, als hätte sie schon mehr als ein Leben gelebt, ihr war so sehr bewusst, wie unbedeutend die meisten Dinge letztlich doch sind … darum hat sie sich auch über alles ein wenig lustig gemacht, am meisten über sich selbst … und wenn ich ehrlich bin, hat sie mir gerade deshalb so gut gefallen. Wir hatten so viel Spaß zusammen, wenn ich nur an unsere langen Spaziergänge denke, über jeden Blödsinn haben wir gelacht. Natürlich fand ich sie auch als Frau anziehend. Nur wenn es um ihre Tochter ging, da hat sie nie gelacht, ich denke, sie hat sich nicht verziehen, dass sie ihr so wehgetan hat …, da hat sie sehr drunter gelitten … Und jetzt weiß ich aus ihrem Tagebuch, dass sie sie gesehen hat; ja, sie hat gespürt, dass sie doch in Barcelona ist, auch wenn ihr Mann und ihre Schwiegermutter erzählt haben, das Mädchen sei in London, aber sie …, also sie hat sie gesehen, aber ihre Tochter hat dem Fahrer nicht gesagt, er soll anhalten. Wundern tut mich das nicht, wo sie doch noch so jung ist, fast noch ein Kind … und jetzt hat sie keine Mutter mehr …

– Sie haben gesagt, der Bauunternehmer hat sie belästigt …

– Warten Sie, ja, das ist … wie lange ist das jetzt her?, zwei Tage, das war am Mittwoch, ja, am Mittwoch, da stand er plötzlich vor uns, ich saß schon im Auto, und er hat gleich wieder mit derselben Leier angefangen, und sie hat ihm gesagt hat, er soll endlich damit aufhören, sie hätte nicht die Absicht, das Haus zu verkaufen, aber er, er hat einfach nicht lockergelassen, und damit er endlich Ruhe gibt, hat sie ihm gesagt, dass sie für eine Zeit lang verreisen würde und es eilig hätte. Und er hat dann wohl gemeint, wenn sie wieder zurück sei, müssten sie reden, er würde ihr ein sensationelles Angebot machen, das sie einfach nicht ablehnen könne. Emma hat dann die Geduld verloren und ihm an den Kopf geworfen, wenn sie irgendwann einmal das Haus verkaufen müsste, dann ganz bestimmt an jemanden, der mehr Anstand besitzt als er, an jemanden, der die Leute nicht dermaßen unter Druck setzt.

Man hat gleich gemerkt, dass er schrecklich wütend war, dieser … und angetrunken war er scheinbar auch, ich könnte mir denken, dass er sie beschimpft hat, das ist so ein Typ, der die Frauen schon allein durch seinen Blick beschmutzt, erst projiziert er auf sie seine schmutzigen Fantasien und dann verachtet er sie deshalb. Sogar vor den Wagen hat er sich gestellt, er wollte uns provozieren. Und ich kann mir gut vorstellen, dass er es gewesen ist …, ja, ich bin mir fast sicher!

– Aber das würde bedeuten, dieser Bauunternehmer ist davon ausgegangen, dass Emma nicht zu Hause ist, als er das Feuer gelegt hat ..., er hat ein leeres Haus niederbrennen wollen und nicht ... Emma umbringen?

– Woher soll ich das denn wissen! Ich kann ja noch nicht einmal glauben, dass das alles überhaupt passiert ist!

– Hören Sie, Sie brauchen jetzt unbedingt Ruhe, warten Sie einen Augenblick, ich muss kurz nachschauen, ob auf der Station alles in Ordnung ist ...

– Wie geht es Ihnen?

– ... ich kann es einfach nicht glauben, es kann doch gar nicht sein, dass sie tot ist ...

– Es gibt hier Ärzte, die können Ihnen helfen ...

– Ich werde ihr Tagebuch der Polizei übergeben, damit klar ist, dass nicht Emma das Feuer gelegt hat, es war der Bauunternehmer, davon bin ich überzeugt. Aber ich möchte nicht, dass das, was sie nur für sich aufgeschrieben hat, von Menschen gelesen wird, die sie gar nicht gekannt haben, für die sie weiter nichts als eine Nummer ist. Vielleicht ist es ja besser, ich warte noch etwas ... ich weiß einfach nicht, was jetzt richtig ist.